A estrada do amanhã

ROMANCE

Uma história sobre desmoronar e voltar à vida

Mélissa da Costa

A estrada do amanhã

ROMANCE

Uma história sobre desmoronar e voltar à vida

Tradução de Julia da Rosa Simões

L&PM EDITORES

Texto de acordo com a nova ortografia.

Título original: *Les lendemains*

Capa: Ivan Pinheiro Machado
Tradução: Julia da Rosa Simões
Preparação: Nanashara Behle
Revisão: Mariana Donner da Costa

CIP-Brasil. Catalogação na publicação
Sindicato Nacional dos Editores de Livros, RJ

C874e

Costa, Mélissa da, 1990-
A estrada do amanhã / Mélissa da Costa ; tradução Julia da Rosa Simões. - 1. ed. – Porto Alegre [RS]: L&PM, 2024.
304 p. ; 21 cm.

Tradução de: *Les lendemains*
ISBN 978-65-5666-513-9

1. Ficção francesa. I. Simões, Julia da Rosa. II. Título.

24-93226 CDD: 843
CDU: 82-3(73)

Gabriela Faray Ferreira Lopes - Bibliotecária - CRB-7/6643

Rua Comendador Coruja, 314, loja 9 – Floresta – 90.220-180
Porto Alegre – RS – Brasil / Fone: 51.3225.5777

PEDIDOS & DEPTO. COMERCIAL: vendas@lpm.com.br
FALE CONOSCO: info@lpm.com.br
www.lpm.com.br

Impresso no Brasil
Verão de 2025

Para Florence, Mehdi e a oliveira sagrada
que os une para sempre.

1

A fechadura enferrujada não quer abrir. O homem precisa fazer força, tirar a chave, tentar de novo. O calor é terrível aqui também. Não tanto quanto na cidade ou na planície, mas ainda assim muito intenso. A temperatura se aproxima dos trinta graus. O homem arqueja, parece pensar por um segundo, depois dá um leve empurrão com o ombro na madeira da porta enquanto gira a chave. Um estalido: o pesado painel de tinta descascada cede e se abre para dentro, para a escuridão, para o frescor.

A casa não deve ter sido aberta há meses. Um leve cheiro rançoso paira no ar, mas a impressão desagradável é dissipada pelo frescor que ali reina. Vinte e dois graus: tenho tempo de estimar a temperatura interna. Não mais do que isso. Perfeito. Ouço o homem se mover a meu lado, colocando no chão a maleta de couro sintético. Chaves tilintam. Ele as guarda no bolso da calça.

– Estou procurando o interruptor – ele diz.

Espero com calma, de pé na entrada escura. Não tenho nada melhor para fazer. Esperar se tornou minha segunda natureza desde o fim da tarde de 21 de junho. Minha única ocupação. Ele arqueja. De calor? Pela dificuldade de procurar às cegas? Não o ajudo. Não penso em nada. Espero.

Um tempo indeterminado escoa entre as espessas paredes da velha casa. Percebo a ausência de vizinhança e o silêncio. Isso também é bom.

– Aqui está, me desculpe.

De repente, a luz ilumina a entrada. O corretor de imóveis enxuga a testa, me dirige um sorriso constrangido. Ele está convencido de que vou sair correndo. A fraca luminosidade da lâmpada, o cheiro rançoso do interior, a porta que custa a abrir – a madeira deve ter inchado... No entanto, não saio correndo. Observo o corredor onde me encontro. Um corredor escuro sem janelas. Ladrilhos de um marrom acobreado. Paredes brancas. Rodapés de madeira escura. Um quadro de uma igreja de pedra.

O som de papéis sendo folheados. Ele relê suas anotações. Não está totalmente preparado. Ele enxuga novamente a testa suada. Eu não me mexo. Não pergunto nada. Ele vai falar. Ou não. Não importa.

– A casa é de 1940. A fachada foi reformada há dez anos. O telhado foi impermeabilizado no inverno passado.

Creio perceber um lampejo de satisfação em seu olhar. Um argumento de peso, sem dúvida. Fixo o quadro da igreja sem realmente olhar para ele.

– Uma área de sessenta metros quadrados. A porta à sua direita conduz ao quarto e a da esquerda, ao banheiro.

Ele estende a mão, me observa. Levo vários segundos para entender que ele está me convidando a avançar, dar alguns passos e abrir a porta da direita. Minha mente está lenta. O homem acaba me precedendo com outro sorriso constrangido.

Essa porta se abre com mais facilidade. Com exceção de um leve rangido, nada digno de nota. Seus passos desaparecem, abafados. Deduzo a presença de um carpete.

– Vou abrir as venezianas.

Espero. Ouço o som de uma maçaneta. Um rangido rouco. Uma luminosidade velada. Um empurrão mais decidido provoca um rangido mais audível. Um segundo depois, a luz penetra no quarto. Um raio de sol pontilhado de partículas de poeira que flutuam preguiçosamente. Vejo de fato um carpete, no mesmo marrom acobreado do piso do corredor. Uma cama também. Grande. Uma cabeceira de madeira maciça e pesada, escura. Um guarda-roupa antigo, de madeira bruta, alto. Mais nada. O essencial. Está bom para mim. Não faço nenhuma pergunta. Silêncio, frescor e menos sol.

– A janela está voltada para o leste. A senhora pode ver o sol nascer sobre a floresta, se for de madrugar.

Ele não sabe, mas não pretendo abrir as venezianas. Quero ficar no escuro.

– Tem alguma pergunta?

– Não.

Ele fica surpreso, ou não? Não me demoro em seu rosto. Espero, só isso. O fim da visita. As chaves. Poder me trancar.

Voltamos para o corredor. Porta da esquerda, dessa vez. Mesmo procedimento. Venezianas rangendo. Luz entrando. Uma banheira antiga, em um horrível tom de salmão. Um bidê. Quem ainda usa essas coisas? Uma pia. Algumas prateleiras.

– A senhora vai precisar deixar a água correr um pouco... Ela esteve cortada por um bom tempo. Imagino que saia um pouco amarela no início.

Água amarela. Água transparente. Água, no fim das contas.

A luz oscila quando retornamos ao corredor. A lâmpada precisa ser trocada. Ele empurra a última porta, tossindo. A sala deve estar empoeirada. Alguns segundos se passam entre a ativação do interruptor e o surgimento de uma luz opaca. A peça segue o mesmo estilo das anteriores: piso escuro, cozinha mobiliada em madeira escura, papel de parede salmão com padronagem de bambus brancos. Uma janela se abre, as venezianas a acompanham para permitir a entrada de um ar mais puro. A luminosidade me obriga a semicerrar os olhos. Esse sol me irrita. Esse céu azul é um insulto. O homem fala e eu me afasto da janela. Procuro o frescor, a escuridão novamente.

– Como pode ver, a antiga proprietária tinha um jardim. Está abandonado, mas uma boa enxada pode recuperá-lo, se sentir vontade.

Ele se interrompe. E me encara, acho.

– Não quer dar uma olhada? Está tudo bem, senhora? Não gosta de luz?

– Enxaqueca.

– Desculpe. Vou fechar.

Sou grata a ele por fazer isso. Ele continua, convencido de que precisa de tudo isso para assinar o contrato de aluguel ainda hoje:

– A moradora anterior era uma senhora de idade. Ela morreu há três anos. A casa está desocupada desde então... Não que não esteja em bom estado, muito pelo contrário, foi conservada em perfeitas condições pela filha, que mora do outro lado da França, mas vem para cá uma vez por ano para cuidar um pouco da manutenção. A impermeabilização do telhado no ano passado, por exemplo...

Não estou prestando muita atenção. Ele não percebe.

– Não, o problema é que as pessoas estão fugindo das áreas rurais. É igual em toda parte. A Auvergne já não faz muita gente sonhar.

– Os móveis ficam?

Ele assente, não muito incomodado por ter sido interrompido.

– Claro. Tudo fica. A filha da sra. Hugues, a antiga moradora, quis preservar o interior e os objetos pessoais da mãe. Talvez queira se mudar para cá um dia... Na aposentadoria, quem sabe. Os objetos pessoais estão no sótão, lá em cima. Estão bem organizados em caixas, mas se isso a incomodar, posso entrar em contato com ela...

– Não me incomoda.

Ele esfrega as mãos com satisfação.

– Talvez a senhora queira dar uma segunda olhada na casa sozinha?

– Não, não precisa.

– Talvez no jardim...

– É que estou com pressa.

– Ah...

– Podemos assinar os papéis agora?

Ele fica surpreso, posso ver. Não esperava que seria tão fácil. Uma casa que ele vem carregando há três anos. Uma única visita e o negócio é fechado.

– A senhora tem certeza?

Ele fica espantado consigo mesmo por fazer essa pergunta, posso ver em seu rosto.

– Sim.

– Bom, então... Sim, estou com os papéis no carro, mas... vou precisar de alguns documentos.

Não espero ele terminar a frase para começar a vasculhar minha bolsa. Deixei tudo preparado, organizei cada um dos documentos solicitados com cuidado, em uma pasta de plástico. A declaração de impostos, meus últimos contracheques, o papel do tabelião a respeito do testamento e da quantia em dinheiro que me cabe, minha carteira de identidade.

– Oh... Está tudo aqui? Perfeito!

Nos instalamos à mesa da cozinha para preencher o contrato de aluguel e realizar os procedimentos necessários.

– A senhora me deixou curioso.

Levo alguns segundos para entender que ele está se dirigindo a mim, e para perceber que ele terminou de organizar os documentos e me observa, com as duas mãos em cima da mesa.

– Desculpe?

– A senhora é daqui?

– Não. Eu morava na região de Lyon.

– Nenhuma família nas redondezas?

Balanço a cabeça. Ele faz um som de sucção que deve expressar sua surpresa.

– É estranho uma mulher sozinha se mudar para um lugar tão isolado.

Ele não recebe nenhuma resposta de minha parte, o que encerra nossa conversa. Devolvo a ele o contrato assinado em duas vias, a caneta Bic azul.

– Bem, então podemos fazer a vistoria.

Deixo a porta aberta até o carro do corretor desaparecer no final da alameda e na densa floresta que cobre as colinas ao redor. Fecho o pesado painel. A escuridão, o silêncio, o frescor. Fico longos segundos encostada à porta de madeira, assegurando-me de que ele não voltará, de que estou sozinha, finalmente.

Não trouxe muitas coisas comigo. Uma única mala, que está no porta-malas do carro e vai esperar. O resto, sobretudo as fotografias, deixei para trás. Não quero nada que me lembre da vida anterior. Anterior ao dia 21 de junho e à noite que se seguiu.

Como as pessoas fazem? Como elas conseguem ver seu mundo desmoronar e voltar à vida como se nada tivesse acontecido? Voltar ao trabalho depois de alguns dias, continuar a viver no mesmo apartamento, frequentar o mesmo bairro... Está além das minhas forças. Eles deixaram meu mundo abruptamente, os dois, naquela mesma noite, e a partir daquele momento, o mundo em que eu vivia, respirava e acordava havia 29 anos, aquele mundo deixou de existir.

Deixei as chaves do apartamento com Anne. Ela pode fazer o que achar melhor com elas. Não esvaziei o lugar. Não tive tempo nem coragem. Fugi o mais rápido possível. Tudo ficou como estava. Talvez o chá que eu estava bebendo quando o interfone tocou ainda esteja na bancada. Talvez o catálogo que eu estava folheando ainda esteja aberto ao lado da xícara, e a pantufa de Benjamin ainda esteja esperando na entrada.

A única coisa que eu queria, ao sair do hospital, era fugir do verão, dos raios abrasadores e das multidões alegres nas margens do Ródano. Eu teria preferido que eles tivessem morrido no inverno, em uma noite de chuva torrencial, sob um céu cinza-escuro. Não ao som de orquestras, rojões e risadas, não no primeiro dia do verão.

Só abri a porta depois que o sol se pôs. Me certifiquei disso várias vezes, espiando por entre as venezianas fechadas. O dia se prolongou e agora é tarde, provavelmente por volta das dez da noite. Os últimos lampejos vermelhos do pôr do sol se desvanecem e se misturam ao azul-cinza da noite que se inicia. Descarrego o porta-malas. A mala de rodinhas faz um barulho abafado quando cai sobre o cascalho. Cada um de meus passos parece ecoar de maneira amplificada. É a primeira vez que ouço um silêncio tão denso, tão pesado. Tenho a impressão de ter sido absorvida pela floresta por completo.

Coloco a mala na frente da porta do quarto e volto para o carro. Ainda preciso tirar uma grande sacola de plástico, muito mais pesada que a mala. Uma sacola importante. Cerca de cinquenta latas de conservas, arroz, macarrão e todo tipo de cereais. Não vou sair daqui tão cedo.

Eu queria dormir. Acho que estou cansada, mas isso ainda é difícil de afirmar, de tanto que a insônia inverteu meu relógio biológico. Sinto um leve frio. Estremeço. Coloco uma manta sobre os ombros e decido tirar o celular da bolsa. Duas mensagens de texto da minha mãe. Um e-mail do tabelião sobre formalidades testamentárias. Uma chamada perdida de Anne. Verifico o sinal – não é tão ruim – e decido ligar para ela. A única pessoa cuja voz ainda consigo suportar. Porque ela é a mãe dele. Porque ela compartilha minha dor mais do que qualquer outra pessoa.

Tenho medo de que ela não atenda, deve ser tarde para ela, mas atende depois de dois toques.

– Amande, eu estava esperando sua ligação.

– Eu estava arrumando as coisas.

Mentira. Ela percebe, mas não diz nada.

– Você chegou à tarde?

– Sim.

– Como é a casa?

– Vou ficar. Assinei os papéis.

Mais uma vez, ela não faz nenhum comentário sobre minha decisão impulsiva, tomada em poucos dias. Minha própria mãe não teria sido tão generosa.

– Está se sentindo bem aí? – ela pergunta.

Não, não me sinto bem. Não me sinto bem em lugar nenhum. Talvez aqui seja menos pior do que em outro lugar, então digo que sim.

– Você passou no apartamento? – pergunto a seguir.

– Ainda não.

Ela está tão apreensiva quanto eu em relação à ideia de entrar no apartamento, percebo. Compreendo. É tudo tão recente.

– Vou com Richard.

– É melhor.

O silêncio se instala. Não sei mais o que dizer, ela também não. No fim, ela é a primeira a falar:

– Você quer que eu limpe e arrume o apartamento, enquanto você não volta?

– Não precisa.

– Mesmo?

– Não acho que eu vá voltar.

Ouço-a engolir em seco.

– Quer que eu o subloque… Enquanto isso?

Ela ainda está convencida de que, mais cedo ou mais tarde, vou voltar para casa. Mas eu sei que nunca mais vou poder viver lá.

– Assim você não perde dinheiro todos os meses… Agora que também está pagando aluguel na Auvergne.

– Sim, é verdade… Podemos fazer isso.

Confio em Anne. Ela consegue manter a cabeça fria e as ideias claras, apesar da dor.

– Posso cuidar disso esta semana.

– Está bem.

– Richard vai ao tabelionato na quarta-feira. Você não precisa se deslocar.

– Obrigada.

Seguro algo que ameaça transbordar dentro de mim. Eles são tão atenciosos. Não quero começar a chorar agora.

– Se você ficar entediada… Se a solidão apertar…

– Eu sei, Anne.

– Pode ligar…

– Não vou hesitar.

– Não se deixe afundar.

Não sei o que responder. Suas palavras parecem um alerta preocupado. Engulo em seco e respondo a única coisa que consigo:

– Acho que vou tentar dormir um pouco.
– Tem razão, descanse. Falamos em breve, está bem?
– Está bem.

Dormi algumas horas. Entre meia-noite e duas da manhã, e depois de novo essa hipervigilância. Meu cérebro se recusa a ceder, a se desconectar por algumas horas, a me proporcionar o descanso que preciso. Tem sido assim há dezoito dias.

Perambulo pela casa. Guardo as latas de conserva nos armários, e isso me impede de pensar demais. Vejo um velho calendário na parede da sala. Ninguém o tirou de lá depois da morte da sra. Hugues, nem mesmo sua filha. Alguns dias têm anotações. Eu o tiro da parede. Aqui, não preciso de nada para me indicar a passagem do tempo. Não mais. Aproximo uma cadeira da parede oposta, onde um velho relógio, com a imagem de um buquê de flores cor-de-rosa, marca duas e meia da manhã. A dona da casa se foi, mas as pilhas não. Os ponteiros continuam a girar lentamente, quase me provocando, indicando que o tempo continua a passar, que a vida não acabou. É mentira. A vida acabou. Então tiro o relógio da parede e o atiro no chão. Eu não queria quebrá-lo ou ser particularmente violenta, mas o mostrador explode, os ponteiros ficam retorcidos. Um deles vai parar embaixo da bancada, em um lugar onde ninguém jamais poderá encontrá-lo. Não há mais horas. Não há mais datas. Agora só existem os *em breve*, os *mais tarde*. Não há mais dias, nem noites. Apenas eu e minha dor nessa casa silenciosa.

Três sóis se passaram desde que fechei a porta da casa com as minhas duas únicas bagagens. Observo os sóis que iluminam a vida lá fora por entre as venezianas fechadas. Há um espaço estreito entre as lâminas de madeira, o suficiente para me permitir espiar o verão. Não me aventurei do lado de fora, nem mesmo à noite. Não sinto necessidade de sair. Dormi uma vez ou duas, acho. Algumas horas. Não tive pesadelos, o que é bom. Acho que meu cérebro está cansado demais para reproduzir as imagens atrozes do corpo mutilado de Benjamin.

Quando batidas ecoam pela casa durante o quarto sol, a primeira coisa que sinto é medo. É irracional. Estou trancada, segura aqui. Mas sinto medo. Medo de abrir? Medo de receber a luz em pleno rosto? Medo de me ver cara a cara com alguém? Não sei. As batidas ecoam uma segunda vez e preciso me deslocar, com lentidão, pelo corredor que parece interminável.

– Sim?

Não abro a porta. Fico colada ao painel de madeira, esperando uma resposta.

– Bom dia, é da Fibrenet. Fomos informados de que a casa agora está ocupada. A senhora poderia abrir?

Não sei. De repente, sinto um nó na garganta, uma espécie de angústia.

– Senhora? – ele repete.

Então abro a porta. Não sei direito por quê. E é violento. Preciso fechar os olhos por alguns segundos para me acostumar com tanta luminosidade.

– Desculpe incomodá-la, sou representante de vendas da Fibrenet. Estamos oferecendo às casas da região uma conexão à Internet com velocidade de 10 megabytes. O senhor da agência imobiliária, no vilarejo ao lado, me disse que a senhora acabou de se mudar.

Os flashes luminosos se dissipam e vejo a silhueta do homem. Meu primeiro visitante desde que me tranquei. Um homem pequeno e atarracado.

– Posso entrar para lhe apresentar nossa oferta?

Seu furgão está no pátio. Uma van branca com letras vermelhas indicando o nome da empresa. Ele segue meu olhar e acrescenta, com um meio-sorriso nos lábios:

– Não é golpe, senhora, este é o veículo da minha empresa. Instalei a Internet para seus vizinhos, oitocentos metros morro abaixo. Eles podem confirmar. E mesmo dizer que estão satisfeitos, que tudo está funcionando bastante bem... Para o lugar, quero dizer.

Enquanto fala, ele dá um passo no alpendre. Ele pensa que não percebi. Sua mão encosta no batente da porta, ele está prestes a tomar posse do local, então balanço a cabeça.

– Não, não estou interessada.

Ele me observa por um momento, com o cenho franzido. Não sei o que ele vê. Provavelmente a silhueta de uma jovem mulher muito pálida, de cabelos loiros, sujos e oleosos, o corpo perdido dentro de roupas que ficaram grandes demais. Eu não sabia que era possível perder tanto peso em 22 dias.

– A senhora talvez tenha Internet no celular – ele insiste. – Oferecemos pacotes que incluem os dados móveis e o modem.

– Não, não estou interessada.

O olhar dele se volta para o telhado da casa.

– A senhora não tem antena de televisão?

Ele parece surpreso.

– Não.

– Se não instalar a Internet, nunca vai conseguir ver televisão, senhora.

Ele está começando a me irritar – ele e o sol que está trazendo para dentro de casa.

– Não me importo. Não faz diferença.

O pé dele recua, voltando para o cascalho do pátio. Ele entendeu que não vai conseguir nada.

– Ainda assim, precisa se manter informada sobre as notícias do mundo!

Eu o encaro intensamente, sem piscar.

– Que mundo?

Dessa vez, ele fica desconcertado. Faz um gesto com o queixo e volta para a van, antes de sumir sem olhar para trás.

Mais tarde, enquanto o quarto sol se põe e o frio invade a casa em uma onda lenta, meu ouvido detecta um som, pela segunda vez no dia. Esse é diferente, mais distante, mais abafado. Um rojão. Ele é rapidamente seguido por outras explosões, nítidas e com alguns segundos de intervalo. Tenho medo de adivinhar. Fico parada na frente da tigela, onde flutua um macarrão instantâneo. Eu poderia ir até a janela, posicionar meus olhos entre as lâminas da veneziana e ver por mim mesma o que suspeito. No entanto, meu corpo permanece imóvel. Prefiro contar os dias. Quatro sóis. Vinte e dois dias desde 21 de junho. Hoje é 13 de julho. Lá embaixo, no vilarejo, ou talvez mais longe, em vilarejos vizinhos, as pessoas celebram a festa nacional. Elas se reuniram em família nos jardins, à beira das estradas, em frente à prefeitura. Elas mantêm os olhos fixos no céu, admiram as faíscas multicoloridas. Hoje é 13 de julho. Hoje faço trinta anos. Há pouco tempo, tão pouco tempo, eu ainda tinha 29. Eu compartilhava a vida com Benjamin havia quatro anos. Estávamos planejando deixar nosso pequeno apartamento na região de Lyon e nos mudar para uma casa no campo. Acima de tudo, eu estava entrando no oitavo mês de gestação. Eu estava me preparando para ser mãe. Ela deveria se chamar Manon.

2

Decidi, em poucos dias, me mudar para o meio do nada. Eu precisava fugir do verão. Eu precisava de tranquilidade para pensar. Pensar neles. Lá, era impossível. No hospital, não me deixavam sozinha por um minuto. Nunca disseram nada, mas percebi. Temiam que eu me cortasse. Havia um psicólogo que tentava me fazer falar, mas ele não conseguiu muita coisa. Eu estava em estado de choque, incapaz de compreender que meu mundo havia desmoronado. Literalmente. Depois do hospital, Anne me levou para a casa deles, fiquei no quarto de hóspedes, onde Benjamin costumava dormir quando ainda estava vivo. Não protestei, não tive forças. O irmão de Benjamin, Yann, passava lá à noite, regularmente. Às vezes com Cassandra, às vezes sem ela. Anne insistia para que todos comêssemos juntos, mesmo que nenhum de nós sentisse vontade de falar. Ela dizia que precisávamos nos apoiar. Éramos quatro em um espaço que me parecia tão pequeno... E a casa era iluminada demais. No jardim dos vizinhos, crianças gritavam e brincavam de guerrinha de água. Às vezes, o cheiro de um churrasco chegava até a sala, seguido do som de risadas, talheres batendo e copos tilintando. Anne fingia não ouvir nada, não sentir nada. Eu não conseguia suportar aquilo.

E então, minha mãe chegou da ilha da Reunião. Foi para essa ilha que ela decidiu se mudar quando tive idade para ser independente e viver sozinha. Um sonho que ela sempre tivera, ao que parece. Ela desembarcou no continente, na casa de Anne e Richard, dez dias depois do enterro.

– Sinto muito. Foi o primeiro voo que consegui pegar.

Não entendi por que Anne a convidou para se juntar a nós em sua casa. Talvez tenha pensado que eu precisava do apoio de minha mãe nesse momento difícil. Ela se enganou. Nunca perdoei minha mãe por suas críticas a Benjamin.

– Ele não passa de um hippie preguiçoso.

Nunca a perdoei por ter ficado tão distante durante toda a minha gravidez. Acho que há muitas coisas pelas quais nunca a perdoei, e sua ausência no enterro selou definitivamente minha mágoa.

– Vou ajudá-la a se recuperar, querida.

Não sei como aguentei os dois primeiros dias. Eu estava com a cabeça em outro lugar, com certeza. No terceiro dia, quando ela me aconselhou a voltar ao trabalho sem demora, para "retomar as rédeas de minha vida e não me deixar afundar", pedi a ela que fosse embora. Anne tomou a frente quando minha mãe ficou indignada. Sempre serei grata a ela por me poupar dessa crise adicional. No dia seguinte, minha mãe voltou para sua ilha e eu comecei a consultar anúncios na Internet. Minhas palavras-chave eram *aluguel de casa no campo*. A Auvergne aparecia entre os primeiros resultados das buscas. Não pensei muito. Eu precisava partir com urgência. Na primeira proposta de visita, fiz uma mala impessoal e fui com tudo.

Benjamin não tinha nada do hippie preguiçoso que minha mãe imaginava. É verdade que seus cabelos castanhos ainda tinham vestígios dos *dreadlocks* da juventude. Eles lhe davam um aspecto único que eu adorava. Quando o conheci, ele trabalhava no coração de Lyon, em uma associação cultural para jovens, a Maison des Jeunes et de la Culture, ou MJC. Ele usava jeans largos, brinco na orelha e era muito sociável. Estava sempre à vontade em público, não importava com quem estivesse. Não era pretensioso ou falador demais, o que teria me afastado. Ele era livre, descontraído, à vontade dentro da própria pele. E gentil. Na MJC, ele era um instrutor especializado. Os garotos o chamavam de Benji. Ele era, e sempre foi, meu exato oposto. Moreno e alto, enquanto eu era loira e pequena. Extrovertido e aberto, enquanto eu era reservada e desconfiada. Eu trabalhava para a prefeitura do 8º arrondissement de Lyon, onde tínhamos o projeto de organizar uma grande sopa popular com várias associações: moradores locais, clube de aposentados, jovens da MJC. Eu tinha marcado uma reunião com o diretor da MJC do 8º arrondissement para apresentar o projeto, e Benjamin foi nomeado para representá-lo. Ele fez de tudo para me deixar à vontade naquele dia, eu que nunca tinha entrado em uma MJC. Ele foi sorridente, me ofereceu um café que recusei três vezes e sugeriu que assistíssemos a um ensaio de música dos jovens na sala ao lado, depois que nossa reunião terminasse. Não era nenhuma técnica de sedução, apenas uma tentativa de me fazer relaxar, eu, a loirinha nervosa de tailleur. Fiquei na defensiva, focada no projeto da sopa popular, respondendo a seus sorrisos com uma careta constrangida. Nunca fui de sair com caras como Benjamin. Eu estava desconfiada. Ele simplesmente não fazia parte do meu mundo.

Foi preciso um mês inteiro de reuniões sobre o projeto para ele conseguir quebrar o gelo e estabelecer uma relação de camaradagem entre nós. Na noite da sopa popular, entre o aroma de legumes cozidos e o som dos alto-falantes, que tocavam um rock'n'roll dos anos 1960, não sei por qual milagre ele conseguiu me levar para trás da tenda principal. Tínhamos bebido algumas cervejas. O ambiente era festivo. Não resisti quando ele tentou me beijar. Naquela noite, encontrei a minha outra metade.

Havia alguns anos, em minha vida anterior, eu tinha lido um artigo que dizia que o luto vinha se perdendo nos últimos tempos, e que as consequências eram prejudiciais para as pessoas. Antigamente, observávamos o luto por semanas, ou até meses. As mulheres vestiam preto para expressar sua dor, usavam um longo véu de crepe para cobrir o rosto, e qualquer joia era proibida, exceto as feitas de madeira escura. Os homens colocavam uma faixa de crepe preta no chapéu ou uma tira preta no braço. Toda atividade era interrompida, e a família se reunia. Havia tempo para aliviar a dor, para lembrar, para as pessoas se despedirem corretamente. Hoje, mal o enterro passou, a vida cotidiana precisa ser retomada: o trabalho, as contas a pagar... A sociedade não tem mais tempo para o luto.

Eu não consigo fazer isso. Por isso me exilei na Auvergne. Preciso de tempo.

Minha mãe tentou me ligar várias vezes. Deixei as chamadas caírem na caixa postal, sabendo que não as ouviria. Ela deve estar querendo saber se já voltei ao trabalho. Ela não tem nenhuma outra razão para me ligar. A prefeitura me ofereceu uma licença não remunerada antes mesmo de eu ter tempo de pensar sobre isso. Provavelmente temiam licenças médicas frequentes. Parece que isso é comum em órgãos públicos. Aceitei a licença não remunerada. Não preciso de dinheiro no momento.

De tanta insônia, mal consigo ficar em pé e passo a maior parte dos dias deitada no quarto, enrolada nas cobertas. Fico olhando para o teto. Meus olhos ardem. Preciso dormir, preciso que meus pesadelos me deixem em paz. Identifico uma mancha de umidade no teto. Uma infiltração no sótão, imagino. Deixo a mancha crescer, ocupar todo o meu campo de visão, ficar embaçada. Adormeço. Sem perceber.

A sensação de acordar é agradável. Sinto que dormi um sono profundo, mais de três horas. Talvez quatro. Não faço ideia, o relógio está quebrado, e o celular fica no fundo da bolsa o tempo todo. Deixo o cobertor na cama e atravesso o corredor até a sala dos fundos, a sala de jantar. Lá, me abaixo e meu olho examina o pequeno espaço entre duas lâminas de madeira. Está escuro. É noite. Ou melhor, percebo que está chovendo e que o céu está encoberto por nuvens pesadas. Nenhuma estrela é visível. Hesito, parada diante das venezianas fechadas. Uma loucura... Um ou dois minutos. Não mais. Saio para a chuva de pijama, que não tiro há vários sóis. Talvez sete. Não faço a menor ideia.

É uma chuva fina que mal molha meus cabelos e não tem força de impregnar o algodão do pijama. O ar tem cheiro de terra, como sempre que chove. Um forte cheiro de húmus. Meus pés pisam timidamente a grama escorregadia. Não consigo evitar, penso em Benjamin lá embaixo, no caixão de madeira clara. Será que está protegido lá dentro? Foi Anne que escolheu o caixão. Eu estava no hospital. Abriram minha barriga às pressas naquela noite de 21 de junho, a cicatriz não ficou bonita. Os médicos ficaram com medo de que eu pegasse uma infecção. Só pude sair brevemente, para o enterro, com a proibição de ficar em pé. O caixão era bonito. Anne escolheu uma madeira elegante de cor creme, envernizada.

Em relação a *ela*, não me deram escolha. Parece que ainda não estava completamente formada. A mim, ela pareceu um bebê de verdade, perfeitamente vivo, que poderia ter chorado e mamado. Mas ela não respirava. O coração tinha parado por tempo demais. Me explicaram que, no caso de fetos natimortos, sempre se fazia uma cremação. Ela foi cremada no mesmo dia, mas as cinzas só foram depositadas no jardim do memorial três dias depois, quando o corpo de Benjamin foi colocado no caixão. No caso dela, ao menos, não preciso me preocupar com a chuva.

Não sei exatamente para onde vou, mas sigo em frente. A noite está escura, sem estrelas e sem lua, não consigo distinguir os contornos da casa. Está tudo escuro. Consigo no máximo adivinhar os pinheiros que a cercam. Então me concentro nos cheiros. Terra, chuva, resina e agulhas de pinheiros. Nunca tive familiaridade com os cheiros da natureza. Benjamin sim. Ele cresceu no Jura. Os pais dele se mudaram para a região de Lyon quando ele tinha dezoito anos. Benjamin sempre manteve a paixão pela natureza, pelos espaços abertos. Quando soube que eu estava grávida, nunca teve a menor dúvida de que deveríamos sair da cidade. Queria nos dar no máximo um ano, depois do nascimento, para deixarmos nossos empregos e nos mudarmos para o campo. Para onde? Ainda não tínhamos decidido. Ele consultava anúncios, me mostrava algumas fotos. Nunca compartilhei de seu entusiasmo e disfarçava muito mal, mas ele não desanimava. "Você vai ver quando estivermos lá..." Eu pensava que talvez ele tivesse razão. Eu, que cresci no coração de Lyon e considerava o Parc de la Tête d'Or quase como uma floresta, tinha muita coisa para descobrir.

Minha mãe só tinha olhos para a cidade. Pelo menos até os cinquenta anos. Ela, que não tinha marido nem família de verdade, podia fazer novas amigas com frequência, sair para beber à noite e ter uma vida social fora do trabalho. Quando entrei na universidade e comecei a passar a maior parte do tempo no campus, ela viu que eu podia me virar sozinha e decidiu realizar seu sonho de sempre: se mudar para uma ilha. Eu conseguia me virar sozinha. Mas não necessariamente queria fazer isso. Não naquele momento.

Com ou sem mãe, sempre gostei da cidade, de sua constante agitação, da sensação de nunca estar sozinha, de estar sempre rodeada, em movimento.

Hoje à noite, porém, caminho sob a chuva, em um afastado vilarejo da Auvergne, no meio de uma floresta de pinheiros. Essa casa provavelmente não é a que Benjamin teria escolhido para nós, mas tenho certeza de que ele teria adorado a paisagem. Entre aromas de resina e terra fresca, tenho um pouco a impressão de honrar seu projeto.

Faço faxina dia e noite. A casa não está particularmente suja ou bagunçada, mas preciso me manter ocupada. As insônias fazem o tempo parecer interminável. Preciso preenchê-lo, caso contrário meus pensamentos voltam invariavelmente para a noite de 21 de junho, para o corpo sem vida de Benjamin, para o feto coberto de sangue. Tenho tanto medo dessas imagens que me entorpeço de cansaço para não pensar. Esfrego a bancada até rasgar a esponja, organizo as latas de conserva em ordem alfabética. Abobrinhas com creme. Aipo. Aspargos. Brócolis. Carne com tomate. Chili com carne. Espinafre. Paella. Ratatouille. A cada dia sobram menos latas, mas ainda não me sinto pronta para enfrentar o mundo lá fora.

Caço a poeira das luminárias e dos abajures escuros, faço uma verdadeira inspeção de cada armário. Aqui, um antigo jornal local. Ali, uma lista telefônica amarelada acompanhada de um ímã de geladeira com números de emergência. No armário da sala, dois livros de Émile Zola e um mapa rodoviário. A filha da sra. Hugues esqueceu de algumas coisas em sua arrumação. Coloco todos esses objetos que não me pertencem em um grande saco de lixo e decido levá-lo para o sótão algum dia, quando me sentir menos fraca.

Só no último momento me lembro do calendário de três anos atrás que tirei da parede outro dia. Ele está atirado em um canto da mesa. Estou prestes a jogá-lo no grande saco plástico, com as outras lembranças da vida da velha sra. Hugues, quando decifro as anotações deixadas por ela. *Regar os feijões. Cobrir as abobrinhas. Varrer o alpendre. Lavar as janelas.* A maioria é banal, mas outras são mais originais: *Beber mais*, ou esta, em forma de pergunta: *Bobes de cabelo*?

O calendário não vai para o saco de lixo preto. Ele fica comigo, na cozinha. Não há razão alguma para isso, exceto pela letra redonda que me agrada decifrar.

Antes de sair da casa de Richard e Anne, prometi a eles que não faria nenhuma besteira e que ligaria regularmente. Não cumpri a segunda promessa. Fazia alguns sóis que eu não percebia o silêncio de meu celular. A bateria estava completamente descarregada.

– Anne, sou eu.

É estranho como, às vezes, podemos nos emocionar ao ouvir um silêncio. O silêncio de Anne, do outro lado da linha, parece expressar alívio. Um alívio imenso.

– Amande, eu estava preocupada.

– A bateria do telefone tinha descarregado.

Novo silêncio. Acho que Anne está medindo as palavras, não sabe por onde começar.

– Acertamos os últimos detalhes dos documentos com o tabelião. Eles vão chegar até você. Passei seu endereço a ele. Eu... eu não sabia se podia...

– Sim. Está tudo bem. Fica mais simples.

– Fique de olho em sua caixa de correio.

– Está bem.

Anne deixa passar alguns segundos. Tenho a impressão de que está esperando que eu diga algo, mas nem me ocorre perguntar sobre o apartamento. É ela que o menciona.

– Richard foi esvaziar o apartamento, com Yann.

– Ah.

– Eles foram nesse fim de semana. Eu queria ir junto, mas...

Engulo em seco. Ela não precisa continuar para eu entender.

– Ele encontrou um casal para sublocar – ela continua, bem rápido. – A partir de setembro. Parece bom para você?

– Claro.

– Eles guardaram as coisas aqui em casa, no porão. Pedi que as embalassem em lonas plásticas. Não queria que ficassem úmidas. Você pode pegá-las mais tarde.

Não respondo. Não sei o que dizer.

– Amande, eu queria perguntar sobre as coisas do quarto amarelo...

Dessa vez, paro de respirar. Mal ouço a voz de Anne ao telefone:

– Richard achou que você gostaria de vendê-las ou se livrar delas, mas preferi falar com você antes. Temos espaço no porão... Podemos guardá-las. Saiba que não é um problema.

Não consigo tomar uma decisão, de pé na cozinha, em meu velho pijama que começa a cheirar a mofo. Abro a boca, depois fecho. Não sei.

– Amande?

– Sim.

– Você quer um tempo para pensar?

– Sim.

Olho para uma das janelas sem realmente a ver. Espero que os batimentos cardíacos acelerados, que me dão enxaqueca, desapareçam.

– Amande?

– Sim.

Os "sim" saem de minha boca sem que eu perceba, como um sopro, um reflexo automático, não estou ouvindo de verdade.

– Faz três semanas agora...

– Três semanas?

– Que você se mudou. Tem certeza que...

Ela hesita. Não quer me magoar. Ela não tem ideia do meu estado de espírito atual, da maneira como estou lidando com as coisas.

– Você não quer voltar por um tempo?

O tom de minha resposta não deixa dúvidas:

– Ainda não.

– Está bem. Se por acaso...

– Eu sei, Anne. Obrigada...

Fico aliviada que ela não tenha perguntado: Você anda dormindo? Você anda comendo? Eu provavelmente teria mentido para ela.

O quarto amarelo foi ideia minha. Uma maneira de fugir dos tradicionais rosa e azul. Não éramos originais. Benjamin sonhava com uma menina, eu com um menino. Mas quando soubemos o sexo do bebê, minha alegria superou em muito a dele. Ele queria deixar a cidade, para que ela pudesse crescer em um ambiente bucólico. Eu queria me casar, para que pudéssemos ter o mesmo sobrenome. Para que formássemos uma família de verdade. Nós nos casamos rapidamente, no civil. Só nós dois e Yann e Cassandra, nossas testemunhas. Minha barriga já começava a se arredondar.

Pintei o quarto de amarelo e Benjamin montou o berço e o trocador. Os móveis eram de uma bonita madeira branca. Acima do berço, colei o adesivo de um pintinho saindo de um ovo. Os lençóis já tinham sido comprados, assim como os conjuntinhos, bodies e pijamas coloridos.

Ela se chamaria Manon. Manon Luzin. Apostamos que teria cabelos loiros e os olhos cor de avelã de Benjamin. Ela deveria ter nascido no dia 20 de agosto. Morreu no dia 22 de junho, às 5h58.

Sempre haverá alguém para se lembrar de Benjamin. Para falar de sua generosidade, de seu altruísmo, de seu amor pelo trabalho, pelos jovens, pela MJC, pela família. Seu sorriso permanecerá na memória, seus cabelos castanhos bagunçados também, o brinco de que todos zombavam.

Ela, é diferente. Ela nunca existiu para *eles*. Eles nunca a viram, nunca a sentiram, nunca a tocaram. Ela deveria ter sido, mas não foi. Simples assim. Sou a única que sabe que isso é mentira. Sou a única que sabe que ela existiu, realmente existiu, para além desses poucos segundos em que seu corpo morto foi arrancado do meu, no hospital. Benjamin também saberia. Ela existiu em nossas mentes, em nossos corações, muito antes de existir fisicamente. Mas Benjamin não está mais aqui, e agora só eu posso me lembrar dela.

Acho que não quero me livrar das coisas do quarto amarelo. Pelo menos não agora.

3

Vou ter que sair de minha toca. Todas as conservas acabaram. Meu último saco de arroz tem apenas o suficiente para me alimentar por uma refeição. Como pouco, mas como, senão não teria nem energia para sair da cama. As insônias destroem tudo. Pensei que, de tanta exaustão, acabaria pegando no sono. Estava enganada. Algo está bloqueado em meu cérebro, algo me impede de dormir por muito tempo. Uma vigilância extrema. Um instinto de sobrevivência?

Essa manhã, no entanto, preciso reunir minhas últimas forças para tomar um banho, me vestir e caminhar até o carro.

Planejei tudo nos mínimos detalhes. Sei que o primeiro supermercado fica a doze quilômetros daqui. Fiz uma lista de compras para passar o mínimo de tempo possível sob a iluminação agressiva, no meio de todas aquelas pessoas. A hora de saída também não é um acaso: escolho a de menor movimento nas lojas e menor tráfego nas estradas. Quero voltar para a escuridão o mais rápido possível.

Uma hora e dois minutos, é o tempo que levo para me livrar da tarefa. Nada de notável nessa primeira saída em muitos sóis. Apenas uma moto na estrada, mas eu estava distraída demais para me perturbar. Na cozinha, bem protegida do resto do mundo, guardo as compras. Por data de validade. É mais relevante do que por ordem alfabética e, acima de tudo, me exige mais tempo e concentração. Não posso pensar.

Guardado o último saco de pão de forma e caio na cama. Tenho a impressão de que finalmente vou dormir. Fecho os olhos, estico as mãos ao lado do corpo, deixo a nuca pesar. Estou serena e convencida de que dessa vez vou adormecer. Então a imagem da moto que vi mais cedo volta à minha mente. Uma moto esportiva, como a de Benjamin, mas preta e verde. A dele era preta, toda preta.

Ao contrário das esposas dos amigos motociclistas de Benjamin, nunca fiquei ansiosa por saber que ele andava de moto. Não que eu seja naturalmente confiante e otimista, apenas porque Benjamin era prudente. Ele gostava de velocidade, é claro, de sentir o motor vibrar sob seu corpo, de se inclinar nas curvas, mas tinha consciência do perigo, sempre à espreita, eu sabia que ele era sensato. Nunca tive medo de andar com ele, logo eu, a medrosa incondicional.

Nunca me preocupei além da conta em vê-lo chegar tarde. Nunca imaginei que ele morreria em um acidente de moto.

Dormi algumas horas. Fui até a caixa de correio ao cair da noite. Pensei ter visto uma sombra se movendo entre os arbustos, do outro lado da estrada. Tenho quase certeza de que era um gato de rua.

Sentada à mesa da cozinha, abro a correspondência do tabelionato sem pressa. O relatório da reunião. Conforme o combinado, enquanto esposa de Benjamin herdo o dinheiro de seu seguro de vida e alguns ativos. Benjamin e eu não éramos ricos, mas cada um tinha economizado um pouco. A herança formalmente atribuída pelo tabelião me permitirá viver reclusa por algum tempo. Empurro a carta para o lado, não descubro nada que já não soubesse, e puxo o antigo calendário da sra. Hugues, que ainda não joguei fora.

Começo a ler o mês de abril, representado por um buquê de rosas amarelas sobre uma mesa de jardim de madeira bruta. Algumas datas foram anotadas. 2 de abril: *Transplantar as mudas de alface.* 6 de abril: *Dividir os pés de cebolinha.* 10 de abril: *Jardinar.* 13 de abril: *Semear a salsinha.* 18 de abril: *Torrada com geleia de morango?* 20 de abril: *Plantar as dálias.* 22 de abril: *Colocar os móveis de jardim sob a árvore de Paul.* 30 de abril: *Replantar os oleandros.*

Leio de novo a inscrição: *Colocar os móveis de jardim sob a árvore de Paul.* Me pergunto quem é Paul e qual seria sua árvore. Até agora, só pude observar o exterior da casa à noite. Não consegui distinguir as árvores.

Minha curiosidade acaba aqui, não tenho a chama necessária para alimentá-la, a exaustão prevalece.

Por entre as lâminas das venezianas, observo o sol nascer lentamente acima das árvores, nas colinas circundantes. Não durmo há muitos sóis. Deixei de lado o calendário da sra. Hugues, vaguei pela casa, enrolada em mantas cada vez mais numerosas porque sinto cada vez mais frio. Estou me tornando cada vez mais etérea, como se aos poucos estivesse desaparecendo.

Examino meu passado, em busca de momentos felizes. A única coisa que consigo fazer é repelir, cada vez com mais dificuldade, com menos força e energia, as imagens da noite de 21 de junho. E se eu parasse de lutar... E se eu permitisse que se desdobrassem?

Mais tarde – será outro sol?, já não sei – Anne liga. Respondo mecanicamente.

– Amande, você não quer vir para cá no domingo?

Não sei em que dia estamos. Respondo que não, que preciso descansar, que estou dormindo muito pouco. Ela pergunta se preciso de pílulas para dormir ou qualquer outra coisa, ela pode vir me ver, com ou sem Richard. Eu não sei. E é o que digo a ela.

– Posso ir no domingo... – ela repete.

Então me ouço dizer que sim, domingo, mas à noite, não durante o dia.

Não quero que eles tragam o sol para dentro de casa.

Preparar um jantar para Anne e Richard me permite ter um novo propósito. Não consigo sair para comprar alimentos frescos, mas posso usar as diversas conservas e laticínios não vencidos para preparar algum tipo de receita. Ratatouille enlatada, carne a vácuo e um pacote de macarrão me permitem fazer um gratinado de macarrão um pouco melhorado. Adiciono o resto do queijo ralado, retirando as partes esverdeadas, tomadas pelo mofo.

Eu me obrigo a descansar. Mesmo que o sono não venha. Faço o esforço de ficar deitada por longas horas, principalmente entre dois sóis, convencida de que dessa forma recuperarei um pouco de energia.

Precisei verificar a data no celular para saber quando o domingo caía. Dentro de três sóis. No dia 17 de agosto. O fim do verão se aproxima.

Nesse dia, preciso abrir as venezianas. Não quero que eles saibam que vivo na escuridão permanente. Espero até o último momento para fazê-lo. A sala de estar se revela a mim de outra maneira, sob a luz natural do fim do dia. Mais acolhedora. Menos fria.

Arrumo a mesa, coloco uma jarra de água em cima dela, desligo o forno. O gratinado deve estar pronto, seu aroma enche a sala. Em uma tigela, despejo uma salada de frutas em conserva, que polvilho com açúcar branco. Não tenho certeza do resultado. Coloco na geladeira, para a sobremesa.

Escondo as mantas amareladas, em que passo os dias enrolada. Passo um aromatizador no corredor, no banheiro, na sala de estar. Tento me vestir decentemente. Calça preta. Blusa rosa-claro. Prendo os cabelos, que perderam o brilho, em um coque. E fico atenta aos sons. Ao barulho de um carro se aproximando.

Mais tarde, o som do motor. Em seguida, o do cascalho sob as rodas. Depois, duas portas batendo. Abro a porta, aliviada de constatar que a noite caiu. Os dias estão ficando mais curtos.

Eles parecem felizes de me ver no alpendre, de blusa rosa. Não devo estar com uma aparência terrível. Ou não muito. Eles também se esforçaram para parecer bem. Anne usa um vestido bege e sandálias douradas. Richard está de bermuda azul-marinho.

– Está frio aqui! – exclama Anne ao me abraçar.

– Vou pegar casacos para vocês.

Richard também me abraça. Ele é alto e moreno como Benjamin, tem os mesmos olhos cor de avelã. É verdade que está frio. Não saio desde a carta do tabelião, mas tenho que admitir que a temperatura caiu.

– Vocês não precisavam trazer nada. Entrem…

Eles me oferecem um buquê de flores. Rosa-claro, violeta, vermelho vivo. São cores demais para minha casa, ainda não estou pronta para isso. Terei que jogá-las fora amanhã. Por enquanto, porém, fico feliz de ter Anne e Richard aqui, perto de mim. Eles não comentam o interior antiquado e fora de moda.

– O cheiro está ótimo! – eles se limitam a dizer quando entram na sala de estar.

Nenhum dos dois pede para fazer um tour pela propriedade ou pelo jardim. Suas chamas internas provavelmente ainda não estão fortes o suficiente para despertar qualquer tipo de curiosidade. Anne coloca o buquê de flores em cima da mesa, ao lado da jarra, e pergunta onde fica o banheiro. Richard fica parado na cozinha, perto de mim, e limpa a garganta enquanto me entrega um saquinho de plástico com uma cruz verde.

– O que é isso...

Entendo que são soníferos.

– Anne toma os mesmos – acrescenta Richard.

Agradeço e guardo o saquinho de plástico no armário acima da pia. Não pergunto nada, mas ele diz:

– Ela está indo no psicólogo.

Aceno que sim com a cabeça, tentando esboçar um sorriso. Não tenho certeza de conseguir. Ele aponta para minha barriga. Sob a blusa rosa-claro, já não há sinal de minha existência anterior. A barriga desapareceu. Resta apenas a pele enrugada, flácida, que demora para se retrair. A pele e a horrível cicatriz.

– Sem infecção?

– Sim, mais nada.

Evito olhar para ela, mas a vejo todos os dias. O vermelho assustador, do qual escorria um pus amarelado, desapareceu. A cicatriz ficou rosada e se torna cada vez mais difusa. Um dia desaparecerá, mas sempre será visível, e isso é importante para mim.

Anne volta para a cozinha, interrompendo a conversa murmurada.

– Você tem bastante espaço...

Isso é tudo o que o espetáculo de minha miserável casa lhe inspira, e eu a entendo.

À mesa, não conseguimos falar de outra coisa. O túmulo de Benjamin. As cartas de condolências e outras manifestações de afeto recebidas por Anne e Richard. A dipladênia que eles colocaram sobre a lápide. Acho que eles se sentem bem de estar comigo, comigo e mais ninguém, sem precisar fingir, podendo falar sobre a morte dele e nada mais.

– A polícia nos procurou há duas semanas. Para saber se queríamos registrar uma queixa contra X, por causa dos rojões.

Eles me observam. Querem saber a minha opinião. Encolho os ombros.

– Não sei... Para quê...

Anne concorda.

– Foi o que eu disse aos policiais, mas sabe... queríamos saber sua opinião.

Eles me explicam que uma nota foi divulgada no jornal proibindo o uso de rojões nas proximidades das estradas, a menos que o tráfego tenha sido interrompido antecipadamente.

O silêncio cai novamente e eu aproveito para tirar os pratos e servir a salada de frutas em pequenas tigelas de cerâmica.

– Amande, também temos algo a anunciar.

Interrompo o que estou fazendo, com a concha suspensa acima da tigela. Foi Anne que falou, seus olhos se encheram de lágrimas. Ela não sabe como continuar, então Richard continua, com sua voz calma:

– Yann queria ter nos contado no churrasco da família, no dia 14 de julho... mas com o acidente e tudo o que aconteceu, ele... teve que adiar o anúncio.

Ele também precisa de tempo para se recompor. Eu espero.

– Não queríamos esconder de você, mas sabíamos que seria delicado contar. Não queríamos fazer isso por telefone...

Anne coloca a mão no antebraço de Richard, para interrompê-lo, ela quer continuar, ela quer se encarregar disso.

– Elas deveriam nascer com alguns meses de diferença. Era o que Cassandra e Yann queriam...

Minhas mãos começam a tremer. Não tenho certeza se entendi. Paro de respirar.

– Eles estão esperando um bebê. Uma menina. Ela vai nascer em janeiro.

A salada de frutas está realmente doce demais, quase impossível de comer, mas ninguém se importa. Essa noite, sinto vontade de morrer. É a primeira vez que isso fica claro em minha mente. Adoro Yann, a cópia fiel de Benjamin, só que mais jovem, e adoro Cassandra, sua franqueza, sua espontaneidade. Sempre os considerei mais do que apenas meu cunhado e minha cunhada. Eles teriam sido os padrinhos de Manon. Essa noite, porém, só sinto vontade de morrer.

4

Anne e Richard se asseguraram de que eu não desmoronaria e, bem tarde, depois da meia-noite, voltaram para Lyon. Finalmente desabo na cama. Baixo a guarda. Me entrego. As imagens se multiplicam.

Nesse ano, o primeiro dia do verão caiu em uma sexta-feira. Às sextas-feiras, sempre encerro o expediente às três horas da tarde na prefeitura. Voltei para o apartamento de transporte público e decidi fazer uma faxina enquanto esperava por Benjamin. Estava calor, mas a gravidez não havia afetado em nada minha energia. Uma gravidez ideal, meu ginecologista havia dito. Eu trabalhava em tempo integral, ia à piscina duas vezes por semana, ao mercado a pé todos os domingos, e ainda fazíamos amor com bastante frequência. Eu esperava adiar ao máximo o início da licença de maternidade e, assim, poder passar mais tempo com o bebê quando ele nascesse.

Benjamin chegou pouco depois das cinco horas. A música começava a ecoar pelas ruas. Bandas testavam seus instrumentos, improvisavam um ensaio.

– Está com vontade de dar uma volta? – ele perguntou.

Alguns grupos se apresentariam: rock na praça, jazz em um café, um coral perto da estação de trem, muitos violões e acordeões por toda parte. Eu disse que sim. Eu queria passear com Benjamin, sentir sua mão em minha cintura, sentar em um bar, beber uma limonada, bater o pé ao ritmo da música, ver minha barriga esticada sob o vestido e imaginar o bebê embalado por todos esses sons.

– Podemos até jantar na rua – ele acrescentou.

Era uma boa ideia. A Festa da Música marcava o início do verão. Eu só tinha mais um mês de trabalho pela frente. Depois disso, planejávamos ficar alguns dias nas Landes, não muito, queríamos estar perto para o nascimento de Manon. O futuro se anunciava leve. O quarto já estava pronto. As roupas também. Éramos assíduos nas aulas de preparação para o parto. Benjamin nunca perdia uma. Nada me preocupava. Nem mesmo a dor.

– Vou tomar uma ducha, está bem? Podemos sair para passear logo depois.

Ele tirou a camiseta e estava prestes a entrar no banheiro quando seu telefone tocou. Jovens da MJC. Eu soube porque ouvi "Benji, sou eu...". Era alguma coisa sobre abrir um armário, procurar a chave na gaveta da recepção, verificar se tudo estava lá dentro. A conversa se estendeu um pouco, Benjamin se serviu de água enquanto os jovens, do outro lado da linha, verificavam algo. Ele acabou suspirando e dizendo que estava a caminho.

– O que está acontecendo? – perguntei quando o vi colocar a camiseta de volta.

– Os garotos do clube de música.

– O que aconteceu?

– Mika guardou as partituras e os instrumentos na sala de música, no armário grande, aquele fechado à chave. Mas as chaves sumiram.

– Você vai até lá?

– Tenho uma cópia da chave. Vou abrir para eles e volto.

Eu o segui até a entrada e me apoiei no batente da porta.

– Você vai de carro? – perguntei.

– Não. Com a Festa da Música e as ruas bloqueadas, melhor pegar a moto. Vai ser mais rápido.

– Está bem.

Ele me beijou rapidamente, repetindo que estaria de volta em menos de uma hora.

Tomei uma ducha fria, vesti um vestido branco de verão, penteei os cabelos e fiz uma trança. Preparei um chá de framboesa, meu preferido, e o deixei esfriar enquanto folheava um catálogo. *Bebê e companhia*. Nas páginas de papel brilhante estavam brinquedos para recém-nascidos de até três meses. Chocalhos, maracas, mordedores... Muito coloridos. Amarelo, vermelho, azul... Luzes noturnas que produziam sons e jogos de luz. Consultei o relógio, constatei que Benjamin tinha sido muito otimista, já fazia uma hora e dez minutos que ele tinha saído. Tomei alguns goles de chá e comecei a folhear a seção de sapatos do catálogo. Achei uma sandália cor-de-rosa e meias adoráveis com desenhos de girafas. Mais tarde, depois de ir ao banheiro e observar a rua se enchendo de gente e música, comecei a folhear a seção "Trajes de banho para bebês", pensando em levar Manon para a piscina, no grupo de bebês nadadores. O chá esfriou. Meu estômago começou a acordar. O que Benjamin estava fazendo? O interfone tocou e me fez pular. Apertei o botão sem atender, convencida de que era Benjamin. Era comum ele esquecer o tag do portão em casa. Abri a porta e ouvi os passos no pátio. Notei, sem prestar muita atenção, dois conjuntos de passos na escada, não um.

Então eles apareceram. Dois policiais de uniforme. Um deles um pouco atrás, com o olhar fugidio, o outro com a voz suave.

– Sra. Luzin?

– Sim.

Pensei *O que posso ter feito? Será que esqueci de pagar uma multa?*

– Olá, detetives Dumont e Florel, da delegacia do bairro. É a respeito de seu marido, Benjamin Luzin. Poderíamos entrar por um momento?

Pensei nos jovens da MJC. Algo com drogas? Uma briga? Benjamin tinha sido detido? Estava sob custódia? Me afastei da porta e eles perguntaram onde ficava a sala de estar.

Me senti desconfortável no vestido branco de verão ao lado dos dois homens de uniforme.

– Podemos nos sentar?

O policial de voz suave apontou para o sofá, eu respondi:

– Claro.

Ele declarou:

– A senhora também, por favor, sente-se.

Eu não me sentia à vontade mas sentei na frente deles, puxando o vestido para cobrir os joelhos. O policial de olhar fugidio fixava minha barriga e evitava meus olhos, ainda mais do que na entrada. Eles foram direto ao ponto.

– Bem, sra. Luzin, estamos aqui para lhe dar uma má notícia.

Eles deixaram um silêncio pairar. Mais tarde, descobri que essa frase fazia parte do procedimento, para permitir que os familiares se preparassem psicologicamente, antecipando o pior. De minha parte, eu ainda estava presa a uma história de briga na MJC e de prisão. Não previ absolutamente nada do que viria a seguir.

– Seu marido sofreu um acidente de trânsito esta noite, às 18h10, na avenida Jean-Mermoz. Ele foi declarado morto às 18h18, quando as ambulâncias chegaram. Nada pôde ser feito para reanimá-lo. Sentimos muito.

Não tenho uma memória nítida dos segundos que se seguiram. Acho que fiquei em estado de choque e comecei a tremer. Lembro do policial de olhar fugidio voltando à sala com um copo d'água, colocando uma almofada atrás de minhas costas. Lembro de repetir a mesma frase sem parar, incrédula demais para aceitar que eles estivessem falando a verdade:

– Ele estava indo para a MJC... Ele já ia voltar... Ele já vai chegar.

Eles tentaram falar por cima de minhas frases desconexas, sem me pressionar, sem me forçar. Queriam me fazer entender que ele estava morto, que não voltaria. Era impossível, ele estava aqui há menos de duas horas, em plena forma. Íamos jantar na rua, ouvir música. Eles disseram:

– Entendemos seu choque, senhora.

E outras coisas... Como o fato de Benjamin estar na avenida Jean-Mermoz, a grande avenida que leva à rodovia e ao anel viário, onde a velocidade é de oitenta quilômetros por hora, não cinquenta. Eles disseram que grupos de jovens se preparavam para ir ao centro de Lyon para a Festa da Música, discutindo e brincando de estourar rojões na beira da estrada. Benjamin provavelmente não os viu. Ele estava usando o capacete e provavelmente olhava para o sinal. O sinal ficou verde e, como a avenida estava desobstruída, ele acelerou, se preparando para um pequeno aumento de velocidade totalmente razoável naquela parte da estrada.

– Eles provavelmente não tinham a intenção de mirar na roda dianteira dele, senhora...

No entanto, foi exatamente ali que o rojão explodiu, junto à roda dianteira de sua moto. Sem mais nem menos.

– As testemunhas relatam que ele virou de repente para a esquerda, sob o efeito do susto. Ele estava dirigindo a mais de setenta quilômetros por hora, a moto se desestabilizou. O caminhão de entrega que vinha na direção contrária não teve tempo de frear.

Não perguntei nada naquele dia na sala de estar, onde dois policiais tentavam me fazer acreditar nessa história inacreditável. Não perguntei nada, mas eles disseram:

– A moto passou por baixo das rodas. Ele não sofreu. Morreu na hora.

Lembro do silêncio que se seguiu a essas palavras. Dos policiais me observando. Eu provavelmente estava muito pálida, mas continuei balançando a cabeça.

– Ele já ia voltar…

As mesmas palavras saem de minha boca. *Ele já ia voltar…* Não podia ter sido tão rápido. As pessoas não morrem tão rápido. Não é assim que funciona. Ele estava aqui há tão pouco tempo, ele estaria de volta em uma hora, no máximo. Ele estaria de volta para o jantar. Só tive tempo de tomar um banho, beber um chá, folhear uma revista, e eles queriam me fazer acreditar que ele tinha morrido durante esses poucos instantes? Queriam me fazer acreditar que um rojão explodiu na frente da moto, que Benjamin fez uma curva para a esquerda, que a moto caiu, que um caminhão passou por cima dele, que os socorristas chegaram, examinaram Benjamin, o declararam morto e chamaram os policiais, policiais que agora estavam na minha sala? Queriam me fazer acreditar que em menos de duas horas meu mundo tinha ruído, enquanto lá fora ainda estava claro, as bandas se preparavam e meu chá mal tinha esfriado?

Eles me seguraram e me ajudaram a levantar. Eu não sabia para onde estávamos indo. Eles me disseram para pegar um casaco e os documentos de identidade. Na rua, o sol estava se pondo, com belos reflexos acobreados. Um casal atravessava a rua de mãos dadas. Eles me acomodaram no banco de trás do carro. Foi somente quando começaram a acelerar que perguntei, atordoada:

– Para onde estamos indo?

O policial de olhar fugidio respondeu, olhando para frente:

– Estamos levando a senhora para identificar o corpo.

Ouvi-me responder com uma voz etérea:

– Sim, quero vê-lo.

Eu ainda não acreditava.

No hospital, descemos ao subsolo, dois andares abaixo da superfície. A palavra "Necrotério" começa a se infiltrar em minha mente, que se recusa a acreditar. Meus tremores voltam e tomam conta de todo o meu corpo. Sinto vontade de vomitar, dor de barriga. Quase caio várias vezes. Me fazem esperar em uma sala branca. Uma senhora chega. Não lembro de nada de seu rosto ou de sua voz. Lembro apenas de algumas palavras, dos olhares sombrios. *Sequelas graves. Corpo machucado. Cena difícil.*

– A senhora não é obrigada a identificar o corpo, sra. Luzin. Os pais do seu marido foram avisados. Eles devem chegar a qualquer momento. Eles podem cuidar disso.

Ela me diz isso, mas repito que quero vê-lo, que preciso vê-lo. Minha mente começa entender. Morto. Ele está morto. E me recuso a acreditar. Eu só preciso vê-lo, falar com ele para acabar com esse grande mal-entendido.

– Sra. Luzin, em seu estado, seria mais sensato deixar seus sogros cuidarem disso...

Eu não a ouço. Repito meu pedido, cada vez mais veemente:

– Eu quero vê-lo!

Se eu não puder ver, nunca vou acreditar.

Não lembro absolutamente nada do ambiente, da disposição do necrotério, da presença de outros corpos. Só vejo o capacete da moto no chão e a jaqueta de motociclista pendurada em um cabide. Dois pés se projetam para fora de um lençol. Entendo que é ele. Ele sempre teve o dedão do pé muito maior do que os outros dedos.

– Sra. Luzin, se começar a se sentir mal…

Não noto que estou agarrada à mesa onde Benjamin está. A única coisa que vejo é uma cesta ao lado da mesa, uma cesta branca com suas roupas grosseiramente cortadas. A camiseta branca e o jeans, manchados de sangue. Um único tênis. A pulseira de cordão marrom, trazida do Brasil, a aliança.

– Sra. Luzin? Gostaria de se sentar?

Três pares de olhos me encaram. Balanço a cabeça, obstinadamente. Me recuso a ver o sangue nas roupas. Eu o apago de minha mente. Me concentro na pulseira. Tenho uma igual, no tornozelo. *A pulseira, a pulseira brasileira, a mesma…* A mão levanta o lençol branco, se detém, me examina. Eu sorrio. É totalmente fortuito, mas sorrio para encorajá-los a continuar, a me mostrar o corpo de Benjamin, para que não o escondam de mim, para que não me levem de volta à pequena sala de espera sem que eu o tenha visto com meus próprios olhos. Sorrio, no fim das contas, porque perdi completamente a cabeça.

Entendo tarde demais que nunca mais poderei voltar atrás, que depois que essa imagem estiver gravada em minha mente, ela me assombrará noite e dia, não a imagem de Benjamin quando anunciei a gravidez ou quando fazíamos amor. Não, a imagem de Benjamin com o corpo mutilado, coberto de sangue, os olhos bem abertos.

Seu rosto está intacto, protegido pelo capacete, graças a Deus. Vejo roxos no pescoço, provavelmente o fecho do capacete, que havia tentado voar sob o impacto. Um de seus braços está em uma posição estranha, anatomicamente anormal, como se o ângulo de flexão estivesse invertido. O peito, pelo que posso ver, está esmagado, as costelas afundadas, encurvadas. Não sei se algum órgão, um único órgão, resistiu. Uma mulher, a legista, faz uma lista. Ela ainda não abriu o corpo, fará isso à noite, mas com base nas lesões externas e na cor da pele em certos lugares, ela já tem uma ideia do que aconteceu. Baço estourado. Fígado esmagado. Pulmão direito provavelmente perfurado por uma costela.

Vomito em cima da mesa branca, em cima do corpo de Benjamin. Eles me seguram. Buraco negro.

A dor de uma contração me acorda alguns minutos depois. Não a solução adocicada injetada em minhas veias ou as luvas geladas em minha testa. Uma dor aguda, no fundo de minhas entranhas, me tira o fôlego. Estou no terceiro andar do hospital, no setor de obstetrícia. Cinco andares me separam de Benjamin.

Dizem que está tudo bem, que estão cuidando de mim e do bebê, que as contrações que estou sentido são causadas pelo estresse, que não há com o que se preocupar, elas devem diminuir. O bebê não está pronto para sair, e eu preciso descansar, tentar relaxar.

– Benjamin…

Alguém coloca a mão em minha testa.

– Seus sogros já vão chegar, sra. Luzin. Fique calma. Pense no bebê.

Paro de falar, não porque sou particularmente obediente, mas porque a dor toma conta de mim. Lancinante. Porque não consigo acreditar. Benjamin aqui, e um segundo depois não mais. A Festa da Música. Jantar na cidade. Beber uma limonada. O rojão que estoura. A moto que muda de direção. O caminhão. O corpo mutilado. Os olhos bem abertos. Respiro com dificuldade. Devem ter percebido, ao meu redor, pois três pessoas se aproximam para me cercar, para me pedir calma. Um homem, duas mulheres. Eles dizem que eu não posso dar à luz agora, o bebê ainda está de cabeça para cima, não está na hora.

– Entendeu, sra. Luzin? Ainda não está na hora. Tente relaxar, respire com calma. A dor vai passar, e a senhora vai voltar para casa, certo?

No entanto, eles trocam olhares preocupados, consultam a tela de monitoramento. Chamo por Benjamin, Anne, Richard, qualquer pessoa, porque sinto que algo não está certo. Preciso que eles estejam comigo.

A equipe não consegue me acalmar. Minha respiração se torna ofegante. O homem eleva a voz para ser ouvido:

– Vou buscá-los, está bem?

Mas ele não volta. Os minutos passam. Lá fora, a noite cai. Eu conto. Três. Quatro. Cinco. Seis. Seis novas contrações. Eles tinham dito que elas iriam desaparecer… Mas é o oposto que acontece. Uma das duas mulheres sai e retorna com um médico mais experiente. Ele também olha fixamente para o monitor, franze o cenho.

– Os batimentos cardíacos parecem estar diminuindo…

Sinto essas palavras terríveis como uma lâmina afiada sendo cravada em meu corpo. Tento falar, mas não consigo.

– Contrações?

– Intensas, totalmente irregulares, mas cada vez mais frequentes. O corpo não está pronto. O bebê está em posição pélvica.

– Colo do útero?

– Apenas dois dedos.

Percebo pelo tom de suas vozes que as coisas não estão bem. Eu não deveria ter caído na armadilha desse primeiro dia de verão, com seu sol, sua leveza, sua promessa de felicidade no horizonte. Menos de duas horas foram suficientes para que meu mundo acabasse.

Não sei que lá embaixo, no segundo subsolo, Anne está tendo um ataque de pânico, que Richard e a médica legista tentam acalmá-la, e que é por isso que eles não estão a meu lado. Olho para a porta do quarto, com os olhos cheios de terror, esperando que eles entrem.

O monitor emite um sinal sonoro, eles o escondem de mim, ficam na frente. Tem início uma conversa apressada. Eu os observo a partir das profundezas do desespero, incapaz de falar. Então me anunciam, com suas vozes mais confiantes e sorrisos mais tranquilizadores, que vão me injetar uma solução de hormônios para induzir o parto, que vou dar à luz esta noite, provavelmente antes do amanhecer, que minha filha estará aqui em breve.

Depois da injeção, a dor se torna tão intensa que não consigo emergir à superfície da consciência. Nesse turbilhão atemporal, o rosto de Richard aparece de repente. Olhos cor de avelã, nos quais me agarro. Eu os conheço. Benjamin tem os mesmos. Choro. Tremo. Ele segura minha mão. Ele me pede para ser corajosa, para respirar, para ouvir as instruções da parteira.

Triângulos vermelhos em chamas dançam diante de meus olhos – minha representação da dor que sinto. No auge do desespero, à beira do desmaio, chamo por Benjamin, e Richard me pede incansavelmente para ser corajosa. Nenhum curso de parto me preparou para isso. Benjamin sempre esteve a meu lado. Ele deveria estar aqui. Ele deveria segurar minha mão e enxugar minha testa. Essa noite, com ele morto, não posso fazer isso. Não posso dar à luz. Entendo isso bem depois, tarde demais, quando três enfermeiras se juntam ao círculo em torno da cama, preocupadas.

– Senhora, o bebê não está bem. Precisa fazer um esforço, deixá-lo descer. Comece relaxando, respire como dissemos, certo? Se não conseguir, teremos que fazer uma cesariana.

Suas palavras são vazias, não alcançam minha consciência alterada. Não posso ajudar. Não posso dar à luz. Não sem Benjamin.

Acho que Richard sussurra algo em meu ouvido. Ele está chorando. Lágrimas inundam seu rosto. O círculo a meu redor aumenta. Tenho a impressão de que as primeiras luzes do dia estão surgindo lá fora, o que me parece completamente improvável. Perdi completamente a noção das horas que passam.

Richard se levanta, um médico coloca a mão em seu ombro e o conduz suavemente para fora. Eles o fazem sair. Não sei por quê. Vejo a porta se fechar atrás de suas costas curvadas, depois a seringa para a anestesia local.

O coração de Manon parou.

Eles tentaram tirá-la da minha barriga o mais rápido possível. Foi o que me garantiram. Eles cortaram minha pele de qualquer jeito. Não faz mal, havia urgência.

Não pude ver nada quando a tiraram. Eles a cercaram rapidamente. Havia agitação em volta da cama, em volta de meu corpo aberto, em agonia. Acho que eles tentaram reanimá-la por longos minutos. Pelo menos foi o que entendi depois. Mas foi em vão. Seu pequeno corpo ainda não estava completamente formado. Faltavam dois meses para ele estar pronto para enfrentar o mundo aqui fora. E seu coração parou por tempo demais. Um minuto e 52 segundos, demais para um feto prematuro.

Eles a colocaram sobre meu peito. Me perguntaram se eu ainda queria lhe dar um nome. Cobriram-na como se ela fosse sentir frio. Seu minúsculo corpo estava cheio de sangue e de um estranho líquido branco. Ela não tinha nenhuma penugem na cabeça. Quanto aos olhos, não pude dizer se Benjamin e eu havíamos ganhado nossa aposta. Eles estavam fechados.

Richard se juntou a mim mais tarde e ficou a meu lado até que tirassem meu bebê de mim. Minha pequena Manon. Nasceu morta no dia 22 de junho, às 05h58.

5

Três batidas na porta me acordam hoje. Desde que estou tomando os soníferos deixados por Anne, durmo sem parar. Um sono pesado, químico, sem sonhos. Emerjo por alguns instantes, tempo suficiente para uma ducha, um prato aquecido no micro-ondas, e volto a mergulhar em um quase estado de coma artificial.

Mas, essa manhã – será de manhã?, não tenho a menor ideia – alguém bate à porta e tenho bastante dificuldade de me extirpar dos efeitos do sonífero e sair da cama. Meu equilíbrio precário me faz cambalear pelo corredor. Passo a mão no cabelo, aliso o pijama e abro a porta da frente. Um sol mais suave do que o normal bate em meu rosto, me cega por alguns instantes. À minha frente, uma mulher de cerca de quarenta anos, de rosto ainda jovem, morena, cabelos soltos sobre os ombros, usando uma túnica elegante.

– Bom dia, sou Julie Hugues, filha da moradora anterior. O sr. Varin, o corretor de imóveis, me passou seu número de telefone, mas não consegui contatá-la nenhuma vez.

A perplexidade deve ser visível em meu rosto, assim como meu esforço de compreender o significado de suas palavras. Os soníferos me entorpecem.

– Meu telefone estava desligado nos últimos dias…

– Eu não queria incomodar – ela se desculpa, dando um passo para trás.

– Não, não, não faz mal.

– É que… estou envergonhada por ter deixado toda aquela bagunça no sótão… Até agora não havia inquilinos, então era diferente… Nunca tive pressa de me livrar das coisas pessoais de mamãe… Mas vejo que está acordando. Posso voltar em uma hora ou duas. Estarei no café, lá embaixo, no vilarejo. Volto ao meio-dia, está bem?

Não respondo nada. Apenas faço um aceno de cabeça e a vejo voltar ao carro, um pequeno Twingo azul.

Julie Hugues. Filha da sra. Hugues, a antiga moradora, a senhora do calendário. Aquela que mora do outro lado da França. Tento organizar as coisas em compartimentos na minha mente, simplificá-las para voltar à superfície. Duas horas, ela volta em duas horas. Preciso tomar um banho. Preciso recuperar a clareza. A água fria me traz um pouco de energia. Lavo o cabelo, fazia uma eternidade que não o lavava, depois o enrolo em uma toalha e meu corpo em um roupão. Na cozinha, sobre a bancada, meu celular parece abandonado, provavelmente sem bateria há dias. Com movimentos lentos, eu o conecto ao carregador. Mesmo assim, não o ligo. Cada coisa a seu tempo. Primeiro, recuperar um pouco de lucidez.

Preparo um café. Pego um filtro acima da pia. Sinto os membros pesados. Há quanto tempo não volto à superfície, realmente à superfície? A pergunta desaparece, minha mente já está em outro lugar. Uma xícara. Todas estão sujas no fundo da pia. Lavo uma com movimentos muito pesados, muito desajeitados.

Agora o café está passando, olho para as janelas de venezianas fechadas. Nem pensar. Vou fingir que sofro de enxaqueca, que preciso de escuridão. Não estou pronta para abri-las.

A caixa de soníferos está em cima da mesa, meio vazia. Eu contei, havia três cartelas de quinze comprimidos. Eu poderia ter me matado facilmente com isso. Uma única cartela teria sido suficiente. Em vez disso, me entorpeci e dormi por dias e dias. Por que não me matei?

A pergunta permanece sem resposta enquanto me sento na penumbra, diante do calendário da sra. Hugues. Leio de novo e de novo sua escrita arredondada.

Maio. A fotografia de uma haste de lírio-do-vale. *3 de maio: Assistir ao eclipse lunar. 10 de maio: Remendar os vestidos de verão. 12 de maio: Consertar o poleiro dos pássaros. 18 de maio: Aniversário de Julie. Ligar e enviar um cartão. 20 de maio: Plantar cenouras. 21 de maio: Vasos de gerânios. 25 de maio: Estacas.*

A lâmpada da cozinha pisca, depois se apaga. Deixo a leitura de lado, fico olhando para as partículas de poeira que pairam em um fraco raio de luz, entre duas lâminas da veneziana.

Mais tarde, ouço algumas batidas discretas à porta. Antes de abrir, tenho a presença de espírito de esconder o calendário na gaveta de facas. Não sei por quê. Pego o saco de lixo preto com os outros pertences pessoais da sra. Hugues, que estava no canto da sala de estar. Julie pode levá-lo.

Ela está de volta, com a mesma roupa elegante, a mesma expressão envergonhada de antes, mas minhas roupas limpas – calças de sarja bege e camiseta branca – e meus cabelos lavados parecem mudar um pouco a maneira como ela me vê.

– Peço desculpas por tê-la acordado antes – ela repete como introdução.

– Não tem problema.

– É que vou passar poucos dias na região... Eu não podia adiar a visita.

– Não tem problema, fique tranquila.

Ela esboça um sorriso gentil.

– A senhora vai poder usar o sótão como quiser, agora.

Não respondo. Não tenho nada para guardar lá em cima. Meus pertences pessoais mal preenchem o espaço que tenho. Com um gesto, eu a convido a entrar. Ela percorre o corredor como uma estranha, como se não estivesse realmente em casa.

– Não vou demorar mais de uma hora – ela acrescenta.

– Posso ajudar, talvez?

Perguntei por educação, para que ela parasse de se desculpar por estar aqui e para demonstrar um mínimo de gentileza.

– Não, não se preocupe. Faça como se eu não estivesse aqui.

Com isso, ela sorri novamente e se dirige para a sala de estar.

– Acho que deixei atrás da porta – ela murmura para si mesma, mais do que para mim.

E, de fato, ela volta segurando uma vara comprida, com um gancho na ponta.

– É para o alçapão... – ela me explica.

Não sei por que continuo aqui, imóvel, observando enquanto ela insere o gancho em uma argola no teto, puxa, e um alçapão se abre com um rangido lúgubre. Algumas partículas de poeira voam. Ela tosse, eu também.

– É que faz tanto tempo que não subo lá...

Vejo-a abaixar o alçapão até o máximo, até a prancha ficar à altura de nossas cabeças. Então percebo que presa a ela há uma escada de madeira, que Julie desdobra protegendo o nariz da poeira.

– Tem certeza de que não precisa de ajuda? – pergunto novamente, vendo-a colocar o pé no primeiro degrau.

– Tenho certeza.

Vejo-a desaparecer no teto e volto para a sala de estar com meus passos lentos que não sabem para onde ir. Sento e ouço o chão ranger sob as idas e vindas de Julie Hugues.

Mais tarde, ela chega à cozinha, na ponta dos pés, e educadamente me pergunta se pode se servir de um copo de água.

– Já desci metade das caixas – ela acrescenta.

– A senhora aceita um café?

– Se tiver...

Sirvo-lhe uma xícara grande de café enquanto seu olhar percorre a sala, tristemente vazia, tristemente escura. Pressinto a pergunta sobre as venezianas fechadas, então prefiro tomar a iniciativa, fazer uma pergunta antes que ela me faça uma:

– A senhora veio só pelas caixas? Elas não me incomodam...

Ela balança a cabeça, enquanto seus lábios mergulham na bebida quente.

– Não. Não só por isso. Digamos que estou passando por uma fase de mudanças na vida pessoal...

Ela faz uma careta meio triste, meio resignada.

– Bem, vamos chamar as coisas pelo nome. Meu companheiro e eu estamos nos separando.

– Ah... Sinto muito ouvir isso.

– Faz parte da vida. Acho que eu já pressentia. De todo modo, agora vou ter que me mudar para minha própria casa e... eu queria recuperar alguns objetos de família. Os álbuns, os antigos bonés de papai, as toalhas de mamãe, todas aquelas coisas que estão lá em cima.

Ela molha de novo os lábios na xícara de café e acrescenta:

– Ainda não sei o que vou fazer com essas coisas. É provável que não guarde tudo, mas pelo menos elas não vão incomodá-la lá em cima, e eu vou ficar feliz em tê-las por perto.

Aceno que sim com a cabeça. Ela me olha com um interesse educado.

– A senhora é da região?

– Não exatamente. Sou de Lyon.

– Conheço um pouco de Lyon. Moro em Lille. Bem, morava.

– A senhora planeja se mudar para outra cidade?

– Minhas coisas ainda estão em Lille, com Tristan. Mas estou pensando em me aproximar da Auvergne. É minha terra natal, afinal. Tenho laços aqui. Felizmente, meu trabalho não me obriga a ficar parada. Sou representante de vendas, itinerante. Trabalho com turismo. Acho que posso encontrar um lugar em Clermont-Ferrand. Não fica muito longe daqui.

Balanço a cabeça enquanto a vejo terminar o café em pequenos goles apressados.

– E a senhora? – ela pergunta, colocando a xícara no balcão. – Em que trabalha?

– Estou em uma pausa, de certo modo. Eu trabalhava para uma empresa. Eventos.

– Está se retirando para o campo? – ela pergunta com um sorriso maroto.

– Mais ou menos.

Tenho consciência de que meu olhar começa a evitá-la, mas felizmente Julie não insiste.

– É uma pena que eu não tenha tido mais tempo de voltar para cá. Precisei deixar a casa fechada, contra minha vontade. Mamãe tinha um jardim maravilhoso. Além da horta, tinha uma macieira nos fundos da casa. Não sei se ainda dá maçãs. E flores. Ela tinha a mania de plantar flores em toda parte.

Penso no calendário, na letra arredondada, e sorrio para ela quase sem querer.

– Para mim, essa era a casa da felicidade. Fiquei de coração partido ao vê-la vazia todos esses anos. Principalmente o jardim, o jardim abandonado. Mas enfim... a senhora está aqui agora.

Ela sorri com gentileza. Não tenho certeza se consigo retribuir com um sorriso convincente.

– Bem, não quero incomodá-la por mais tempo. Ainda tenho trabalho pela frente.

Ela se dirige à pia para enxaguar a xícara, mas faço um gesto para que deixe, cuidarei disso mais tarde. Ela desaparece no sótão e eu fico ali, ouvindo seus passos sobre minha cabeça.

Ela deve ter levado cerca de uma hora, não mais que isso. As caixas estão alinhadas no corredor. Eu a ajudo a carregá-las até o alpendre e ela as acomoda no porta-malas do carro, nos assentos de trás e do carona.

– Eu quase ia esquecendo – digo –, separei para a senhora algumas coisas que encontrei na sala de estar...

Entrego a Julie o saco de lixo preto. Ela dá uma olhada no interior e solta um suspiro divertido.

– É gentil de sua parte, mas pode ficar com os dois livros de Zola. Não leio muito. Quanto ao resto, pode jogar tudo fora.

– Está bem...

Exceto pelos dois livros, o saco contém apenas jornais velhos, mapas e pequenas coisas sem nenhuma utilidade.

– Mamãe tinha o hábito de guardar tudo – ela acrescenta. – Veja, cheguei a encontrar uma caixa cheia de calendários antigos e de agendas distribuídas pela igreja!

Ela aponta para a caixa em questão, parcialmente entreaberta. Vejo calendários de parede como o que escondi na gaveta de facas mais cedo. Tenho certeza de que eles também guardam a letra redonda da sra. Hugues.

– A senhora vai jogar tudo fora? – pergunto, com a voz estranhamente rouca.

Julie parece não perceber a mudança de tom, apenas sorri novamente – ela sorri bastante – e concorda com a cabeça:

– Vou levar para o aterro no final do dia.

Hesito. Olho mais uma vez para a caixa parcialmente aberta, o calendário bem de cima, aberto no mês de janeiro. A foto mostra uma paisagem de campo coberta de neve. Então, determinada, digo:

– Deixe comigo, posso levar.

Julie parece surpresa.

– Tem certeza? Não precisa se incomodar.

– Também tenho um monte de tralha para jogar fora.

Minto sem o menor escrúpulo. Ela hesita um pouco, mas quando acrescento "A senhora já está bastante carregada assim", ela finalmente concorda, com um sorriso reconhecido.

– Obrigada.

Ela termina de levar as caixas para o carro enquanto eu, com uma obsessão beirando a loucura, olho para a caixa de calendários. Ela quase me faz pular de susto quando reaparece, com uma expressão satisfeita por ter concluído a tarefa do dia.

– Bom, obrigada pela ajuda.

– Não foi nada.

– Talvez nos vejamos de novo algum dia... Se o aquecedor quebrar ou algo do gênero... Não que eu deseje isso!

Ela ainda abre um breve sorriso, um desses sorrisos que surgem naturalmente e sem esforço.

– Boa tarde.

– Para a senhora também.

Ela me faz um pequeno sinal com a mão antes de se dirigir ao carro. Espero o miniveículo azul desaparecer e fecho a porta.

A noite caiu. Sei disso porque a linha luminosa entre as venezianas desapareceu. Como a lâmpada da sala de estar queimou de manhã, fui forçada a acender algumas velas. Encontrei um estoque embaixo da pia. Nenhuma vela perfumada e bonita. Apenas velas minimalistas, daquelas usadas em caso de falta de luz. Espalhados na mesa da cozinha, dez anos da vida diária da sra. Hugues. Dez calendários que, como eu suspeitava, guardam a letra arredondada e elegante da falecida. As anotações variam, mas se assemelham. O jardim. A preparação de geleias e tortas. Coisas simples que me parecem um tanto excêntricas quando escritas assim: *Nascer do sol. Dar uma caminhada. Tingir o guarda-sol de rosa*. Por que rosa? Ou ainda *Jantar ao ar livre* no mês de junho, há seis anos.

Troco os calendários pelas agendas distribuídas pela igreja. Modelos antigos com capas pretas sem graça, ásperas, com a inscrição "Paróquia Saint-Georges". As páginas foram preenchidas. Não há uma folha em branco restante. Em uma página, posso ler:

Receita de geleia de morango

Escolher frutas bem maduras.

Lavar, separar as danificadas. Retirar os caules e cortar em pedaços (morangos-do-mato: deixar inteiros).

Espremer o limão para extrair o suco.

Em uma panela para fazer geleia, colocar os morangos, o açúcar e o suco de limão.

Mexer e deixar marinar por várias horas.

Levar à ebulição. Deixar cozinhar por 15 a 20 minutos. Manter o fogo alto e mexer com frequência.

Verificar o cozimento regularmente. Dica: despejar algumas gotas em um prato frio e inclinar o prato. A geleia de morango deve escorrer lentamente.

Retirar a espuma e encher os potes. Fechar e colocar os frascos de cabeça para baixo por 1 minuto, depois desvirar para esfriar.

Não esquecer de colar um rótulo de geleia em cada pote!

Na página seguinte, escrita em caneta verde, dessa vez, está o procedimento para plantar alface-de-cordeiro:

Plantar alface-de-cordeiro

Desenhar um canteiro da largura desejada, idealmente entre cinquenta e sessenta centímetros.

Limpar para remover pedras e torrões de terra.

Compactar o solo com uma tábua em toda a extensão.

Retirar as plantas da sementeira imediatamente após regá-las, sem quebrar as raízes.

Fazer um plantador, com um bastão de cerca de um centímetro de diâmetro, e plantar as verduras a dez ou doze centímetros de distância umas das outras, em fileiras igualmente espaçadas.

Regar cada planta na raiz, sem encharcar as folhas.

Nos dias seguintes, regar com água em spray, de preferência no final da tarde e somente em caso de calor intenso.

Segue uma página dedicada à previsão do tempo do dia:

Mínima de 9 graus Celsius pela manhã. Máxima de 19 à tarde. Céu encoberto, mas com alguns momentos de sol ao entardecer.

Por que tudo isso? É o que me pergunto enquanto folheio as páginas cada vez mais rápido, até não conseguir mais distinguir as letras. E por que não? Nada mais faz sentido para mim. Preencher páginas de agenda e calendários não parece menos sensato do que pegar o transporte público, ir trabalhar, fazer compras, encontrar os amigos, agir como se a vida não fosse um grosseiro absurdo.

Levanto, com uma pequena vela na mão, me aproximo do celular, que está carregando há algumas horas mas continua teimosamente desligado. Ligo o aparelho. Na mesma hora, vejo chamadas perdidas e uma mensagem preocupada de Anne, querendo saber notícias. Digito rapidamente, para me livrar: *Olá, estou dormindo melhor. Estou recuperando um pouco de energia. Como estão as coisas com você? Um beijo.*

Em seguida, percorro as chamadas dos últimos quinze dias. Identifico os números de Anne, de Richard, de Yann e um número desconhecido. Deve ser o número que me interessa. Não penso em verificar a hora, nem no absurdo da situação ou nas palavras que terei que usar. Aperto o botão de ligar e coloco o telefone no ouvido, com o coração acelerado. Fico olhando para a chama da vela. A mecha pouco a pouco desaparece, engolida pela cera derretida. Os toques se sucedem, com um som metálico e estridente. Então uma voz vivaz, ainda que um pouco surpresa, surge:

– Sim, boa noite?

Minha extravagância não poderia ser maior. Não me ocorre que já é meia-noite, nem a inconveniência de minha pergunta:

– Boa noite, desculpe incomodá-la... Me permiti vasculhar um pouco a caixa que vai para o lixo. Sabe, a caixa com calendários e agendas de igreja...

Um silêncio surpreso é a resposta. Me impaciento um pouco.

– Julie?

Seu nome saindo de minha boca parece ajudar a tirá-la de seu mudo atordoamento.

– Sim, desculpe, estou aqui.

– Eles estão cheios de escritos. Os calendários. As agendas também. Listas de coisas a fazer, lembretes, dicas. Até a previsão do tempo do dia está anotada. A senhora sabia?

Minha fala está bastante acelerada. Sinto que a assusto. Ela deixa pairar um momento de silêncio.

– Sim, eu... Sim, minha mãe tinha esse costume de anotar mil e uma coisas.

– É surpreendente, não?

Ela não responde. Me ocorre que talvez ela esteja na cama ou no sofá da sala, com o ex-marido no quarto, talvez eles até estejam em plena discussão a respeito da divisão dos bens. Mas nenhuma dessas reflexões me desvia de meu objetivo final, minha obsessão.

– A senhora sabe por que ela fazia isso? – eu pergunto. – Sabe por que ela anotava todas essas coisas?

A mecha da vela luta com suas últimas forças para não ser consumida pela cera derretida. Me agarro ao telefone com uma esperança insensata. Eu não suportaria uma resposta como "não sei". Preciso de um sentido, de alguma coisa. Julie limpa a garganta, sua voz soa clara, divertida, tenho quase certeza que está sorrindo:

– Ela começou a fazer isso depois da morte de Paul.

Meu coração bate forte no peito, e eu repito com a garganta seca:

– Paul?

– Meu pai. O marido dela.

Fico suspensa ao telefone, espero o resto com ardor.

– Ele morreu dez anos antes dela. Sempre teve uma saúde frágil. Uma pneumonia bastante agressiva.

Tento me recompor, dizer as palavras certas:

– Sinto muito.

Mas Julie não parece se importar; acho que nem me ouve.

– Ela começou a fazer listas para não se deixar afundar. Sabe como é, quando a pessoa está mais velha e perde o companheiro de toda uma vida... Muitos não se recuperam...

Concordo com um estranho grunhido estrangulado.

– Então ela começou a fazer essas listas e foi nesse momento que se envolveu com o jardim. Na época de Paul, era apenas um canteiro de ervas aromáticas. Enfim, me desculpe, talvez não seja algo que a interesse... Por que estava ligando?

Dessa vez, sou eu quem não sabe direito o que responder. Deixo passar alguns segundos, enquanto a vela se apaga.

– Para saber... Eu estava ligando para saber...

A risada surpresa de Julie ecoa no fone. Eu a imito, sem saber direito por quê.

– Então... Bom, tenha uma boa noite – acrescenta Julie com uma voz um tanto surpresa.

– Boa noite também.

Desligo com uma sensação estranha dentro do peito. Acho que vou ter dificuldade para dormir essa noite... mas acho que a insônia vai ser mais doce do que o normal.

6

– Amande, é Richard.

Estou à mesa, com os calendários da sra. Hugues. À minha frente, uma xícara de café, que esfriou.

– Bom dia, Richard.

Hesito por um momento antes de observar:

– Você está ligando do telefone da Anne...

Sinto que o deixo um pouco constrangido.

– Ela foi para uma casa de repouso por um tempo.

– O que aconteceu? Nada grave?

– Uma recaída. Eu realmente não sei. Uma pequena depressão.

Sua voz está rouca e me deixa sem fôlego. Lembro da única vez que vi as lágrimas de Richard, no momento que ele desmoronou depois de me apoiar por oito horas de suor e falta de ar na sala de parto.

– Amande?

– Sim, sim, estou aqui.

Espero que ele não me peça para visitá-la. Ainda não tenho forças para sair da toca. Mas ele não pede.

– Yann e Cassandra vieram morar aqui por um tempo. Eles mandam lembranças.

Engulo o nó na minha garganta.

– Mande lembranças a eles.

Alguns segundos se passam. Mexo o café frio no fundo da xícara.

– Como está Cassandra?

Ele ignora minha voz inexpressiva.

– Ela está cansada, mas aguentando firme. O bebê está bem.

– Que bom.

Não tenho vontade de continuar falando sobre isso. Richard deve ter percebido.

– Ainda tem comprimidos para dormir?

– Sim.

– Está precisando de alguma coisa? Precisa que a gente faça compras para você?

– Não. É gentil da sua parte. Irei amanhã.

Novo silêncio. Penso em Anne, sozinha e isolada, também ela, em sua casa de repouso.

– Podemos ligar para ela?

– Desculpe?

– Anne? Podemos ligar para ela?

– Sim, mas você sabe... Ela dorme muito. É difícil contatá-la.

– Certo. Então me avise quando ela voltar para casa.

– Claro.

Richard limpa a garganta. Ele provavelmente está prestes a desligar.

– Você deve ter recebido correspondência na nova casa.

– Correspondência?

– Uma carta chegou com seu nome, quatro dias atrás. Encaminhei para a sua casa. Deve estar na caixa de correio...

– Uma carta do tabelionato?

– Não, acho que não. Tinha uma letra manuscrita e desajeitada. De homem.

Um breve silêncio revela minha surpresa.

– Vou dar uma olhada.

– Está bem.

– Amande, se você quiser passar alguns dias aqui, a oferta continua de pé. Yann e Cassandra vão ficar até Anne voltar. Todos nós ficaríamos felizes em vê-la.

– Obrigada, Richard.

– Não hesite.

– Está bem.

Espreito a descida do astro maldito por entre as venezianas. É hora de me esgueirar para fora, com a chave enferrujada da caixa de correio na mão. Hoje não fiz nada além de ler e reler os calendários da sra. Hugues, pensando no que eu poderia anotar por minha vez: *Trocar a lâmpada da sala. Fazer compras. Lavar a roupa suja acumulada no cesto do banheiro.* Estabelecer prazos ou não? Comprar um calendário para mim também? As perguntas ficam sem resposta.

Abro a porta da frente e corro em direção à estrada que contorna a casa, onde fica a caixa de correio de metal prateado, sobre uma estaca. A noite cobriu tudo com um manto escuro, mas tenho a impressão de perceber algumas silhuetas. A forma pesada de um salso-chorão e de árvores frutíferas do outro lado do terreno. O jardim da sra. Hugues?

Mais uma vez, ao inserir a minúscula chave na fechadura, creio ver uma pequena forma se movendo entre as árvores. Um gato? Uma raposa? Elas vivem na região? Minha curiosidade não vai além disso. A caixa de correio se abre com um rangido alto. Encontro um envelope branco, dos mais comuns, com uma letra desajeitada, como Richard disse. Eu o pego e volto com pressa para casa, com medo de que os cheiros de pinheiro e resina se impregnem completamente em minha pele. Ainda não.

Chaveio a porta de entrada com duas voltas, rasgo o envelope antes mesmo de chegar à cozinha. Uma folha de caderno, quadriculada, rabiscada e cheia de erros de ortografia, cai de dentro dele.

Franzo o cenho sem entender, coloco a carta em cima da mesa, sobre os calendários, e acendo velas adicionais para decifrar a escrita trêmula.

Sra. Luzin,

Queríamos dizer que estamos muito tristes com o que aconteceu com seu marido, Benjamin, e com seu bebê. Nunca tivemos um instrutor tão legal e é terrível que ele tenha morrido tão jovem. Como dizem, os melhores sempre se vão primeiro.

Sabemos que não podíamos saber, mas ainda assim, é um pouco nossa culpa, se não o tivéssemos chamado para abrir o armário, isso provavelmente não teria acontecido. Além disso, Issam encontrou a chave depois, estava na mochila dele, então a senhora pode ver, é um pouco nossa culpa, na verdade muito. Issam está se culpando muito, sra. Luzin, mas eu também, porque fui eu quem o chamou naquela noite. Se eu não tivesse ligado, nada disso teria acontecido, com certeza.

A MJC sem Benjamin não é a mesma coisa. Tínhamos preparado um presente para o seu bebê. A senhora acha que ainda podemos dá-lo? Porque não sabemos o que fazer com ele agora, e é doloroso vê-lo todos os dias na sala de música, todo embrulhado.

Nós lhe enviamos muita força, sra. Luzin. Sabemos que nunca poderemos nos redimir, mas fizemos um vídeo sobre o Benjamin e vamos mostrá-lo na festa de Natal da MJC. Também vamos dar o nome dele à sala de música. Nunca teremos um instrutor como ele de novo. Nunca mais.

Mika e os outros.

Deixo o papel cair sobre a mesa. Não sei o que devo sentir. Rir. Chorar. Ficar com raiva. Contra quem? Mika? Issam? Os meninos que soltaram os rojões? O motorista do caminhão que não reagiu a tempo? Benjamin, que não conseguiu controlar a moto? A Festa da Música, que o obrigou a ir de moto? Ou eu? Eu, que me recusei a deixar o bebê descer, que travei meus músculos, lutei contra as contrações? Eu, que me recusei dar à luz na ausência de Benjamin? Eu, que matei Manon?

Culpar quem? A vida?

Lembro muito bem da primeira vez que vi Mika. Um garoto de cabelos castanhos acobreados e olhos verdes penetrantes. Mais baixo que a média, magro, mas cheio de energia. Benjamin costumava falar muito dele. Ele era o baterista da banda e o líder. Estávamos em maio, já fazia mais de um ano que Benjamin e eu estávamos juntos. Eu costumava encontrá-lo regularmente na MJC depois do trabalho, porque meus horários no escritório eram bastante flexíveis. Para os jovens, eu ainda era a "moça da sopa popular". Eles me cumprimentavam com respeito e pequenas reverências ridículas que faziam Benjamin rir. Ele percebia que os garotos não se sentiam tão à vontade comigo quanto com ele. Eu também percebia. Eu não tinha a mesma ligação que Benjamin tinha com eles. Eles me tratavam com cortesia e educação, enquanto chamavam Benjamin de "Benji" e pulavam nas costas dele para brincar.

Estávamos em maio, portanto, quando cheguei à MJC no final do dia, as atividades estavam a todo vapor. No balcão de atendimento, encontrei um garoto magro, com uma caneta atrás da orelha, mexendo no celular.

– Olá – ele disse ao me ver chegar.

Ele logo se endireitou, ficou ereto, com uma postura séria, levando seu papel de recepcionista muito a sério.

– Você veio se inscrever em algo? Alguma atividade?

Segurei um sorriso no canto dos lábios quando percebi que o garoto me considerava uma igual. Talvez fosse minha baixa estatura, meus cabelos loiros ainda naturais, eu realmente não tive certeza.

– Elia não está aqui?

Elia era a recepcionista habitual.

– Não, Elia teve que sair mais cedo. Ela tinha uma consulta ginecolóptica.

Meu sorriso dessa vez teve dificuldade de ser contido.

– Ginecolóptica?

– Sim – ele concordou, em tom sério.

– Bem... Está bem. Na verdade, eu só vim ver o Benjamin.

Ele pegou a caneta atrás da orelha com um profissionalismo que faria meus colegas na prefeitura corarem.

– Você precisa marcar um horário. Ele está ocupado, agora. Ele me pediu para cuidar das inscrições, mas se não for para uma inscrição...

Ele pegou uma grande agenda e começou a folheá-la. No hall, podíamos ouvir o som de uma bola sendo driblada, risos de meninas, uma melodia vindo da sala ao lado.

– Seu nome?

Foi nesse momento que a cabeça de Benjamin apareceu na porta entreaberta. Ele devia ter reconhecido minha voz.

– Mika, a senhora não precisa marcar horário.

– Ah... – fez Mika, desapontado, um tanto desconcertado.

– Ela é minha amiga.

– Sua amiga?

– Minha namorada.

O rosto de Mika ficou vermelho e Benjamin me fez um sinal para me juntar a ele.

– Desculpe, senhora – ele disse, desaparecendo atrás da mesa.

– Não tem problema.

– Chame-a de Amande, é suficiente – acrescentou Benjamin, zombeteiro.

Na semana seguinte, Mika me recebeu com um educado "Olá, senhora", com uma expressão séria. Perguntei a ele se Elia ainda estava na consulta *ginecolóptica*, mas ele não respondeu. Ele me respondeu com profissionalismo que não, que ela tinha apenas ido fazer compras para o show do fim de semana.

– Vai ter um show?

– Claro. Com a banda da MJC. Sou o baterista, sabe? Vamos tocar no sábado à noite.

– Eu não sabia.

– Ah, bom… – ele disse, constrangido. – Talvez Benji não possa contar à senhora, por causa do segredo profissional ou do sigilo confidencial, não tenho certeza…

Tive que fazer muita força para não rir.

Conheci Issam mais tarde. Ele chegou à MJC no ano seguinte. Um argelino de olhos amendoados, risonhos. Ele queria aprender a tocar guitarra, mas sempre acabava na bateria com Mika. Um baterista contrariado. "Meus pais não têm espaço para uma bateria, senhora."

Eles sempre me trataram com formalidade, todos eles me chamavam de senhora. Benjamin zombava deles.

– Vocês têm medo de minha mulher?

Eles juravam que não, que não tinham medo de mulher. Mas nunca conseguiram me chamar de você.

Hoje é o primeiro dia de setembro. O outono não está longe. Finalmente. O telefone, em cima da mesa, ainda ecoa as palavras que troquei com minha mãe.

– E o apartamento?

– Está sublocado.

– Você ainda está se escondendo?

– Não estou me escondendo.

– Você vai ter que voltar à superfície em algum momento.

– ...

– Estou dizendo isso pelo seu bem, querida. Lute para sobreviver. Encontre algo que a faça seguir em frente, qualquer coisa.

– Não agora.

– Nunca é cedo demais.

– Não fale por mim, por favor.

Nunca conheci meu pai. Minha mãe diz que ele só queria uma aventura. Ela fala dele como se fosse um cretino. No fundo, acho que ela ficou feliz por liderar essa batalha sozinha: a gravidez, minha criação, o emprego em tempo integral como gerente de joalheria. Ela sempre gostou de se mostrar como uma mulher forte e independente. Ela nunca entendeu minha "cruel falta de combatividade", como ela costumava dizer.

– E o trabalho?

– Estou de licença não remunerada.

– Não vão permitir que você fique assim por meses.

– Então serei informada. Ainda não chegamos nesse ponto.

Ainda estou com raiva, mesmo muito depois de desligar. Missão cumprida, pelo menos. Estou dispensada de ligações por vários meses.

Hoje é o primeiro de setembro, portanto... Em uma das paredes da cozinha, fixei a carta de "Mika e os outros" e, ao lado, prendi uma folha. Em branco. Decidi que não teria um calendário. Sem dias, sem datas, sem prazos, sem tarefas muito específicas. Preciso de liberdade. Apenas uma folha em branco para me lembrar de meu objetivo, da razão para dar mais um passo adiante. O problema é que ainda não decidi nada. Eu estava pensando nisso antes da ligação de minha mãe. Eu estava pensando nisso essa manhã, enquanto massageava a cicatriz com a pomada antisséptica. Ela está ficando rosa. Um rosa bonito, quase perolado. Eu a vejo mudar a cada dia, adquirir um relevo mais suave, com uma textura mais acetinada. Minha preciosa cicatriz...

Minha mente vai para longe. Mais uma vez. Preciso voltar a meu objetivo. Algumas palavras, nada mais. Pego a caneta que está em cima da mesa da cozinha, me aproximo. Escrevo uma primeira palavra: *Deixar*. Meus olhos se voltam para a janela, para as venezianas fechadas, para o fraco raio de luz que mal consegue se infiltrar. Acrescento a palavra *Entrar*. *Deixar entrar*. A frase espera uma continuação, fica em suspenso. Mas não sei. Deixar entrar o quê? O sol? A vida? Prefiro parar por aqui. Está bem assim. Apenas *Deixar entrar*. Preciso de uma margem de manobra.

Lembro de um 24 de dezembro, três anos atrás. Benjamin escolheu a véspera de Natal para me apresentar oficialmente à sua família. Yann, o irmão dois anos mais novo, ainda estudante, a mãe, Anne, professora, o pai, Richard, carpinteiro.

– Você não precisa se estressar.

Ele repetia essas palavras, beliscando meu nariz como se eu fosse uma criança. Era fácil falar. Eu nunca tinha conhecido os pais de nenhum namorado antes. Minha mãe estava passando o Natal na Reunião:

– Os preços das passagens estão exagerados, querida. É melhor eu visitar você depois das festas.

Reprimi lágrimas de raiva. Natal sozinha. Um golpe que ela nunca tinha me imposto até então. Felizmente, Benjamin decidiu que era hora de eu conhecer sua família e que o Natal seria a ocasião perfeita.

Lembro do vento gelado na cidade, das árvores decoradas com guirlandas douradas nas ruas, de um cachecol cobrindo metade de meu rosto, de minha mão na luva de Benjamin. De seu gorro peruano.

– É aqui.

Meu olhar segue o dele, descobre um prédio simples de fachada bege. Uma rena feita de luzes azuis pisca na entrada.

– Se você tivesse visto a casa no Jura…

Não é a primeira vez que ouço Benjamin mencionar a casa no Jura, lar da felicidade familiar.

– Ela era maior?

– Hmm, sim, sem dúvida… Mas não era isso que a tornava única.

– O que a tornava única?

Ele abre o portão que leva ao pequeno pátio e à casa. Passo por ele, tomando o cuidado de não estragar o grande buquê de amarílis vermelhas que levo nas mãos. Benjamin carrega a garrafa de champanhe em sua pasta a tiracolo.

– Ela ficava no meio da floresta.

– Mesmo?

– Mesmo. Perdida entre os pinheiros, com um riacho que atravessava o terreno. Pescávamos todos os domingos. A três metros da casa, você consegue imaginar?

Aceno que sim, feliz com o sorriso que ilumina seu rosto.

– Depois, eu escalava até a noite.

– Com o Yann?

Ele ri, e eu não entendo direito por quê.

– Yann é um medroso!

Chegamos à porta da casa. Inspiro profundamente. Benjamin passa a mão em meu rosto.

– Tenho certeza de que você gostaria de lá.

– Eu? Do Jura?

– E por que não!

Não tenho tempo de responder; seu dedo aperta a campainha e vozes abafadas chegam até nós, seguidas de passos. A porta se abre e revela um homem de cerca de sessenta anos, alto, magro, com os mesmos cabelos castanhos e olhos avelã do filho. Ele veste uma calça jeans simples e uma camisa branca. Ele exala um cheiro bom de perfume sem pretensão, uma água de colônia suave e discreta. O que mais me chama a atenção é seu sorriso. Um sorriso simples e caloroso.

– O garoto chegou!

Observo-os se abraçarem, dando tapinhas nas costas um do outro, depois o homem de camisa branca, com os mesmos olhos do meu amor, se vira para mim.

– Olá, Amande… É isso?

– É isso.

– Sou o Richard. Um prazer conhecer você.

É simples, caloroso, tudo o que eu esperava desse encontro. Desse Natal especial. Ele coloca as mãos em meus ombros quando me cumprimenta com um beijo no rosto, como se quisesse demonstrar mais do que uma simples cortesia.

– Entrem, Anne ainda não queimou o peru!

Aparentemente, se trata de uma piada familiar, pois Benjamin revira os olhos e me explica:

– Não tem peru…

Sigo-os por um corredor que leva à sala de estar, decorada com um grande pinheiro de Natal. Pequenos pontos luminosos piscam em azul, vermelho e verde. Anjinhos dourados se misturam a penas brancas.

– Tirem os casacos – diz Richard, apontando para o sofá de canto.

A mesa foi posta com elegância. Um candelabro ocupa o centro, com seis velas. Guardanapos vermelhos foram dobrados em leque dentro de cada prato. Benjamin coloca a mão na minha cintura para me convidar a acompanhá-lo até a cozinha. É desnecessário. Anne chega naquele momento, com o rosto avermelhado pelo calor do fogão, e os cabelos castanhos amarrados em coque. Ela está usando um avental branco desgastado, manchado de óleo, mas por baixo de seu traje de cozinheira, pode-se ver um elegante vestido preto de veludo.

– Ah, eles chegaram...

Seu sorriso também é genuinamente doce. Isso me perturba. Ela me abraça antes de abraçar seu filho.

– Que bom que vocês vieram.

Ela diz isso me olhando, então eu lhe entrego o buquê de amarílis escarlates e digo:

– Obrigada pelo convite.

Ela dispensa minhas palavras com um gesto, como se o convite não precisasse de nenhum agradecimento.

– Preparei o quarto para vocês.

– Estamos de carro – observa Benjamin.

– Sim, mas não quero que peguem a estrada depois de uma ceia com muita bebida.

Benjamin não insiste. Ele sempre foi cuidadoso e sensato. Ele me leva ao quarto em questão para que possamos deixar minha bolsa e a pasta. O quarto é uma imagem do adolescente que ele deve ter sido. Tem uma cama baixa, de lençóis pretos, e na parede, um grande pôster de Jimmy Cliff. Um capacete de moto customizado, coberto de palavras escritas com corretivo, repousa sobre a minúscula escrivaninha onde Benjamin deve ter feito suas lições de casa.

– Nada mudou, como pode ver.

– Estou vendo.

Ele pega minha bolsa, coloca as mãos em minha cintura e me puxa para perto. Ele aproxima o nariz dos meus cabelos, como sempre faz. Ele diz que gosta de sentir o cheiro do meu xampu.

– Estou feliz que você esteja aqui essa noite.

Ele diz isso de forma despretensiosa, sem dar muito peso às palavras, mas sei que elas são sinceras e preciosas.

– Eu também estou feliz.

Ele me beija na testa e se afasta de mim, pois a porta da frente acaba de bater, anunciando a chegada de Yann.

– Vamos.

Voltamos para a sala, onde Anne se livrou do avental e soltou o cabelo. Yann está ali, de jaqueta de couro. Ele é de fato o irmão de Benjamin. Mesmo rosto, mesmos cabelos, mas cortados curtos, olhos ligeiramente mais claros, verdes, parecidos com os de Anne. No entanto, a semelhança é impressionante.

– Oi! – ele diz antes de se aproximar para me dar um beijo.

– Oi – eu respondo.

– Legal conhecer você.

Não sei o que fazer além de sorrir.

– Você anda de moto? – pergunto timidamente, apontando para a jaqueta de couro.

Minha pergunta provoca uma risada em Benjamin.

– Yann de moto?

Yann faz cara feia, fingindo estar ofendido. Ele também sorri.

– Não sei… – eu gaguejo, sem jeito.

– Nunca consegui convencê-lo a subir em uma scooter! – continua Benjamin. – Ele mal anda de bicicleta!

Anne sorri, olhando para o filho mais novo com carinho.

– Yann é mais cerebral do que aventureiro, só isso.

Yann exulta:

– Cerebral, Benji! Você ouviu! Cerebral, de cérebro.

Eles passam uns bons quinze minutos provocando um ao outro. Vou aprender, da maneira mais difícil, a nunca mais tentar compará-los, para não desencadear um duelo amigável, mas ininterrupto.

Lembro vividamente dessa véspera de Natal entre nós cinco. A longa mesa com o candelabro, o calor da sala, o salmão de Anne, assado em papel alumínio e acompanhado por um excelente Jurançon seco, as piadas de Richard, sempre sem graça e recebidas com zombaria pelos filhos, a mão de Benjamin em meu joelho, a gentileza e a hospitalidade dos Luzin, que eu estava conhecendo pela primeira vez. Acho que a família de Benjamin me adotou naquela noite, sem nenhuma condição ou contrapartida. Com todo o coração. Acho que naquela noite também desejei fazer parte daquela família.

Quando nos deitamos sob os lençóis pretos da cama adolescente de Benjamin, lembro de sentir uma paz profunda e inédita. Ele adormeceu, com a mão em minha nuca, e eu pedi para que nada mudasse, para que continuássemos compartilhando a mesma mesa, eu e todas as crianças que teríamos.

Eu tinha descoberto o significado da palavra "família".

7

Deixei uma borboleta entrar. Sem querer. Eu só queria deixar entrar um raio de sol. Apenas um. Entreabri as venezianas, que rangeram de forma sinistra, e a borboleta entrou na sala, sem mais nem menos.

Agora estou aqui, imóvel ao lado da janela, sem saber o que fazer. A borboleta voou para algum lugar, não sei onde. Só tive tempo de ver duas manchas amarelas em suas asas. De resto, acho que era marrom. Ou vermelho-escuro. Uma borboleta é vida demais de uma só vez. Movimento, cor, presença... Eu estava pronta para receber um raio, apenas um raio do astro maldito, mas uma borboleta, não... Tento manter a calma, apaziguar meu coração acelerado. Vamos encontrá-la. *Eu* vou encontrá-la. Primeiro, fechar a janela. Não deixar que outros insetos entrem. As venezianas entreabertas permitem a entrada de uma enxurrada de luz, mas já não penso nisso.

Percorro a sala com os olhos, subo no sofá, movo as cadeiras, abro os armários. É ridículo, ela nunca poderia ter entrado lá... Preciso me recompor. Ela provavelmente foi para o corredor. Sim, é isso. O corredor. Ligo a lâmpada hesitante, percorro o piso marrom com cuidado, com os olhos fixos nas paredes, no teto. Nada. A porta do banheiro está aberta. É a peça mais iluminada da casa, e por um bom motivo: nunca consegui obstruir completamente a claraboia. A borboleta está lá, pousada no espelho, imóvel. Fico paralisada, meu coração batendo forte. Não ouso nem respirar. Me detenho em suas asas. Vermelhas, não marrons. Vermelho-carmim. Duas manchas amarelas em cada asa, aureoladas de marrom. Abrir a claraboia, é o que preciso fazer. Estendo a mão, mas é tarde demais, a borboleta voa em direção ao corredor.

Não desisto, vou atrás dela. Agito os braços, esperando que o movimento a assuste. Ela voa pacificamente em direção à sala de estar e pousa na mesa. Enquanto me aproximo, disposta a pegá-la pela asa e soltá-la na rua, em liberdade, ela pousa delicadamente sobre o pedaço de papel preso à parede, a folha quadriculada ainda com as marcas das dobras do envelope. O maldito inseto escolhe pousar nas últimas palavras. Em cima de "os outros", assinando assim, com seu corpo colorido, as poucas palavras de Mika. Fico imóvel no meio da cozinha, franzindo o cenho. O sol entrou na casa, de todo modo. Um retângulo dourado se destaca no piso de cerâmica marrom acobreado. Fico hipnotizada por alguns segundos com o espetáculo das partículas de poeira dançando na luz. Quando volto a olhar para a carta de Mika, percebo que a borboleta não se moveu. Desisto.

Deixei uma borboleta entrar em minha casa.

A janela continua entreaberta. Não quero que ela se sinta presa. Tento preparar uma refeição com os ingredientes frescos comprados no dia anterior. Minhas idas ao supermercado são idênticas às primeiras. Planejadas, cronometradas, rapidamente executadas. Ontem, cedi à tentação dos últimos legumes de verão. Pimentões, uma abobrinha grande, um cacho de tomates, uma beringela enrugada. Pensei em fazer uma espécie de ratatouille, mas, como meu olhar é o tempo todo atraído pela borboleta, imóvel sobre a carta de Mika, minha mão fica pesada e os legumes se transformam em purê. Não tenho com o que me preocupar, a borboleta permanece imóvel. Tenho a impressão de que está quase me observando.

– Droga!

Acabo de cortar o polegar. Bem feito para mim. Eu deveria ter olhado para a tábua, em vez de ficar olhando para a maldita carta e o inseto. Largo tudo. Tábua de corte, legumes, faca. Não gosto de sangue. Nunca gostei, mas piorou desde que vi o corpo sem vida de Benjamin.

No banheiro, despejo o conteúdo do armário de remédios na pia. Tenho a impressão de ter trazido alguns curativos ao me mudar para cá. Também um tubo de antisséptico. Mas onde? O frasco de enxaguante bucal rola sob a pia, os cotonetes caem e se espalham, a pinça de sobrancelha mergulha direto no ralo.

– Droga! – repito.

Será que o ferimento é profundo? Recuso-me a olhar. Eu poderia desmaiar. Pronto, encontro o antisséptico. Eu o abro com os dentes, despejo o líquido amarelado em todo o polegar. Com a outra mão, pego o rolo de esparadrapo. Não tenho tesouras aqui, paciência. Ataco a fita adesiva com os dentes. O sangue goteja na pia, formando manchas vermelhas embebidas em antisséptico sobre o branco da porcelana. A situação fica sob controle, o esparadrapo envolve grosseiramente meu polegar. Coloco de volta no armário de remédios os diferentes tubos e frascos e deixo correr um pouco de água na pia. O sangue é levado, as manchas vermelhas desaparecem.

Quando volto para a cozinha, procuro em vão, a borboleta já voou.

Esta manhã, mandei entregar flores para Anne. Encomendei amarílis vermelhas. Como na noite em que nos conhecemos.

Não sei se ela vai se lembrar disso. Pedi que escrevessem algumas palavras em um cartão branco junto com o buquê. *O outono está chegando. Amande.*

Como uma promessa de um amanhã melhor.

22 de setembro. Chegamos. O primeiro dia oficial do outono. Abri todas as venezianas. Já faz alguns dias que deixei o sol entrar dentro de casa. O sol de outono é mais fresco que o do maldito astro do verão. Mais pálido, menos intenso. Ele quase traz um pouco de suavidade.

Também acolhi o ar. E os cheiros. Essa tarde, estou sentada em uma cadeira, bem no meio da sala, na corrente de ar fresco. Estou tremendo, mas não me movo. Respiro os aromas. Pinheiros, resina e terra. Um fogo que queima ao longe, adivinho a fumaça se dispersando aos quatro ventos. Dentes-de-leão. Dentes-de-leão? Será esse o cheiro dos dentes-de-leão? Um perfume herbáceo tingido de um leve aroma mais doce, quase parecido com mel. Será que já cheirei dentes-de-leão alguma vez na vida? Não. Então por que acabo de afirmar que é o cheiro dos dentes-de-leão? Não faço ideia, mas sinto que é isso mesmo, dentes-de-leão, centenas deles, no gramado ao redor da casa. Como uma intuição profunda.

Fecho os olhos, deixo os cheiros invadirem a sala e se depositarem sobre minha pele.

Mais tarde, quando a noite cai, fecho as janelas, tremendo de frio. Hoje, deixei o perfume dos dentes-de-leão entrar em casa.

– Como ela está?

– Está bem. Fomos visitá-la no sábado, nós três.

– Yann, Cassandra e você?

– Sim. Ela ficou feliz. Recuperou um pouco de peso e cor.

– Ela gostou das flores?

Um breve silêncio do outro lado da linha.

– As vermelhas? – pergunta Richard. – Eram suas?

– Sim.

– Ela as guardou com carinho em um jarro de água, perto da janela. Elas estavam murchas, mas ninguém teve coragem de pedir que as jogasse fora.

É bom ouvir as palavras de Richard, especialmente sua voz. Não sei se a solidão começa a me afetar ou se simplesmente sinto falta deles. No entanto, ainda não estou pronta para deixar a floresta, ainda não estou pronta para ver a barriga redonda de Cassandra me lembrando da minha, vazia e morta.

– E você, aí na sua casa?

– Está tudo bem. Eu...

Hesito. Se eu contar, não poderei voltar atrás. Serei forçada a fazê-lo. Então... contar ou não?

– Acho que vou dar um passeio lá fora essa tarde... No jardim.

Adivinho o sorriso de Richard do outro lado da linha.

– É uma boa ideia. O tempo está ameno.

Engulo em seco e ouço os batimentos de meu coração me fazendo pagar por minha decisão apressada.

– Você costuma visitar o túmulo dele de vez em quando?

Sei que o surpreendo com a mudança de assunto, mas ele se recupera rapidamente.

– Sim. Estive lá ontem à noite.

– Está florido?

– Claro. Yann passa lá todas as noites.

– Bom... Está bem.

Eu não gostaria que o túmulo ficasse despojado. Não estou pronta para visitá-lo, para imaginar seu corpo se decompondo lá embaixo, mas espero que outros tenham coragem e lhe prestem a homenagem adequada.

– Você quer que eu leve alguma coisa? – Richard pergunta com gentileza.

– Eu… Eu não sei…

– Posso pedir a Yann para levar algo em seu nome.

– Mm… Está bem… Então…

Penso um pouco, olhando para minhas mãos pálidas de unhas roídas.

– Talvez cravos… Eles resistem bem ao inverno, não?

– Vou pedir a Yann que cuide disso.

– Está bem. Obrigada, Richard.

Enquanto nos preparamos para desligar, acrescento rapidamente:

– Cravos-de-poeta. Eram os que ele gostava.

Eu adoraria convidar Richard para jantar um dia desses, mas não posso pedir a ele que venha sem Yann e Cassandra…

O tempo está ameno, como Richard disse. No entanto, estou usando um comprido casaco de lã. Não estou mais acostumada a sair ao ar livre, a sentir o vento fresco na pele. Os cheiros me cercam. Os aromas da natureza. Percebo que a grama cresceu desde a última saída rápida para ir até o carro e fazer as compras do mês. Ela chega a meus tornozelos. O que me obriga a dar passos largos, a levantar os joelhos bem alto. O mundo exterior se impõe em cores vibrantes e contrastantes. O verde-cromo dos pinheiros que cercam a casa e as colinas circundantes. O azul-celeste do céu acima das copas das árvores. O amarelo brilhante dos dentes-de-leão se destacando na grama verde. O marrom do canteiro retangular. O rosa desbotado de um guarda-sol abandonado sob um salso-chorão. O rosa desbotado de um guarda-sol… Lembro das palavras que li no calendário da sra. Hugues: *Colocar os móveis de jardim sob a árvore de Paul.* Eu me aproximo da árvore de aparência melancólica. Nada sugere que seja de fato *a árvore de Paul*, exceto esse guarda-sol com a base enferrujada. Afasto os longos galhos que se inclinam até o chão, deslizo sob sua cortina e examino o tronco. Aqui também a grama cresceu e sufocou qualquer sinal da presença de um conjunto de móveis de jardim. Examino a casca. Um formigueiro parece muito ativo. Nada mais. Nenhum indício que me permita chamar esse salso-chorão de *árvore de Paul*. Paciência, volto para o lado da casa, em direção ao antigo jardim. As ervas daninhas invadiram o canteiro. Cardos com pontas afiadas. Alguns floresceram. Surpreendente. Eu não sabia que cardos floresciam. Benjamin teria zombado de mim, com certeza. Mas ele não está mais aqui, então... Posso me espantar... Eu me inclino para a frente, com as mãos nos joelhos. Observo essas grandes bolas espinhosas de cerdas longas e finas. Algumas são de um lindo e brilhante violeta, outras de um azul-índigo profundo. Não estendo a mão para tocá-las, embora gostaria. A intensidade das cores me deixa maravilhada. As longas cerdas cintilantes também. É preciso o voo de um pardal para me tirar de minha contemplação.

Contorno o retângulo de terra estéril, contínuo ao redor da casa. A um canto da construção, vejo as árvores frutíferas que eu já tinha notado na escuridão da noite. A macieira da qual Julie falou? Aperto o passo, quase tropeçando em uma pedra escondida na grama alta. Meu coração bate mais rápido. Julie não estava mentindo. Nos fundos da casa encontro não apenas uma, mas duas macieiras, carregadas de frutas. Amarelas manchadas de vermelho. Elas estão por toda parte, nas árvores, às dezenas, e no chão, ao redor dos troncos, na grama alta. Eu me abaixo. Algumas já apodreceram, outras foram devoradas por larvas. Que desperdício... penso. Levanto a cabeça, seguro um galho, afasto as folhas. As maçãs das árvores são bonitas, redondas, cheias.

Caminho para trás, olhando para as duas macieiras cheias de frutas. Meus olhos não aguentam mais de tanto ficarem arregalados. Acabo de ver uma macieira, a primeira de minha vida. E isso me emociona profundamente.

O sol já está se pondo quando volto para casa. A parte de trás do terreno me revelou uma minúscula trilha de terra coberta de vegetação, que leva direto à floresta. Não ousei me aventurar por lá. Já eram muitas emoções para um único dia.

No alpendre, encontro um gato. Ele é feio, magro, de um cinza-escuro, coberto de manchas vermelhas. Pulgas? Seus olhos verdes estão fixos em mim. Fico assustada. Agito os braços, grito:

– Vai embora!

Tiro um dos tênis, agito-o sob o nariz dele, para fazê-lo entender que posso atirá-lo se ele não for embora. Ele finalmente se levanta com movimentos lentos e se afasta, sem pressa, com leveza. Eu o sigo com o olhar até que ele desapareça na floresta, depois me apresso a abrir a porta de entrada e girar a chave duas vezes.

Não. Nenhum gato em minha casa. Sempre tive medo de gatos. Uma borboleta é mais do que suficiente.

Na cozinha, enquanto tiro o casaco de lã, penso nas maçãs amarelas e vermelhas na árvore e nas outras, já caídas, apodrecendo no chão. É uma pena, penso de novo. Sento-me à mesa da cozinha e começo a vasculhar as agendas da sra. Hugues com gestos apressados. Começo a folhear as páginas cada vez mais rápido, meus olhos procuram, escaneiam. Acabo a primeira, passo para a segunda. Um calendário cai no chão, mas não presto atenção. A terceira agenda não revela nada de especial. Na quarta, à nona página, finalmente encontro o que estava procurando. Depois de *Compota de maçãs*, está a *Receita de torta de maçã à moda Tatin*.

Com movimentos sempre frenéticos, vou buscar minha bolsa, retiro um bloco de anotações datado da época em que eu ainda trabalhava na prefeitura. Arranco uma folha, pego a caneta presa ao bloco e começo a escrever, com a respiração entrecortada e as mãos suadas.

Caros Mika, Issam e todos os outros,

O que vocês acham de vir tomar um lanche em minha casa nova, em alguma quarta-feira?

Assim, vocês podem me entregar o presente que compraram para Manon e podemos conversar sobre a ideia de dar à sala de música o nome e o sobrenome de Benjamin (acho que ele gostaria muito disso).

É só pegarem o trem até Clermont-Ferrand, posso buscá-los de carro na estação.

Me respondam assim que puderem.

Deixo meu número de telefone no verso. Um SMS é suficiente.

Será um prazer revê-los,

Amande.

8

Preciso admitir que sempre tive um pouco de ciúme de Elia, a bela recepcionista da MJC. Na época do projeto da sopa popular, ela estava de licença médica e eu não a havia conhecido. Lembro do nosso primeiro contato, separadas por um vidro, quatro anos atrás, na primavera.

Eu namorava Benjamin havia poucos meses. Estava esperando que ele saísse da MJC, segurando minha bolsa contra o corpo. Meus sapatos estavam me machucando. Eu tinha tido uma reunião importante com o Centro Comunitário de Ação Social e estava de tailleur e salto alto. Pensei que me sentiria deslocada se entrasse na MJC vestida daquele jeito. Então fiquei esperando do lado de fora. Na calçada, chegavam até mim risadas de crianças e adolescentes, o canto do coral misto. Um apito soava de vez em quando.

Os minutos passavam, e eu me permiti dar uma espiada pela porta de vidro do saguão. Foi lá que os vi juntos. Ela, sentada em sua cadeira, um pouco reclinada para trás. Ele, apoiado na mesa, descontraído. Eles estavam rindo. O que me atingiu primeiro foi o fato de ela ser bonita, uma beleza que Benjamin certamente apreciaria. Ela era morena, tinha os cabelos presos com uma faixa vermelha, um piercing no nariz. O oposto de mim. Tive certeza de que se dava bem com os jovens e que ouvia as mesmas músicas que Benjamin. Dei um passo para trás, para me esconder de seus olhares. Me senti ridícula em meu tailleur azul-marinho e sapatos de salto brancos. Me senti ridícula em pé na calçada, esperando sozinha, enquanto eles riam juntos. O que fazer? Ir embora? Eu estava morrendo de vontade de sumir, mas também queria muito dar outra espiada. Uma só. Surpreender o momento fatídico. Uma faísca em seus olhos. Então me fiz discreta e me inclinei novamente para a porta de vidro. Lá dentro, eles tinham recuperado a seriedade e agora conversavam com entusiasmo. Ela gesticulava com as mãos, em que dançavam pulseiras douradas que provavelmente tilintavam. Ele balançava a cabeça com convicção. E eu não fui cuidadosa o suficiente, não vi a criança que se aproximava. Ela me empurrou para abrir a porta. O som da maçaneta fez com que eles olhassem em minha direção, e Benjamin me viu. Ele não pareceu envergonhado. Sorriu para mim.

O que eu fiz? Ainda me amaldiçoo por isso... Eu fugi, como uma idiota, segurando a bolsa bem apertada contra o corpo. Ouvi-o me chamar na rua, mas não me virei.

– Por que você foi embora daquele jeito? – ele me perguntou naquela noite, ao telefone. – Por que não entrou para se juntar a nós?

A vergonha me impediu de responder, mas ele entendeu, é claro.

– Venha me buscar na terça-feira à noite, vou apresentar você a Elia. Ela é um amor, você vai ver.

Para me redimir por tê-lo deixado plantado daquela maneira e por termos perdido a sessão de cinema, Benjamin insistiu que eu o buscasse na terça-feira seguinte, com um buquê de flores na mão.

– Você está sonhando!

– Não vai me perguntar quais são minhas flores preferidas?

– Você tem flores preferidas? – perguntei, surpresa.

– Sim. Cravos-de-poeta.

– Nunca ouvi falar...

– Terça-feira à noite, Poupette, terça-feira à noite.

Ele já tinha começado a me chamar de Poupette. Poupette, como uma pequena boneca, *poupée*. Talvez por causa do meu tamanho, ou do meu cabelo loiro. E eu cumpri as reivindicações. Arrependida e obediente. Na floricultura, fiquei surpresa com a feminilidade e delicadeza das flores preferidas de Benjamin, lindos cravos brancos salpicados de um roxo cor de ameixa. O senhor da loja fez um buquê para mim, embrulhado em um papel nacarado e um laço da mesma cor.

– É um presente?

– Sim.

Apontei para o adesivo a ser colado na fita. Escolhi "Para minha amada", com "a". Minha pequena vingança.

Ele não havia mentido. Elia era um amor. Ela me recebeu com um sorriso radiante na terça-feira seguinte, se dizendo encantada de finalmente me conhecer. Eu me consolei ao notar que tinha seios pequenos. Mesquinharia feminina. Mas encerrei as hostilidades. Ela era adorável, sempre de bom humor e nunca esquecia de me mandar um alô por Benjamin. Eu não tinha nada a reclamar dela.

No entanto, alimentei meu ciúme com cuidado, como uma chama que não deveria se apagar. Só para mim. Minha maneira de sentir o frisson do risco, a aguilhoada da rivalidade, o medo de perdê-lo e o orgulho delicioso de tê-lo para mim. Só para mim.

Os cravos-de-poeta apareciam de vez em quando na mesa da sala, como uma confissão de culpa, que fazia Benjamin sorrir.

É espantoso. Ultimamente, as memórias felizes têm voltado. A imagem de Benjamin mutilado aos poucos desaparece. Posso passar horas sentada no alpendre, deixando o vento fresco bater em meu rosto, de olhos fechados, rememorando alguns de nossos momentos juntos.

Em torno da casa, o frio se instala suavemente. As maçãs se acumulam em uma cesta de roupa que coloquei aos pés das árvores. Deixei uma mensagem para Julie Hugues vir pegá-las, mas ela nunca ligou de volta. Ofereci a Richard que viesse colhê-las também.

– Assim que eu tiver tempo.

Ele continua trabalhando em tempo integral, tenta visitar Anne várias noites por semana e cuida da casa e das refeições. Yann está ajudando, mas Cassandra, cada vez mais cansada, exige toda a sua atenção. Não fiz nenhuma pergunta sobre a gravidez, sobre o bebê, o outro, que toma o lugar de Manon. Eu não quero saber de nada.

No resto do tempo, quando não deixo as lembranças voltarem, mergulho nos diários da sra. Hugues. Leio e releio suas dicas de jardinagem. *Tirando as ervas daninhas com água, vinagre e sal.*

Preparar o solo para receber a vida. Gosto muito dessa expressão.

Bulbos e vegetais para plantar no outono.

Quero percorrer cada página das dez agendas da sra. Hugues e não me apresso. Não deixar nada ao acaso. Não perder nada.

Não sei em que momento germinou em minha mente a ideia de retomar seu jardim. Só sei que pensei: se funcionou para ela, por que não para mim?

Por enquanto, me contento em ler seus diários e tentar memorizar. Diariamente, dou uma volta pelo canteiro de terra.

Em geral, no fim do dia. Percebo que as flores de cardo começam a morrer com a chegada do outono. Isso me deixa tão triste que chego a fazer minha ronda diária com um aperto no estômago.

Cruzei duas vezes com o gato cinza e raquítico. Ele não se aproxima de mim, mas me observa de longe com seus olhos verdes intensos. Mantenho-o à distância agitando os braços ou, ocasionalmente, um sapato. Acho que não o estou assustando.

O SMS de Mika chega alguns dias depois de eu ter entregado a carta ao carteiro.

Podemos ir na quarta-feira, 2 de outubro. Fica bom para a senhora?

Hoje de manhã, acordei às 7 horas em ponto. As manhãs estão mais fáceis desde que parei de tomar os soníferos. Sentada com uma xícara de café, releio as instruções da sra. Hugues sobre a torta Tatin. Aparentemente, o segredo é dobrar a quantidade de canela e adicioná-la diretamente ao caramelo.

Pela janela aberta, vejo a geada cobrindo a grama. Ainda não liguei o aquecedor e a casa está gelada. Amanhã, decido. No silêncio denso dessa manhã enevoada, começo a trabalhar. A pilha de cascas começa a crescer. A contragosto, começo a pensar no gato cinza. O frio está chegando, e ele está lá fora sozinho... Continuo descascando as maçãs e depois as corto em fatias, sem me cortar. Depois é hora de misturar, em uma velha tigela, a manteiga, o suco de um limão espremido, a fava de baunilha, o açúcar e a canela.

Devo ter algum pedaço de presunto na geladeira. Sou assim, incapaz de me concentrar em uma única tarefa por muito tempo. Minha mente sempre divaga. Deixo a tigela de lado e vou até a geladeira. De fato, encontro um pedaço de presunto enrijecido e o coloco em um pote. Vou entregá-lo ao gato mais tarde, tomando cuidado para que ele não se aproxime de mim. Sempre tive medo de gatos, das garras afiadas, da maneira como eles nos olham como predadores. Sou uma medrosa, como Yann.

E minha mente viaja para o coração de Lyon, em uma noite de outubro. Não uma noite qualquer de outubro. A noite de Halloween, da festa a fantasia da MJC. Benjamin insistiu que eu vestisse uma fantasia de bruxa para combinar com a dele, de gato preto.

– Um gato preto não é assustador…

– Diga isso a um supersticioso…

Benjamin é assim, sempre tem uma resposta para tudo. O ginásio foi decorado com papel crepom laranja e preto. As crianças vieram com seus pais. A maioria entrou na brincadeira. Fantasmas brincam com esqueletos, abóboras andam com múmias.

– Coquetel da morte? – Benjamin me oferece.

Uma mesa foi colocada contra a parede e coberta com uma toalha branca. Alguns jovens desenharam aranhas pretas nela. De uma grande tigela quase transborda um líquido de cor duvidosa, um laranja brilhante que machuca os olhos.

– Isso não tem álcool? – eu pergunto suspeita.

– Claro que não, só faltava essa.

– Hmmm… E sem aditivos?

Ele revira os olhos.

– A sedutora bruxa rabugenta e hipocondríaca é convidada a deixar os outros se divertirem.

Não respondo e deixo ele encher meu copo com o líquido laranja fluorescente.

– Tem que ter corante nessa coisa…

Ele não me ouve, pois acaba de avistar dois médicos de jaleco branco e estetoscópio no pescoço.

– São eles!

Hoje vamos conhecer oficialmente a namorada de Yann. A única coisa que sabemos é que ela se chama Cassandra e que eles estão namorando há seis meses.

Enquanto Benjamin faz gestos entusiasmados com as mãos para cima e eles se aproximam, abrindo caminho na multidão, percebo que Yann não parece muito à vontade em sua fantasia de médico, ao contrário da garota que o acompanha. Morena, com lindos olhos azuis e um sorriso confiante nos lábios, ela não parece nem um pouco incomodada com sua máscara cirúrgica e sua touca. Benjamin e Yann trocam tapinhas nas costas.

– Tudo bem, Cagarola?

– Bem. E você, Cascão Desgrenhado?

A interação é leve e descontraída, como sempre entre os irmãos Luzin. Cassandra parece achar engraçado. É ela que se apresenta, sem esperar que Yann o faça.

– Oi, eu sou Cassandra.

Trocamos cumprimentos e nos apresentamos.

– Prazer em conhecer vocês.

– Prazer.

Benjamin puxa a manga do jaleco branco do irmão.

– Médico? Isso assusta alguém? Quero dizer... alguém além de você?

Yann lança um olhar sombrio ao irmão. É Cassandra quem responde, com um sorriso divertido:

– Digamos que tive como conseguir tudo isso com facilidade no hospital.

– Você é médica?

– Ainda em formação. Residente.

Ficamos um pouco perplexos, surpresos. Yann não tinha nos contado.

– Vocês se conheceram no hospital? – Benjamin pergunta, espantado.

– Não, na universidade. O campus de medicina fica ao lado do de química.

Foi no campus de química que Yann concluiu sua formação em engenharia. Agora ele trabalha em uma grande empresa farmacêutica. Benjamin o chama de traidor vendido ao capitalismo e Yann não fica para trás, retrucando com termos como "burguesinho socialista". Reuniões de família na casa dos Luzin são realmente especiais…

Por muito tempo tive receio de admitir, mas eu tinha mais traços de personalidade em comum com Yann do que com Benjamin. Yann era mais reservado, tímido, preocupado com muitas coisas. Quando conheci Cassandra, percebi que ela tinha uma personalidade semelhante à de Benjamin. Extrovertida, à vontade em todas as situações, ousada. Nossos casais se formaram por meio da complementaridade, portanto. Não da semelhança.

Foi em torno do coquetel de frutas laranja fluorescente e saquinhos de pipoca que conhecemos Cassandra naquela noite. A mais velha de uma família de quatro filhas, residente de medicina, ativista na luta contra a mutilação genital feminina na África. Ela é secretária da associação Fillettes d'Ailleurs, que atua em campo. Ela nos expôs alegremente sua vida, suas convicções, suas lutas, depois nos perguntou sobre as nossas. Nós tínhamos alguma? Benjamin sim, com certeza. Despertar paixões nos jovens, estimular suas mentes, plantar sementes de futuros sonhos, tentar combater, à sua maneira, a falta de mobilidade social e a falta de esperança. E eu? Eu os admirava. Só podia concordar com o que diziam.

– Vamos dançar? – Cassandra sugeriu depois que os copos de todos se esvaziaram várias vezes.

– Vamos!

Guardo uma lembrança alegre dessa noite de Halloween no ginásio da MJC. Os dois médicos dançando na pista, Cassandra com os braços para o alto, Yann mais discreto. O gato preto se tornando alvo de quatro fantasmas que o perseguiam através da multidão e tentavam surpreendê-lo por trás. Acho que não fui uma bruxa assustadora naquela noite, mas Mika mesmo assim fez questão de me cumprimentar por minha fantasia. Às onze horas da noite, estávamos todos na calçada, sob uma chuva fria. Cassandra sugeriu tomarmos uma última bebida, alcoólica dessa vez, em um bar, e concordamos. Era a primeira vez que nos sentávamos juntos, os quatro, e estava longe de ser a última.

As tortas Tatin estão prontas. Um delicioso aroma de maçãs e canela encheu a cozinha. Lanço um olhar apreensivo pela janela que dá para o jardim. Uma leve película se formou nos vidros. Temo ver a silhueta do gato raquítico, atraído pelo cheiro. Mas ele não aparece. Desligo o forno a gás e tiro com cuidado as três tortas que preparei. Três... Sim, é perfeitamente idiota, imagino que seja demais, mas nunca se sabe. Garotos dessa idade costumam ser esfomeados.

Outro dia, no mercado, comprei duas garrafas grandes de refrigerante. Imagino que eles prefiram refrigerante a chá de frutas ou café com leite...

Volto para o quarto, coloco o casaco de lã e abro a porta da frente com um pote de presunto na mão. Se eu não quiser atrair o gato para a casa, preciso deixá-lo longe, na entrada da floresta. Calço um velho par de tênis e caminho com pressa, tentando não molhar as pernas no orvalho. O felino não está à vista. Avanço alguns passos entre os pinheiros e deposito a tigela no chão. Uma última olhada ao redor. Nenhum gato cinza à vista. Volto para casa sem demora. Tenho algumas horas para tomar banho, escolher roupas adequadas e fazer uma faxina leve. Há quanto tempo não recebo visitas? Tirando a visita improvisada de Julie, já faz quase dois meses. Da última vez, Anne e Richard vieram me contar sobre a gravidez de Cassandra. Faz dois meses que a casa não acolhe nenhuma outra vida além da breve passagem de uma borboleta vermelha com manchas amarelas. Talvez já esteja na hora?

Por um momento, temo que o carro não ligue. O motor engasga e morre. Desligo a ignição, tento de novo, apertando fundo no acelerador. Para meu alívio, o motor começa a roncar. Deixo escapar um suspiro. O que eu teria feito? Teria pedido aos vizinhos para buscar os adolescentes na estação de Clermont? Não, eles não me conhecem. Não devem nem saber que existo, que a casa da sra. Hugues voltou a ser ocupada. Então o quê? Eu teria avisado aos garotos que não posso buscá-los e teria dito que voltassem para Lyon?

Não importa, o carro pegou e eu agora entro lentamente na estrada que contorna a casa. O retrovisor me devolve a imagem de uma boca levemente rosada e cabelos limpos e soltos. Quanto à roupa, optei pelo mais simples. Calça jeans, blusa branca. Coloquei algumas gotas de água de lavanda nos pulsos. Discreto, mas presente. É um aroma que me tranquiliza. Antes de pegar a estrada principal, no próximo cruzamento, verifico a hora no painel: duas horas em ponto, 2 de outubro. Em meia hora, estarei na estação, diante dos garotos que Benjamin acompanhou por anos. Não estou exatamente confiante, mas sei que preciso fazer isso.

Avisto o grupo assim que chego e paro em fila dupla em frente às portas de vidro. Mika, que cresceu pelo menos dez centímetros desde o nosso último encontro na primavera, Issam, de capuz, e Nathan, se bem me lembro, pálido, cabelos pretos como azeviche. Poucos garotos. Apenas três. O que aconteceu com os outros? Tento ignorar a decepção que aperta minha garganta.

Abro a janela do carro e aceno para que me vejam. Issam me identifica e sinaliza para os outros dois se aproximarem.

– Bom dia, senhora.

– Bom dia. Subam, não fiquem no frio.

– A senhora parece bem.

O comentário vem de Mika e não consigo deixar de sorrir.

– Obrigada. A viagem foi boa?

Os três concordam com a cabeça, ajustando os cintos de segurança. Mika se sentou na frente, parece ser meu principal interlocutor. Ele segura entre os joelhos um pequeno pacote cor-de-rosa com uma fita. Prefiro me concentrar na estrada.

–Vocês estão em apenas três? Onde estão os outros?

– Ah, bem, isso... – responde Mika com uma expressão séria – Não é a nós que deve perguntar... É aos pais deles.

– Aos pais deles?

– Alex foi pego fumando, então está de castigo. A mãe de Ilies não quer que ele saia nas quartas-feiras, a mãe do Théo não gosta que ele pegue o trem tão longe sem um adulto. E a Lola...

Ele se interrompe, olha para mim.

– A senhora não conhece a Lola, não é mesmo?

– Não conheço.

– Ela é nova no grupo. É a vocalista. Ela queria vir, mas disse que não seria apropriado... Porque ela não conhece a senhora.

– Você deveria ter me dito. Claro que ela podia ter vindo.

Mika se vira para os outros dois e lhes lança um olhar significativo, como se dissesse "eu falei!".

– Ela também estava um pouco apaixonada por Benjamin, então...

Sua voz se extingue no meio da confidência e eu seguro um novo sorriso melancólico.

– Bem, então... Até que horas vocês têm permissão para ficar?

– Até as 16h30, senhora, porque precisamos pegar o trem das 17h10.

Faço os cálculos mentalmente. Isso nos dá duas horas para o lanche. Mais do que suficiente.

– Vocês querem colocar um pouco de música?

Deixo Mika escolher a estação de rádio que ele prefira, e eles passam o resto da viagem cantando.

– Oh, que... Isolado, eu diria.

O comentário sai da boca de Mika quando chegamos à casa e as portas do carro se fecham.

– A senhora não tem medo de ficar sozinha aqui à noite? – pergunta Issam, preocupado.

Eu balanço a cabeça, achando graça.

– Mesmo assim. Não sou medroso, mas não sei se eu gostaria – acrescenta ele.

Nathan zomba dele com uma risada pesada. Mika aponta para o jardim, coberto de ervas daninhas.

– Nossa, o gramado precisa ser cortado, sra. Luzin. Tem alguém para ajudar?

Dou de ombros.

– Não. Mas não deve ser tão difícil. Só preciso comprar um cortador de grama.

– Meu pai tem um – intervém Issam. – Mas fica um pouco longe de trazer...

Eu concordo, achando cada vez mais graça.

– Me mande uma mensagem quando comprar o cortador de grama – declara Mika. – Venho cortar o seu gramado.

– É gentil de sua parte, Mika, mas acho que você tem coisas mais divertidas para fazer no fim de semana...

– Costumo cortar a grama dos vizinhos da minha avó, sabe, nas férias escolares. Eles me dão uns trocados.

Então, percebendo que poderia haver um mal-entendido, ele se apressa em acrescentar:

– Não é pelo dinheiro que estou oferecendo! É que não é um trabalho para uma mulher.

Issam concorda, Nathan não parece tão certo. Abro a porta de casa enquanto digo:

– Está bem, eu mando uma mensagem. Se você quiser.

É com essas palavras finais que entramos na casa gelada.

– A senhora pagou caro por essa casa, sra. Luzin?

Esse é o único comentário que meu sinistro corredor inspira a Mika.

– Não comprei, estou alugando.

– A senhora não estava bem na casa anterior?

– Sim, estava. Mas eu não queria continuar morando lá.

Não dou mais detalhes e ninguém os pede. Entramos na sala cheirando a canela e maçã.

– Está um frio de lascar aqui – diz Issam.

– A senhora ao menos tem aquecimento, sra. Luzin? – Mika pergunta, preocupado.

– Sim, tenho aquecimento.

– Quer que eu verifique se está funcionando?

Nathan ri disfarçadamente em seu cachecol.

– Pare de ser puxa-saco.

– Não estou sendo puxa-saco.

– Cale a boca!

– Obrigada, Mika, mas ainda não liguei o aquecimento, é por isso que está tão frio. Mas não se preocupem, vou pegar algumas mantas para vocês.

As mantas felpudas não parecem totalmente alinhadas à moda que os três adolescentes em minha cozinha têm em mente. Eu os ouço rir atrás de mim enquanto esquento uma das tortas Tatin no forno a gás.

– Você parece uma vovozinha!

– Vovozinha é você!

– Não é verdade, Issam? Com esse cabelo ruivo?

– Não sou ruivo!

Deixo que eles se provoquem. Aqueço um pouco de água para o meu chá e pego copos e refrigerante para eles.

– Vocês gostam de torta de maçã?

Três rostos sérios me respondem. Eles recomeçam a brincadeira em voz baixa, dessa vez.

O forno apita, indicando que a torta está quente. Mika me ajuda a trazer os pratos e as colheres de sobremesa, e Nathan começa a cortar a Tatin. Tenho que intervir quando constato o estrago que ele está prestes a fazer.

– Obrigada, Nathan, posso terminar de cortar.

Alguns instantes depois, estamos sentados à mesa.

– Bem, bom apetite – diz Mika.

Eles não esperam o final da frase para atacar. Mantenho as mãos em torno da xícara quente. Através do vapor que sobe, observo-os comer com apetite. Não sou muito boa em conversar com adolescentes. Me pergunto o que vou dizer a eles. Benjamin teria sabido. Se ele estivesse aqui, todos já estariam rindo às gargalhadas.

– Então, sra. Luzin, como estão indo as coisas na casa nova?

Obrigada, Mika e sua boca cheia, por me poupar ter que puxar assunto.

– Está indo bem. Eu…

Duvido que eles estejam muito interessados em jardinagem, então me limito a mencionar as macieiras.

– Tenho duas lindas macieiras atrás da casa. Elas dão muitas maçãs. Vou precisar de ajuda para comer tudo. Vocês não querem levar algumas para casa?

Issam e Nathan dão de ombros, não muito certos se podem aceitar sem oferecer algo em troca. Mika concorda.

– E na MJC, como vão as coisas? – pergunto.

Então Mika parece se lembrar de algo de repente. Ele larga a colher e se levanta abruptamente.

– Onde está? – ele pergunta aos outros dois.

– O quê?

Ele começa a olhar em volta, enquanto Issam repete:

– O quê?

– O presente, idiota!

Eu aponto para o presente, abandonado em cima da bancada.

– Acho que está ali...

Ele esboça um sorriso de desculpas e pega o presente, olhando para os próprios pés.

– É da parte de todo o grupo de música.

Engulo com dificuldade. Levo alguns segundos para conseguir falar.

– Bem, obrigada.

Mika volta para o lugar e três pares de olhos se voltam para mim. Entendo que eles estão esperando que eu abra o presente. Um presente que não se destina a mais ninguém. Com as mãos um pouco trêmulas, começo a desatar a fita, depois rasgo cuidadosamente a embalagem. Diante de meus olhos, aparece uma boneca de pano vestida com uma saia rosa e uma camiseta listrada. Cabelos castanhos pendem de cada lado do rosto em duas tranças. Duas bolinhas pretas brilhantes formam os olhos. Os três garotos esperam minha reação, então faço um esforço para sorrir, apagando qualquer traço de emoção de meus olhos úmidos.

– Obrigada. É uma boneca muito bonita.

O som das colheres recomeça e eu deixo escapar uma lágrima solitária em segredo.

– E a sala de música? – pergunto depois de alguns minutos de silêncio.

Entrego o prato a Mika para que ele e seus colegas se sirvam novamente. Sou informada de que a sala de música foi renomeada Benjamin Luzin, com uma placa comemorativa e sua fotografia.

– Vai ser oficializada na festa de Natal da MJC.

Eles me dizem que o novo instrutor chegou em setembro, mas é "um zero à esquerda", nas palavras de Issam.

– Ele veio da MJC do 6º distrito de Lyon! – ele acrescenta.

O que parece ser um sacrilégio.

– Da MJC dos ricos! – continua Nathan, mais tímido.

– Ele acha que vai nos fazer tocar jazz!

Eu os ouço protestar, dando grandes colheradas na torta Tatin.

– Vocês não gostam de jazz?

– Não! Não somos velhos! Fazemos rock!

– Benji nunca deixaria isso acontecer!

– Ah, com certeza! Benji era legal, mas não se deixava enganar!

Fico comovida de ouvi-los falar de Benjamin. Eles o tornam tão vivo, esta tarde, na minha cozinha. Tenho a impressão de que ele está um pouco conosco.

– Ele não teria deixado esse grande banana mudar tudo!

– Não, com certeza! Lembra quando o irmão mais velho do Ilies quis impor sua lei?

– Ah, cara!

Eles arregalam os olhos e começam a falar ao mesmo tempo.

– Eu ainda me lembro quando fui mal no exame final! – disse Issam. – A bronca que ele me deu! Vocês lembram?

Os outros dois riem. O assunto é um sermão cheio de dedos em riste e pais pagando os estudos.

– A escola é gratuita, foi o que eu respondi ao Benji. Melhor se tivesse calado a boca!

Mika toma a dianteira, murmurando com uma voz áspera, supostamente imitando a de Benjamin:

– E os impostos, Issam? Você sabe o que são impostos? Venha cá, vou explicar!

Ele agarra a orelha de Issam, que tenta se soltar rindo. A cadeira balança e ele se segura rapidamente na mesa para não cair no chão. Os três explodem em uma gargalhada.

– Seu idiota! Não sabe nem sentar direito!

– Idiota é você! Palhaço!

Minha casa nunca viu tanta vida…

Eles terminaram as duas garrafas de refrigerante, esgotaram o estoque de insultos e lembranças de Benjamin. Quase me sinto culpada por não ter uma televisão. O que três adolescentes podem fazer em uma quarta-feira à tarde em uma casa isolada? Tiro a mesa, depois de assegurar a Mika que não, não preciso de ajuda.

– Peço desculpas, não tenho muito a oferecer… Nem mesmo um baralho de cartas.

– Trazemos um da próxima vez – diz Mika.

Fico parada, com um monte de pratos nas mãos. Nunca pensei que eles teriam vontade de voltar.

– Tenho uma ideia! – exclama Issam. – Se você tiver papel, podemos jogar Stop!

Depois de uma partida de Stop, chamado de "jogo para bobos" pelos três rapazes, mas que foi disputado com entusiasmo, contando com afinco os pontos que os separavam, chega a hora de levá-los à estação de trem. Cada um leva um saco cheio de maçãs.

Mika parece sério quando se despede de mim diante das portas de vidro.

– Muito obrigado pelo convite, sra. Luzin.

– De nada.

– Não se esqueça… sobre o cortador de grama.

Prometo a ele que vou entrar em contato e, enquanto eles se afastam, acompanho os três com o olhar, acenando.

Sinto o coração um pouco pesado quando chego em minha casa isolada ao cair da noite. Antes de chegar à varanda, faço um rápido desvio até a beira da floresta. O pote está lá. Vazio. O gato doente comeu. A chave faz barulho na fechadura. A pesada porta se abre com um rangido. No corredor, ainda sinto os cheiros da tarde. O gel para cabelo de Issam. O couro da jaqueta de Nathan. E algo mais sutil, pairando no ar. A lembrança de suas risadas.

Hoje, deixei os "garotos" de Benjamin entrarem em minha casa…

9

Comprei um carrinho de mão. Vermelho. Ele está transbordando com todo o material que amontoei no porta-malas do carro essa manhã: ancinho, baldes, pás, luvas de jardinagem, vinagre, sal (para a receita de herbicida natural da sra. Hugues), um fertilizante orgânico especial para legumes, outro adequado para flores. O cortador de grama será entregue amanhã. Não havia em estoque, mas o vendedor me assegurou que o mandaria trazer de um armazém em Lyon e que ele estaria em minha casa amanhã antes das 16h. Não estou com pressa, na verdade.

É meio-dia, o sol envolto em brumas, alto no céu, me informa a hora. O orvalho ainda não evaporou e o frio está cortante. Enrolei-me no casaco de lã e enfiei o velho gorro peruano de Benjamin na cabeça. Eu nem sabia que ainda o tinha em minhas coisas...

De acordo com minhas leituras atentas das agendas da sra. Hugues, o primeiro passo que me aguarda é a limpeza do pedaço de terra. Arrancar as ervas daninhas, tomando o cuidado de remover as raízes e, em seguida, pulverizar no solo a mistura de vinagre, sal e água.

A sra. Hugues especificou em uma de suas páginas: *Dentes-de-leão, urtigas e trevos atraem insetos polinizadores que não são prejudiciais, pelo contrário. Deixar alguns nas bordas do canteiro*. Tomei nota disso.

Tenho uma visão fugaz da expressão surpresa que Benjamin faria ao me ver vestida assim: botas de plástico, gorro peruano, luvas de jardinagem grandes demais; pronta para mexer a terra. *Você vai realmente fazer isso, Poupette?* Sorrio para mim mesma. *Sim, vou... Você não acredita em mim?*

Ajoelho-me e agarro com as duas mãos um primeiro cardo espinhoso. A raiz, não muito profunda, cede facilmente e eu o atiro mais longe, em direção ao carrinho de mão. Vou limpar tudo mais tarde. Então, quase o ouço me responder. *Estou de olho em você, Poupette...*

A chuva fina que começa a cair à tarde não me detém. Já terminei quase metade do canteiro, não posso interromper um trabalho bem encaminhado. No entanto, quando o sol se põe, sou obrigada a parar. Reúno as ervas daninhas no carrinho de mão. Um dia, depois que eu terminar a limpeza, vou construir uma pequena composteira e colocá-las lá. Cubro o carrinho de mão com um lençol velho, guardo as ferramentas sob o beiral do telhado, junto ao reboco envelhecido da casa, e tiro as botas na entrada.

Estou congelada, exausta, mas satisfeita. Estou prestes a entrar no banheiro para tomar um banho quente quando ouço miados aflitos atrás da porta. Fico paralisada. Desde o primeiro prato que ofereci, o gato não tinha dado mais as caras. Cheguei a pensar que havia adoecido ou pior... Mas ele está aqui, essa noite, pedindo um pouco de atum ou sei lá o quê.

– Vou abrir uma lata de sardinhas, mas depois vá embora!

Falo com ele através da porta recolocando as roupas que havia deixado cair no chão. Na cozinha, que ficou quente desde que liguei a caldeira, abro uma lata de sardinhas e coloco junto a pele de um frango assado que comi ontem.

– Já vai, já vai!

Ele continua miando desesperadamente. Abro a porta com muito cuidado, com medo de que ele tente entrar na casa, de que pule em cima de mim... Abro apenas o suficiente para passar a mão e a comida. O gato está em péssimo estado. Seu pelo cinza está molhado de chuva, colado ao corpo. Seus olhos estão vermelhos.

– Aqui, pegue isso e se abrigue entre os pinheiros!

Atiro a comida para longe, para que ele não fique no alpendre, tão perto de minhas pernas, que ele poderia arranhar. No entanto, ele não se move, apenas me encara, miando.

– O que você quer? Leite? Você não é mais um filhote...

No entanto, fecho a porta e vou para a cozinha, onde encho uma tigela de leite para o visitante descontente.

– Agora me deixe em paz.

Quase deixo a tigela cair, em vez de colocá-la com cuidado no chão, e bato a porta antes que o animal pense em me atacar. Não sei se o leite era o que ele queria, mas não importa, corro para o banheiro e, dessa vez, ignoro os miados que logo se extinguem.

Ele passou a noite no alpendre. Percebo isso na manhã seguinte, quando saio com minhas roupas de jardinagem, pronta para continuar a limpeza do canteiro. Ele está lá, encolhido na frente da porta, e mal consigo me segurar para não gritar.

– Saia! Saia daqui!

Ele não se mexe. Mal levanta a cabeça magra para me olhar. Hesito por alguns segundos. Ele não parece muito bem de saúde. Posso arriscar passar por cima dele sem perder uma perna... O gato nem se mexe quando passo por cima dele. Percebo que ele não comeu o peixe, que a pele do frango ainda está intacta e que o leite se espalhou pelo tapete. O que ele queria se não estava com fome?

Deixo a pergunta em aberto e vou para o jardim. O dia está mais luminoso, um belo sol chega a despejar seus raios quentes em minhas costas no meio da manhã. Quando volto para casa para o almoço, o gato cinza desapareceu.

Mais tarde naquele dia, sou tirada de meus pensamentos e do trabalho duro pelo barulho de um motor e pelo som de pneus atrás de mim. Reconheço o carro muito antes de ver o rosto atrás do para-brisa. O Renault Twingo azul. Solto a pá e as luvas e vou cumprimentá-la.

Hoje, Julie Hugues veste um elegante vestido marrom, com botinhas de salto alto. Seus cabelos estão presos em um coque muito profissional. Uma verdadeira representante de vendas.

– Desculpe, sempre apareço de surpresa – ela diz, rindo.

Apertamos as mãos, ambas com a sensação de que isso é completamente ridículo.

– Recebi sua mensagem sobre as maçãs – ela acrescenta.

– Ah, sim! As maçãs.

– Não tive tempo de responder nem de passar antes, me desculpe.

– Não se preocupe.

– Tive alguns contratempos com Tristan, a respeito do apartamento. De todo modo, agora acabou. Ele está à venda.

Seus olhos percorrem meu traje – ainda delicadamente feminino – e depois se fixam no fundo. Seus olhos se estreitam, um sorriso radiante ilumina seu rosto.

– Está reabilitando o jardim da mamãe?

Aceno que sim, inclinando perigosamente o gorro peruano na testa.

– Sim. Estou tentando... Nunca plantei nada na vida...

– Comprou livros sobre o assunto?

Sinto-me um pouco envergonhada por ter que admitir:

– Não, eu… Eu me permiti ler as agendas de sua mãe. Está tudo anotado com muita precisão.

Julie ri, claramente satisfeita com minha confissão.

– Ah, é verdade que, com mamãe como instrutora, não precisa de livro algum!

Ela aponta para o pedaço de terra onde deixei todas as ferramentas.

– Posso dar uma olhada?

– Claro.

Nós nos dirigimos a meu futuro jardim, eu com botas de plástico e ela com botinhas de salto.

– O que pretende plantar?

– Nessa época, apenas vegetais de inverno… Repolho, nabo, cebola, um pouco de alface-de-cordeiro. Alguns bulbos de flores da primavera também.

Julie assente, com um sorriso cada vez mais radiante.

– Ah, e sua mãe recomenda plantar morangos. Ela diz que a terra ainda conserva um pouco do calor acumulado no verão.

– Vejo que fez sua lição de casa.

Ela dá a volta no canteiro com a expressão de uma criança que reencontra, depois de muitos anos, o jardim de sua mãe.

– Está tirando as ervas daninhas?

– Sim.

– E qual é o próximo passo?

– Aerar o solo. Comprei um garfo de jardim.

– Uau – exclama Julie, admirada. – A coisa vai longe.

– Tenho todo o tempo do mundo.

Ela não sabe o que dizer, então aproveito para apontar para as macieiras e para a cesta de roupas ainda cheia de frutas.

– Sirva-se, pegue quantas quiser.

– Obrigada.

Ela vai ao carro e volta com uma caixa de madeira.

– Tem certeza de que posso encher a caixa?

– Claro!

Enquanto ela colhe as maçãs, recoloco as luvas e retomo à operação de limpeza. Amanhã, tudo estará pronto. Terei apenas que regar o solo com a solução caseira de vinagre e esperar um pouco antes de aerar a terra.

– E a caldeira, está funcionando?

Julie me dá um susto. Eu não a tinha visto voltar.

– A caldeira? Sim, muito bem.

Ela fica parada à minha frente, segurando a caixa cheia de maçãs. Percebo que ela não quer ir embora imediatamente, que está tentando puxar um pouco de conversa, então, sem muita convicção, ofereço:

– Aceita um pedaço de torta Tatin? Fiz na quarta-feira, mas errei um pouco na quantidade...

Sua resposta não demora, cheia de entusiasmo:

– Com prazer! Adoro torta Tatin!

Reaqueço o café restante no micro-ondas e coloco meia torta no forno. Julie se acomoda à mesa da cozinha e se diverte consultando as agendas de sua mãe, que nunca saem de perto de mim.

– Ela se tornou uma fonte de inspiração, algo assim?

– É possível que sim...

Julie sorri, e eu também, de forma mais tímida.

– Ela ficaria feliz em ouvir isso!

Não sei o que dizer, apenas observo as xícaras girando no micro-ondas.

– A senhora conseguiu emprego em Clermont-Ferrand?

– Sim, talvez... Estou esperando o resultado de uma entrevista que fiz ontem. Estou me sentindo confiante.

– Essa é uma boa notícia.

– Sim.

– E quanto ao apartamento? Conseguiu algo?

– Sim, estou esperando o resultado da entrevista para assinar.

– Que bom. A senhora está no caminho certo, então.

O micro-ondas apita, levo as xícaras para a mesa. O cheiro da torta recém-assada já invadiu a cozinha. Vou buscá-la no forno.

– Recebeu visitas na quarta-feira, então?

– Sim. Algumas. Para um lanche.

Ela me observa enquanto volto para a mesa, com a torta na mão.

– Sobrinhos? A senhora já tem sobrinhos?

Tento bloquear a lâmina que penetra minha garganta quando penso no bebê de Cassandra, em sua barriga redonda.

– Não, não. Eram crianças da MJC de Lyon.

Eu disse demais ou de menos. Julie me examina.

– A senhora trabalhava lá?

– Não.

Deixo o silêncio carregado de perguntas se prolongar, o tempo de colocar a forma na mesa.

– Meu marido trabalhava lá.

Agora sei que seus olhos estão tentando encontrar uma aliança no meu dedo ou um casaco masculino em algum canto da casa. Minhas mãos estão escondidas sob as luvas de cozinha, e não há nenhum casaco masculino na casa.

– Desculpe se estou sendo indiscreta…

Ela hesita, pigarreia e então diz:

– Vocês estão separados?

Seus olhos não revelam nenhuma curiosidade imprópria, apenas um interesse educado.

– Ele morreu há quatro meses.

Não deixo o silêncio se instalar, apenas declaro:

– Beba seu café. Ele vai esfriar.

E retorno à bancada, onde pego uma espátula, pratos e talheres. Quando volto, Julie Hugues está imóvel, não tocou em seu café.

– Desculpa por minha pergunta.

– A senhora não precisa se desculpar.

– Foi indiscreto de minha parte.

– Nem um pouco.

Nós trocamos essas palavras rapidamente, sem ousarmos nos olhar.

– Fatia grande ou uma pequena? – pergunto, para encerrar o assunto.

– Grande.

Um sorriso tingido de tristeza retorna ao seu rosto, mas ainda assim um sorriso.

– Está deliciosa – ela declara alguns segundos depois.

Devoramos nossas fatias enquanto conversamos sobre o mau tempo que se aproxima e o preço dos imóveis em Clermont-Ferrand. Nenhum tema delicado, nenhum deslize.

Na hora de ir embora, sentada ao volante, Julie me pergunta espontaneamente:

– Me diga uma coisa... Será que eu poderia voltar para ver o jardim quando a senhora tiver progredido?

Não consigo conter um sorriso sincero.

– Claro.

– Me avise, então...

Observo o pequeno carro azul se afastar e mal posso esperar para voltar à terra.

Ele voltou ao ataque essa noite. Ouvi-o miar do lado de fora da janela do quarto, como se soubesse exatamente onde eu estava. Senti um calafrio. O que esse gato pode querer de mim?

Essa manhã, devo me dedicar à construção de uma pequena caixa de compostagem. Quatro tábuas a serem fixadas no chão, um pouco enfiadas na terra, para que fiquem de pé sem a necessidade de pregos ou de uma furadeira, que de qualquer forma não tenho. O gelo na grama anuncia temperaturas bem frias.

Enquanto me preparo para sair, aqueço uma pequena panela de leite, ao qual adiciono alguns flocos de aveia e um toque de mel. Se ele ainda estiver no tapete, terá direito a um mingau quentinho.

Ele está lá. Dessa vez não me assusto, quase esperava por isso. Coloco a tigela no chão com menos apreensão do que da última vez e o vejo levantar a cabeça, cheirar a bebida e molhar o focinho. Ele começa a lamber e eu aproveito para contorná-lo e escapar para o jardim.

Sinto de novo o mesmo orgulho de admirar meu pedaço de terra limpo e recém-revirado. Em breve, talvez amanhã, poderei começar o plantio. Preciso revisar algumas coisas antes, mergulhar nas agendas da sra. Hugues e comprar sementes na loja de produtos agrícolas. Cada coisa a seu tempo.

Enquanto uso a pá para traçar os sulcos das tábuas de madeira, o telefone toca e me pega de surpresa. Já faz algum tempo que ninguém me liga. Richard se cansou de nossas conversas que sempre terminavam com "Venha me visitar um dia. – Vou ver". Anne continua difícil de contactar na casa de repouso, e minha mãe entendeu que precisa me deixar em paz. Um pouco surpresa, então, solto a pá, tiro as luvas e as botas, e volto para dentro de casa, não sem antes passar por cima do gato cinza que voltou a dormir no tapete.

Uma mensagem de texto chegou no meu celular. *A senhora comprou o cortador de grama? Mika.* Sorrio e tomo o tempo de responder. *Sim, ele está esperando por você. O que acha de sábado?*

Essa noite, sou acordada pelo rugido do vento nos pinheiros e pelo som da chuva no telhado. Apesar do barulho ensurdecedor, consigo ouvir os miados fracos e lastimosos. Eu gostaria de ignorá-los. Puxar o cobertor até o queixo. Virar de costas para a janela e voltar a dormir. Mas o vento está forte, a chuva está pesada e o gato está lá fora sozinho. Eu poderia me contentar em lhe dar uma lata de atum, mas estou quase certa de que ele continuaria miando. Não é isso que ele está procurando, ocupando meu tapete durante o dia e, à noite, se postando embaixo da janela do quarto. Preciso me render às evidências.

Acho que adormeci. Quando acordo, um pouco mais tarde, não ouço mais nada lá fora. Nem vento, nem chuva, nem miados. Levanto-me, no entanto, e pego uma lata de atum no armário embaixo da pia.

– Gato? Gato?

De pé no alpendre, na noite fria, eu o chamo e tento encontrá-lo. Agito a lata de atum, na esperança de atraí-lo com o cheiro. É quase como se eu estivesse preocupada. Será que ele encontrou um abrigo seco? Olho para a orla da floresta. Nada. Espero mais alguns segundos, mas preciso me render aos fatos. O gato desapareceu. Deixo o atum no tapete e volto para a cama.

Esse céu azul e esse sol brilhante no sábado de manhã é uma sorte. Mika deve chegar à estação de trem de Clermont vinte para o meio-dia. Preparei um prato de lasanha gratinada, que comeremos antes de nos dedicarmos às nossas respectivas tarefas. Porque estou determinada a aproveitar o bom tempo para plantar os primeiros bulbos. Tulipas, jacintos, crócus e narcisos. Quanto aos vegetais, só consegui alguns dentes de alho e um pacote de sementes de alface-de-cordeiro na loja de produtos agrícolas. Já é um bom começo. *Está se divertindo, Poupette?* A voz alegre de Benjamin ressoa no meu ouvido. Sim, estou me divertindo. Eu, que em trinta anos nunca tinha mexido na terra, tenho que admitir: estou gostando muito de cavar, escavar, mergulhar de corpo e alma nessas tarefas que à noite me deixam esgotada e permitem que minha mente se liberte. Penso muito na sra. Hugues enquanto cavo, na energia que ela deve ter despendido para preencher o vazio deixado por Paul. E penso em Benjamin, que me dizia que eu ia gostar da vida no campo. Como ele sabia?

– Estou parecendo um ogro para a senhora? – pergunta Mika enquanto tiro da geladeira, depois que acabamos de devorar a enorme travessa de lasanha, uma mousse de chocolate.

– Você precisa de energia para cortar a grama.

– Sim, mas mesmo assim... Não vou conseguir me mexer...

Mas ele não hesita em pegar o pratinho de mousse e até lambe os restos de chocolate no recipiente, ficando com o nariz sujo de marrom.

– É o seu gato?

Eu me viro. Estou colocando os pratos na pia. Mika se levanta e aponta para o gato raquítico, no parapeito externo da janela.

– Não. É um gato selvagem. Ele vem pedir comida de vez em quando.

Mika faz um som de sucção, divertido.

– A senhora pode dizer o que quiser, mas tenho a impressão de que ele não pediu sua opinião.

– O que quer dizer com isso?

– Bem, ele decidiu sozinho. A senhora foi adotada!

Não consigo deixar de sorrir, ainda à frente da pia. A voz de Benjamin também não fica para trás: *É, Poupette, acho que Mika tem razão...*

O motor do cortador de grama ronrona e traz até minhas narinas um cheiro de gasolina e de grama fresca. Planto os bulbos com muito zelo. Cavar um buraco três vezes a altura do bulbo. A sra. Hugues recomendava usar uma garrafa de plástico para desenhar o buraco, em vez de uma ferramenta de plantio comercial. Retirar a garrafa. Colocar o bulbo no fundo do buraco, com as raízes para baixo. Polvilhar um pouco de fertilizante orgânico. Cobrir com terra. Repetir.

De vez em quando, a silhueta de Mika, muito concentrado com o cortador de grama, atravessa meu campo de visão.

– Está se saindo bem, Mika?

– O quê?

Levanto a voz para cobrir o barulho do motor:

– Está se saindo bem, Mika?

– Tudo dominado, sra. Luzin. Tudo dominado.

Ele abre um sorriso orgulhoso, levanta o polegar.

Trabalhamos bastante. Minhas unhas estão sujas, minhas mãos cheias de terra. Mika tem grama nos cabelos. Encho uma xícara de chá de hortelã para ele.

– Sinto muito, acabou o refrigerante…

– Não faz mal. Na casa do Issam, também bebemos chá de hortelã.

– Você quer açúcar?

– Não. Veja o que eu trouxe para a senhora.

Eu me viro e vejo Mika segurando um pacote de cartas com o logotipo de um posto de gasolina.

– Eu disse, sra. Luzin, que traria um baralho da próxima vez.

Não sei o que dizer. Fico emocionada, muito mais do que deveria ficar diante um simples baralho.

– A senhora sabe jogar Batalha da Córsega?

– Hein?

Demoro a recuperar a compostura.

– Batalha da Córsega. Se joga em duas pessoas. Quer que eu ensine?

– Sim... sim, por favor.

Ele concorda, satisfeito, começa a tirar as cartas do baralho e embaralhá-las.

– Aceita um pouco de mousse de chocolate, Mika?

O rapaz, que duas horas atrás afirmou não ser um glutão, diz:

– Ah, sim, estou com fome.

Jogamos Batalha da Córsega até o sol desaparecer atrás dos pinheiros. Sou massacrada em todas as cinco rodadas por um Mika que não desiste de me ver vencer ao menos uma vez.

– Precisa ser mais rápida ao bater no meio, sra. Luzin.

– Estou tentando, Mika, mas você sempre está dois segundos à frente de mim.

No carro, levando-o de volta à estação, Mika arregala os olhos quando eu lhe entrego uma cédula para agradecer por ele ter vindo cortar a grama.

– Enlouqueceu, sra. Luzin? É muito dinheiro!

– Você deve ter usado o dinheiro de sua mesada semanal para pagar a passagem de trem para Clermont.

– Não, sra. Luzin, meus pais que...

– Sim, mas você fez um ótimo trabalho.

– Mesmo assim...

Sua frase fica em suspenso. Eu o vejo colocar timidamente a cédula no bolso do casaco.

Na estação, ele esquece um pouco de sua habitual compostura e decide me beijar nas duas bochechas, agradecendo de novo pela refeição, pelo chá e tudo mais... Ele menciona o dinheiro no bolso do casaco.

– Não esqueça as maçãs no porta-malas...

Ele obedece, pega o saco de maçãs que preparei para ele.

– Com tudo isso, espero não ter diarreia, sra. Luzin!

É com essas palavras poéticas que vejo o grandalhão de dezesseis anos desaparecer na estação lotada.

O gato está me esperando no tapete quando volto para minha casinha isolada. Ele mia ao me ver e se levanta, com as costas arqueadas.

– Me deixe passar, gato!

Como se me entendesse, o felino se afasta, continuando a miar com mais vigor. Tiro as chaves do bolso do casaco enquanto observo seus movimentos com apreensão. Meus dedos congelados têm dificuldade de destrancar a porta. Não deve estar fazendo mais do que quatro ou cinco graus.

– Não se mexa, vou buscar um pedaço de lasanha para você.

Parti do princípio que ele me ouviria. Ele tinha feito isso, alguns segundos antes, quando pedi que me deixasse passar. Eu não deveria ter feito isso. Assim que entreabri a porta, o gato entrou como um raio.

Como vou fazer para que saia agora? Assustando-o? Gritando? Não consegui tirar nem a borboleta…

– Saia daqui! Eu não o convidei a entrar! Ei! Gato? Está me ouvindo?

Avanço timidamente pelo corredor. As portas do quarto e do banheiro estão fechadas. Ele não pôde entrar. É pior do que eu pensava… Ele já deve ter invadido a sala de estar.

– Gato, saia daí!

Ligo a luz da sala de estar. Em cima da mesa, a tigela de mousse de chocolate pela metade. Na bancada, o resto das lasanhas, uma jarra de água. O felino não está interessado em nenhum dos dois.

– Onde você se escondeu?

Mas ele não está escondido. Ele se enrolou todo na velha poltrona cinza da sra. Hugues. Seus olhos verdes me olham com medo, ele está quase tremendo. Nesse momento, entendo que Mika estava certo, o gato já me escolheu e, entre nós dois, eu não sou a mais assustada...

Naquela noite, eu me movo com cuidado pela cozinha, certificando-me de que ele continua em seu canto, o espaço "sala" onde deixei um pedaço de lasanha e uma tigela de água. Eu permaneço no espaço "cozinha".

– Aqui é a minha casa. Preciso me acostumar com você aos poucos, ok?

Ele parece disposto a me ouvir. Permanece na poltrona cinza, passando a língua em seus pelos ásperos e danificados.

Tenho que admitir que ainda estou um pouco trêmula quando vou dormir naquela noite. Deixo um cobertor macio para o gato, ao pé da poltrona. Caso ele sinta frio... Tranco a porta do quarto, para poder dormir tranquila. Fico atenta a qualquer barulho atrás da parede. Uma tentativa de assassinato pelo gato cinza... Mas nenhum som chega até mim. Apenas o vento nas árvores lá fora.

Você realmente tem medo de um gato que é só pele e osso, Poupette?

Essa noite, deixei um gato cinza entrar em minha casa...

10

Não sei por que me ocorreu a ideia de telefonar para ela. Acho que o golpe do gato cinza teve algo a ver com isso. Digo um retumbante "Ah! Que se dane" para mim mesma. Um pouco mais de vida ou um pouco menos, afinal...

Cassandra tem a voz embargada de emoção quando atende, logo na primeira chamada.

– Amande? Amande, é mesmo você?

Eu também tenho dificuldade de falar, as palavras se apertam em minha garganta.

– Como você está? E o bebê...?

Por alguns segundos, nenhuma de nós duas sabe o que dizer. Emitimos vários pequenos sons abafados em nossos respectivos telefones.

– Amande, quanto tempo... Pensei que estivesse chateada comigo...

Sua voz se quebra, então começo a chorar em silêncio na pequena cozinha, sob o olhar perplexo do gato cinza.

– Não, não... Não é isso, você sabe...

– Eu sei – diz Cassandra com suavidade.

Um novo silêncio. Ambas precisamos dele. O gato pula de sua poltrona e se aproxima lentamente, sem tirar os olhos de mim.

– E o bebê? Como ele está? – pergunto, enxugando minhas bochechas úmidas.

– Está bem. Ela... Ela me exaure. Ela... se mexe o dia todo e a noite toda.

Eu rio no telefone, enquanto as lágrimas escorrem, e ela me acompanha.

– Pareço uma baleia, Amande. Acho que Yann não me ama mais.

– Não diga isso...

– Ele não quer mais fazer amor comigo!

– Não tem nada a ver com isso. É por causa do bebê, ele tem medo de... sabe... interferir em algo...

Cassandra cai na gargalhada, devido aos hormônios, devido à turbulência causada por nosso reencontro. Estou tão feliz de ouvi-la.

– Meu Deus, Amande, eu é que sou a médica, eu é eu digo esse tipo de bobagem aos pais!

– Sim, mas agora você é a mãe.

– Meu Deus, Amande – ela repete. – Como você está? O que anda fazendo aí sozinha?

Eu estremeço, o gato acaba de se esfregar em minha perna. Nenhum ataque da parte dele? O traidor está esperando que eu adormeça para pular em meu rosto?

– Você não gostaria de ver por si mesma?

– Ver o quê? – pergunta Cassandra.

– Você não gostaria de ver como é aqui, com Yann e Richard? E Anne, se ela estiver melhor?

– Sim! Sim, claro!

– O Natal é daqui a um mês. Vocês poderiam vir celebrá-lo aqui... Eu... eu não acho que terei coragem de sair de casa, mas se vocês vierem...

– Meu Deus, sim, estou muito a fim! Você me deixa falar com Yann e Richard? Acho que a Anne também vai estar conosco. Ela está começando a se recuperar.

– Verdade?

– Sim, ela deve voltar para casa nos próximos dias. Estou feliz por saber que ela estará aqui para a chegada do bebê.

Não sei o que dizer, tenho algo entalado na garganta, mas Cassandra não se importa.

Lembro exatamente de como Benjamin me anunciou que queria ser pai. Foi em uma segunda-feira à noite, em nosso apartamento no subúrbio de Lyon. Estávamos nos preparando para jantar. Benjamin quis fazer pizzas caseiras. Molho de tomate, chouriço, queijo de cabra e uma dose dupla de queijo ralado.

– O que está procurando, Poupette?

Eu estava remexendo a gaveta da cozinha, onde guardávamos remédios, esparadrapos, antissépticos e também – vá entender a lógica – envelopes e selos. Eu tinha tirado todo o conteúdo, mas não conseguia encontrar o que estava procurando.

– A caixa de pílulas. Você viu em algum lugar?

Não houve resposta da parte dele. Continuei minha busca. Será que eu tinha deixado na bolsa? Impossível, a caixa nunca saía da gaveta.

– Ben?

– Sim?

Ele apareceu na porta da cozinha, com um sorriso estranho no rosto. Eu não entendi, claro.

– Você não viu minhas pílulas?

– Ah... sim... Na mesa de cabeceira, acho.

– Na mesa de cabeceira?

– Sim. A própria.

– Eu nunca deixo na mesa de cabeceira.

Ele deu de ombros. O sorriso suspeito continuava, mas eu não reagi. Então fui procurar as pílulas no nosso quarto. Como Ben tinha dito, a caixa estava realmente na mesa de cabeceira, o que era completamente incompreensível. O que também era incompreensível era o fato de ela estar vazia. Nada. Nenhuma cartela. Nem mesmo a bula.

– Ben?

Ele respondeu do sofá, gritando:

– Sim?

– Não tem mais nada dentro... Você sabe o que aconteceu?

Esperei alguns segundos, eu estava prestes a chamá-lo de novo quando ele perguntou:

– Nada dentro?

– Nada.

– Absolutamente nada? Você tem certeza?

Dei uma olhada mais atenta dentro da caixa. O que tinha escapado do meu olhar na primeira vez apareceu: um pedaço de papel do tamanho da caixa estava lá dentro, encostado a uma parede. Eu o retirei, cada vez mais perplexa, e levei alguns segundos para entender o que tinha diante dos olhos: a impressão de um personagem de desenho animado. Uma pequena criatura com longos pelos brancos, bico de pássaro e olhos enormes, muito abertos, que lembravam os do gato do Shrek.

– O que é isso, Ben?

Eu ainda não tinha entendido, burra que sou. Benjamin colocou a mão em meu ombro e levei um susto, pois não o tinha ouvido entrar no quarto.

– Uma aranha de Mune.

– Mune?

– Mune, o guardião da lua. As aranhas ajudam Mune a proteger a lua com seus fios mágicos.

– Aranhas? Que aranhas?

– A aranha que está na sua frente.

Olhei mais de perto para a pequena bola de pelo que estava no papel que eu tinha na mão.

– Isso é uma aranha?

– Uma aranha da lua.

– Por que você imprimiu uma aranha da lua em um papel e a colocou na caixa de pílulas?

Eu estava franzindo a testa, perplexa. Vi um pouco de desapontamento nos olhos dele. Seus ombros caíram.

– Com suas carinhas adoráveis e seus pelos felpudos, elas deveriam derreter o coração de qualquer um. Dizem que não se pode negar nada a elas…

Ele deixou a última frase no ar, e eu repeti, cética:

– Não se pode negar nada a elas?

Então eu entendi. A caixa de pílulas vazia, o desenho impresso. A surpresa me impedia de pronunciar uma palavra. Benjamin ria, zombeteiro:

– Claro, se minha namorada não fosse tão difícil, se ela não torcesse o nariz para desenhos animados…

Eu o silenciei com um tapinha no ombro. Eu ainda não conseguia falar.

– Elia me garantiu que as aranhas de Mune eram muito mais fofas do que o gato do Shrek. Mas eu deveria ter escolhido o gato…

Abri a boca, mas nenhum som saiu.

– Dizem que você precisa ouvi-las falar para se render completamente.

– Ben…

– Se você quiser, podemos assistir ao desenho enquanto comemos pizza. Você me dá sua resposta depois…

Ele sorriu. Eu estava lívida.

Naquela noite, assistimos a *Mune, o guardião da lua*, mas ele não me deu nenhuma chance de resposta. Ele me levou para o quarto e me despiu. Eu nunca mais procurei a caixa de pílulas. Cinco meses depois, Manon decidiu se instalar em minha barriga e em nossos corações.

Foi Cassandra quem me fez a proposta… Eu nunca teria pedido isso a ela. Eu sabia que ela tinha outras coisas para fazer e que estava se encaminhando para a medicina geral e não para o acompanhamento obstétrico.

– Amande, eu gostaria de acompanhar você e o bebê…

As palavras saíram assim, espontâneas, cruas, sem rodeios. A cara de Cassandra.

– Se você quiser, claro… – ela acrescentou, moderando seu entusiasmo.

Claro que eu queria. Não havia ninguém em quem eu confiasse mais do que em Cassandra, além da família Luzin.

– Isso é possível?

– Claro que é possível! Quero dizer… Não para as ecografias e exames do tipo… Mas posso trabalhar em estreita colaboração com a parteira que vai acompanhar você. Me tornar sua segunda médica de referência.

Eu aceitei, é claro. Cassandra escolheu a parteira.

– É a melhor, prometo.

A gravidez estava sendo particularmente tranquila, as precauções de Cassandra eram desnecessárias, mas ela insistiu em estar presente em cada consulta, transmitindo-me as explicações da parteira e ficando maravilhada com o crescimento da barriga a cada semana.

Foi ela quem nos revelou o sexo do bebê, durante a ecografia do quinto mês.

– Uma menininha.

Ela sorriu de orelha a orelha e acrescentou:

– Uma pequena Luzin.

Fiquei sem palavras, envolvida por uma onda de emoção indescritível. A voz de Benjamin me tirou do torpor:

– Bem-vinda, Poupinette.

Com o passar dos dias, o gato cinzento e eu desenvolvemos uma estratégia para não nos assustarmos mutuamente.

A coabitação não é fácil, mas sinto que estou começando a me acostumar. E como mandá-lo embora com o frio chegando?

Os vegetais de inverno já estão todos debaixo da terra. Couves, alface-de-cordeiro, alguns nabos, alho e escarolas... Morangos gariguette também. Com a chuva de novembro, fina e constante, não preciso regar. Em contrapartida, com a queda das temperaturas, vou precisar protegê-los do frio. A sra. Hugues tinha preenchido algumas páginas a esse respeito. *Instalação de estufas ou túneis de inverno.*

Essa é minha próxima missão. Construir túneis a partir de cabides retorcidos e sacos de lixo pretos. Claro que seria mais simples comprar túneis de jardim em uma loja especializada, mas preciso me manter ocupada. Em breve, os vegetais estarão cobertos, com um sistema de buracos e garrafas plásticas para deixar a água da chuva passar, e eu não vou ter mais nada a que me agarrar. Nenhum objetivo para me tirar da cama de manhã. Tento não pensar nisso, mas a ideia se insinua em minha mente e, a cada vez, sinto a garganta apertar. Então sim, estou tentando prolongar essa última tarefa: construir túneis para cobrir os vegetais.

Conforme os dias encurtam, o céu fica mais cinza, carregado de neve, as temperaturas caem, e eu trabalho com mais energia. Primeiro, construir o túnel para os morangos. Dobrar os cabides. Retorcê-los em arco. Fazer buracos nos grandes sacos plásticos e enfiar os diferentes arcos. Recolher pedras grandes para evitar que as bordas do túnel voem. Amarrar os sacos plásticos com cordas ou grampos. Limpar meus ferimentos. Verificar se estou vacinada contra o tétano. Admirar meu primeiro túnel com orgulho. Comprar mais sacos de lixo de cem litros. Devolvê-los no dia seguinte à loja para trocá-los por grandes lonas. Ceder e comprar arcos de verdade. Jogar fora meus antigos cabides enferrujados.

O túnel para as flores é o próximo. Uma brincadeira de criança se comparado com a tarefa anterior. O gato cinzento se coça cada vez mais. Começo a me preocupar e penso que talvez devesse levá-lo a um veterinário para mostrar suas manchas rosadas. Ao mesmo tempo, penso que nunca serei capaz de transportá-lo. Não consigo segurá-lo no colo. Ligo para Julie Hugues, um pouco confusa.

– Me diga uma coisa... A senhora não teria habilidades veterinárias?

Julie Hugues se surpreende, com razão:

– Por acaso adotou um animal?

– Resgatei um gato. Acho que está cheio de pulgas.

Ela me pergunta se pode me ligar de volta – é o meio da tarde e ela está no escritório – e eu fico a ver navios, com o telefone já desligado na mão, soando no vazio.

Por fim, o túnel para os vegetais. Poucos dias depois de começar essa tarefa, só consigo pensar uma coisa: me livrar dela. Meus dedos estão duros, apesar das luvas. Uma chuva congelada começa a cair, mas aguento firme. Não vou embora até que o último túnel esteja pronto.

Termino sob a luz de uma lanterna, à noite, me perguntando se tanta determinação é normal.

Quando volto para casa, o gato cinzento está em sua poltrona, dormindo. Um recado de voz me espera no celular. Julie Hugues.

– Tente vinagre diluído em água. Aplique diretamente na pelagem dele. E penteie-o. Não há nada melhor. Ligue de novo se tiver dúvidas.

Tenho vinagre e um pente, que estou disposta a emprestar ao gato cinzento. O único problema é: como vou fazer, se não consigo me aproximar dele?

– Sinto muito, meu velho… Você veio ao lugar errado… Por que escolheu minha casa, afinal? Eu sempre tive medo de vocês…

Ele permanece impassível na poltrona cinza. O spray cheio de vinagre em minhas mãos ainda não evoca o cheiro ruim que ele vai aprender a odiar. É uma questão de minutos…

– Não fique bravo comigo. Só estou tentando cuidar de você.

Eu estou ridícula. Vesti três calças, dois suéteres, um par de luvas e um cachecol que cobre metade do meu rosto. Se ele decidir me atacar, estou mais ou menos protegida… Me aproximo devagar. Hesito. A um metro dele, congelo. Mas não posso pedir a Mika ou Julie que cuidem disso… Ele ergue a cabecinha magra, fixa os dois olhos verdes vivos em mim.

– Tudo bem, então… Amanhã…

Não tenho nenhuma autoridade. Eu já disse isso? Eu deveria ter sido a mãe boazinha. Benjamin é que estabeleceria as regras e os limites, faria com que a ordem fosse respeitada. *Você me deixou em maus lençóis, Ben.* Espero que ele me responda, um pouco irritada.

Desculpe, Poupette…

Fixei-me outra tarefa, que de repente parece muito mais urgente do que aplicar vinagre na pelagem do gato cinzento: salvar todas as maçãs que vão apodrecer se não forem transformadas em compota imediatamente. A cozinha se transforma em uma sauna. Vapores de maçã com aromas de canela sobem do fogão. Não vejo nada a um metro de distância. No fogo, em uma enorme panela de ferro fundido, as maçãs cozinham, amolecem, douram lentamente. Em cima da bancada, cerca de dez potes de vidro, encontrados no armário da sala, que encho à medida que faço a compota. Anoto a data nas etiquetas. Vou levar quatro dias para dar conta das frutas das duas macieiras. Dezembro já começou.

O gato cinza facilita muito as coisas. À noite, acabo de guardar os potes no sótão, desço, dobro a escada, fecho o alçapão. Sento-me, exausta, em uma das cadeiras da cozinha, sem perceber o gato a trinta centímetros de mim. Não tenho tempo de reagir, ele pula no meu colo. Sem garras afiadas, como eu temia. Só sinto um peso quente, um tanto leve, se aninhando em minha barriga. E então, não posso me mexer. Não porque eu esteja assustada, ao contrário... Faz tanto tempo que não tenho essa sensação. Faz tanto tempo que não sou tocada por outro ser vivo, que ninguém se aninha contra mim, que nada pesa sobre minha barriga. Fico muito comovida, e nem o gato nem eu nos movemos por quase uma hora.

– Bom dia, Amande.

Fico surpresa de ouvir a voz de Anne em meu ouvido. Ela parece bem.

– Você saiu, finalmente? – eu pergunto.

– Estou de volta em casa, sim.

Acho que é domingo, mas não tenho certeza. Imagino os quatro na sala de estar, com a mesa posta, um cheiro de carne assada pela casa. Cassandra, com sua grande barriga, deve estar deitada no sofá. Richard e Yann devem estar em volta do forno, monitorando a hora, ouvindo seus estômagos roncarem.

– Cassandra me disse que você queria nos convidar para o Natal… Em sua casa nova…

Percebo suavidade em sua voz.

– Sim… Se vocês quiserem passar a véspera na floresta.

Ela sorri no telefone, quase posso ouvir seu sorriso.

– Claro. Está nevando aí?

– Ainda não, mas não deve demorar.

Olho para fora. A geada cobriu a grama e uma névoa espessa paira sobre o jardim.

– Poderíamos pedir alguma coisa de um restaurante? Richard gosta muito do da galeria comercial…

Recuso imediatamente a oferta, talvez com um pouco de entusiasmo demais:

– Não! Deixe-me cuidar de tudo!

Um breve silêncio segue minhas palavras. Temo tê-la ofendido. Mas não é o caso. Há apenas um pouco de preocupação em sua voz:

– Tem certeza de que quer cozinhar para cinco?

– Sim, pode deixar.

– Vai dar trabalho…

– Tenho todo o tempo do mundo.

Não sei se Anne entende, se ela também precisa se manter ocupada para se manter firme. Seja como for, ela diz:

– Então deixe o vinho com a gente.

– Parece perfeito para mim.

Deixo passar alguns segundos antes de considerar o assunto encerrado.

– E como é estar de volta em casa?

11

Tenho quinze dias para preparar uma verdadeira ceia de Natal para a família Luzin. Antes, porém, tenho uma tarefa de extrema importância: borrifar vinagre no gato cinza. Como eu esperava, ao primeiro jato ele corre para se refugiar embaixo da poltrona cinza, com um pulo amplo. Levo cerca de meia hora, agachada diante da poltrona, para que ele aceite se aproximar de novo. Na segunda tentativa, pego-o desprevenido. Espero que ele pule em meu colo para um momento de carinho, e borrifo seu pelo, mas dessa vez consigo usar meu segundo braço para imobilizá-lo. Ele reclama, rosna. Eu não sabia que gatos podiam rosnar. Dessa vez sou eu que fico com medo, solto seu corpo e me levanto num pulo, quase o fazendo cair. Quem não tem coragem é obrigado a ser paciente. Decido adotar um novo método: sem pulverização direta na pele. Empapo um pano com vinagre e água e começo a esfregar a pelagem com esse pano. Percebo que ele não aprecia muito. Seus olhos se estreitam, perturbados pelo cheiro, mas ele se deixa esfregar. Tomo meu tempo, percorro cada uma de suas patas, passo e repasso por todo o corpo, não quero esquecer nenhuma parte. Finalizo a operação passando o pente de maneira lenta e minuciosa. Ele parece sentir certo prazer com isso, pois começa a ronronar. Mal consigo acreditar que consegui. Sinto uma onda de orgulho crescendo dentro de mim.

– Sabe, gato... Se Ben visse isso, ele não acreditaria nos próprios olhos...

O gato cinza não se importa. Ele ronrona ainda mais. Acho que ele gosta da minha voz.

A neve começou a cair essa manhã. Me enrolo em um roupão e fico na janela, segurando uma grande xícara de café. O gato cinza deixa de lado seu mingau para se sentar a meus pés. Todas as manhãs, agora, ele tem direito a um leitinho com flocos de aveia e mel. Quando esqueço, ele se manifesta com miados de partir o coração.

Contemplo os flocos de neve dançando no ar. Estou preocupada com minha horta e minhas flores. Penso em Benjamin, lá embaixo, em seu caixão de madeira clara que deve estar completamente gelado.

Felizmente, não estou mais completamente sozinha desde que o gato cinza decidiu viver em minha casa. Sua presença é reconfortante. Agora tenho um motivo para falar em voz alta.

– Vamos, gato, termine o café da manhã e vamos começar a trabalhar.

Não quero ficar ociosa. Tenho uma ceia de Natal a preparar e alguns presentes a dar.

Como sempre quando não sei direito por onde começar, abro as agendas da sra. Hugues. Classifiquei seus diferentes escritos com a ajuda de Post-it, por meio de um sistema de cores. Verde para tudo relacionado ao jardim, às plantas, à rega etc.... Azul para as receitas de cozinha. Rosa para as dicas de cotidiano da sra. Hugues. Por exemplo: *Como se livrar de ratos e camundongos*, ou esta, de que gosto particularmente: *Escrever uma carta de condolências*. O amarelo, finalmente, para assuntos "diversos". Nessa categoria, encontramos as anotações sobre o clima do dia, as datas festivas ou os aniversários de parentes, e até o endereço da Receita Federal. Nada que me interesse realmente.

Eu me armo com as diferentes agendas da sra. Hugues, diante de meu café, e percorro as páginas da categoria azul. As receitas de cozinha. Passo as compotas, *clafoutis* e outras sobremesas de verão. Encontro um *cordeiro assado com ervas da Provence* (a sra. Hugues observa que o prato foi elogiado. Por quem? Não sabemos...), uma *galinha-d'angola assada com laranja e alecrim* (não usar tanta laranja, diz a sra. Hugues, o prato ficou ácido demais) e um *frango assado com castanhas*, desprovido de comentários. No campo das sobremesas, encontro um *pão de mel à antiga receita de mamãe*, transmitida provavelmente de mãe para filha na família Hugues. Fico pensando se Julie conhece a receita e prometo entregá-la a ela na próxima vez, se isso a interessar. Por fim, uma panna cotta de café, na última página da última agenda, me parece adequado para uma ceia de Natal.

Escolho a panna cotta e o frango assado com castanhas, anoto os ingredientes, as quantidades, faço uma lista de compras, verifico os pratos e os diferentes utensílios de cozinha que tenho, planejo a próxima ida ao supermercado. Já é meio-dia e preparo dois ovos fritos, satisfeita ao me sentir animada com um novo objetivo.

Estou organizando as compras, à tarde, com o gato cinza em cima da bancada, quando um barulho de motor me faz franzir a testa. Quem poderia ser...? Com neve...? Sem aviso prévio...? Caminho até a janela. O Renault Twingo azul. Só podia ser ela. Surpreendo um sorriso em meu rosto. Um momento atrás, quase pensei: *Quem vem me incomodar?* Agora que vejo o carro azul, estou quase feliz em receber Julie Hugues.

Ela está usando um elegante casaco cinza e um gorro branco com um pompom no topo. Seus cabelos soltos caem sobre os ombros. Ela se dirige ao porta-malas do carro, que abre, e eu a vejo reaparecer com uma caixa nas mãos. Uma caixa? Enquanto me apresso para guardar as últimas sacolas, com a mente ainda nessa caixa, Julie bate à porta e o gato cinza corre para se esconder embaixo da poltrona.

Sou cumprimentada por um sorriso maroto. Ela delineou uma linha fina nos olhos e sua pele está ligeiramente bronzeada por uma camada de base.

– Olá! Admito minha culpa, mais uma vez!

Eu me afasto para deixá-la entrar, sem saber exatamente a que ela está se referindo.

– Desenvolvi o péssimo hábito de aparecer sem avisar. Sinto muito. É que estou tão ocupada no novo trabalho que nunca sei, com mais de uma hora de antecedência, o que vou fazer na hora seguinte.

Esboço um sorriso humilde que significa que está tudo bem, que ela não está me incomodando, e a convido a me seguir para a sala.

– Vim ver o novo morador.

– O novo morador?

– O gato. O que foi resgatado. Conseguiu se livrar das pulgas?

– Ah... Eu acho que sim. Ele não está mais se coçando.

Ao ver o olhar alegre de Julie quando ela entra na sala, um olhar que se fixa no papel de parede com bambus, nos móveis antigos, na poltrona cinza desgastada, suspeito que ela esteja buscando todas as desculpas possíveis para voltar à casa da família. Aliás, ela confirma isso indo para a janela.

– Vejo que instalou túneis no jardim.

– Sim. Antes da chegada do frio.

– Pensei muito na senhora, devo confessar... Me perguntei como estaria indo o jardim de mamãe.

Aponto para uma cadeira para ela pendurar o casaco e a mantenho informada das novidades do jardim: o canteiro de flores para a primavera. Tulipas, jacintos, crócus e narcisos. Seus olhos brilham. Ela se livra do casaco, do gorro e seu sorriso se alarga.

– Então... Pode me convidar para vir aqui na primavera... quando tudo estiver florido?

– Sim. Claro.

– Ótimo. E o gato? Vai me mostrar o gato?

O gato cinza está escondido embaixo da poltrona cinza.

– Nossa, seu protegido está magro.

– Ele estava muito fraco. Acho que já engordou um quilo...

Ela assobia e continua a observá-lo, meio deitada no chão.

– Ele não teria sobrevivido ao inverno se não o tivesse resgatado.

Ofereço a ela uma xícara de café, que ela aceita com entusiasmo. Então meu olhar encontra a caixa misteriosa deixada na entrada da sala.

– O que a senhora trouxe para mim?

– Ah, isso!

Seus olhos brilham com diversão.

– Uma maluquice minha...

Eu a deixo se instalar à mesa e me volto à máquina de café, encho o filtro, adiciono água, pego o açúcar.

– Talvez possamos nos tratar por você?

Eu concordo, um pouco envergonhada de não ter proposto isso antes.

– Sim... Claro.

– A caixa tem sacos de cera.

– Sacos de cera?

– Cera de abelha.

Ainda não entendo direito, mas concordo educadamente.

– Comecei no inverno passado, durante as férias de Natal. Fazer velas perfumadas. Bem... por que não?, você vai me dizer.

Sorrio, para mostrar que estou ouvindo.

– Acho que as coisas estavam começando a desandar entre Tristan e eu, por isso me dediquei com tanto entusiasmo às velas perfumadas. No começo, era apenas para passar o tempo no apartamento, fazer alguns presentes para minhas amigas, para meus sogros, e então...

Ela dá de ombros, impotente.

– E então, gradualmente, se tornou uma obsessão. Dez, quinze, vinte velas em potes de geleia, copos de mostarda, potes de iogurte, potinhos de sobremesa. Não era suficiente. Quatro dias antes do Natal, eu tinha mais de quarenta. Tristan estava exasperado, não tínhamos mais espaço para armazená-las. Eu tinha alinhado algumas no corredor que dava para o quarto. Mas mesmo assim... Eu não consegui parar de fazer novas... Foi preciso o Natal passar e Tristan descer todas as minhas coisas para o porão para eu parar.

Ela me olha, em parte triste, em parte rindo, e eu tento adotar uma expressão sorridente, mas neutra.

– Bem...

– Sim, como você disse – confirma Julie. – Uma verdadeira crise de Natal, que estou tentando evitar esse ano. Eu me conheço, se eu voltar a mexer nessa caixa...

Ela começa a rir, e eu a acompanho.

– É um vício, você vai ver. Tente se divertir sem enlouquecer.

Não sei direito o que dizer, especialmente porque também tive comportamentos compulsivos com as compotas de maçã, algum tempo atrás, então apenas faço que sim com a cabeça, de forma boba, e, como o silêncio se prolonga, digo:

– Bem, obrigada. Vou tentar ser cautelosa.

Atrás de mim, o café terminou de escorrer. Encho duas xícaras, que coloco na mesa. Volto para o armário em busca de um pacote de biscoitos, mas a única coisa que encontro é um saco de tangerinas. Melhor do que nada.

– E como você faz essas velas? – pergunto, enquanto me sento na frente de Julie. – Nunca fiz...

– É brincadeira de criança. Quer que eu mostre?

Assim, enquanto o jardim dorme sob a neve, o gato cinza permanece escondido embaixo da poltrona e o resto do mundo continua a girar a nosso redor, talvez preso no frenesi das compras de Natal, Julie e eu começamos um workshop de fabricação de velas, como se fosse a coisa mais natural do mundo naquele momento.

Ouço atentamente cada um dos conselhos de Julie. Escolher um pote de vidro. Criar um pavio usando um guardanapo de algodão ou um lenço, do qual cortamos um pedaço que enrolamos até ficar bem fino. Passar esse pavio por uma base de metal colocada no fundo do pote de vidro.

– Para a base, você pode usar uma tampa de alumínio ou uma peça de metal de qualquer embalagem de comida. Eu costumava usar um papel alumínio bem grosso, que cortava em círculos.

Enquanto a vejo mexendo nos armários, pegando o rolo de papel alumínio, encontrando um par de tesouras, uma panela para a cera, penso que essa dica de fazer velas mereceria constar em uma das agendas da sra. Hugues e que, se eu lembrar disso à noite, vou copiá-la em uma das poucas páginas em branco.

A cera derrete na panela. Julie tira dois pequenos frascos da caixa.

– Óleos essenciais, para perfumar as velas – ela explica.

A operação mais delicada consiste em despejar a cera quente, na qual colocamos duas gotas de óleo essencial de laranja doce – o cheiro é divino – em meu antigo pote de geleia, mantendo o pavio da vela reto. Em seguida, colocamos nossa obra-prima fumegante no parapeito externo da janela para que a cera endureça mais rápido.

O gato cinza aproveitou nossa agitação para sair do esconderijo e se acomodar com cautela em cima da geladeira. Julie termina seu café quase frio com pequenos goles.

– Você já está indo? – pergunto, vendo-a se levantar.

– Sim. Preciso ir. Tenho um encontro com um cliente.

Eu a vejo colocar o casaco, o gorro com o pompom, arrumar algumas mechas de cabelo no pescoço. Em alguns segundos, ela terá desaparecido tão rapidamente quanto chegou, deixando a cozinha em um estado pós-furacão e minha mente obcecada por velas perfumadas.

– Obrigada pelo café – ela diz.

– De nada.

Ela se dirige à porta de entrada, não sem antes saudar o gato cinza com um aceno de mão.

– Tenha um bom Natal.

– Você também.

– Não esqueça... Velas são viciantes e perigosas... Tenha cuidado.

Ela desaparece depois de dizer essas palavras, com um sorriso travesso nos lábios. O carro azul também desaparece de meu campo de visão.

Ao brilho de minha primeira vela feita em casa, naquela noite, anoto em uma das agendas da sra. Hugues as instruções de sua filha. Minha primeira contribuição para sua obra: *Velas perfumadas feitas em casa*. Categoria rosa. Estou bastante orgulhosa.

– Amande! Que cara boa você está!

Os gritos de Cassandra me tiram abruptamente de minha bolha de silêncio. No entanto, tive todo o tempo do mundo para me preparar. Uma semana bem movimentada. Limpar a casa de cima a baixo. Ventilar. Cozinhar a ceia. Fazer uma vela personalizada para cada um. Arrumar a mesa. Lavar o cabelo. Vestir roupas adequadas. Aplicar um pouco de base no rosto. Cada um desses gestos foi acompanhado de um pensamento para aqueles que estavam prestes a chegar, invadir minha casa, romper o meu silêncio, me trazer de volta à realidade, à ausência de Benjamin... Mas nada me preparou para os gritos de Cassandra e suas mãos em meus ombros, para a visão de todos os Luzin, menos um, em minha porta. Eu deveria ficar feliz por tê-los diante de mim, com os braços estendidos e os olhos cheios de carinho. A verdade é como um suflê que desaba de repente, como um peso caindo no fundo de meu peito. Eu tento disfarçar.

– Boa noite. Obrigada. Venham, venham, entrem.

Deixar que entrem no corredor. Fechar a porta. Abraçar seus quatro corpos contra o meu. Cassandra e sua barriga dura e inchada. Yann e seus ombros largos, seco, magro. Anne, cujo corpo não oferece nenhuma resistência, que se deixa levar, suavemente, como se um vendaval pudesse levá-la. E Richard, alto, forte, um pouco tenso essa noite.

– Meu Deus, como estou feliz de ver você!

Cassandra fala muito e alto. Tenho dificuldade de recuperar o fôlego, de encarar a situação. Foi um erro. Acabo de perceber. Não estou pronta. Ainda não. Sentar-me à mesa. Fazer de conta. O que foi que me deu? Nem religiosa sou... Por que eu quis comemorar o Natal?

No entanto, me deixo levar pelo movimento que nos conduz à sala de estar, pelos elogios de Cassandra à "autenticidade" da casa.

– É de época, é realmente de época.

Chego a pedir desculpas mentalmente ao gato cinza por lhe impor toda essa agitação, toda essa farsa. Não o vejo, ele deve ter se refugiado embaixo da poltrona. Yann e Cassandra percorrem a sala de estar, comentam as velas nas janelas, o belo armário de madeira crua. Anne e Richard ficam em segundo plano, mais discretos, ainda de casacos. Me sinto desorientada, no meio da cozinha. Meus ouvidos zumbem, minha cabeça gira. Eu esqueço a mais básica das cortesias, oferecer que tirem seus casacos, que se sentem à mesa. Fico muda, pálida, desorientada.

Acho que é Richard quem me salva, mais uma vez. Ele pega os casacos de todos, coloca uma garrafa de champanhe em cima da mesa – de onde ela saiu?, provavelmente do saco de papel que ele segurava – e encaminha todo mundo para a mesa elegantemente arrumada. Então sinto sua mão na curva de minhas costas.

– Sente-se, Amande. Você trabalhou duro para nos receber.

– Eu…

Nada me ocorre. Exceto as lágrimas em meus olhos. Procuro Benjamin entre eles, sem nem perceber.

– Me diga onde estão as taças de champanhe. Vou servir o aperitivo.

Anne sorri para mim com gentileza.

– Venha se sentar, Amande. Nós assumimos. Obrigada por ter preparado tudo.

Ela me arrasta até a mesa, tenho tempo apenas de apontar para Richard onde ficam as taças de champanhe.

– Você fez todas essas velas?

– Hein? Eu… sim…

A rolha do champanhe estoura. Cassandra se contém para não aplaudir. Eles devem ter explicado a ela que preciso de calma, que é preciso ir devagar. As vozes diminuem. Richard volta à mesa com as taças.

– O forno… – murmuro de repente.

Eu me levanto com pressa. Coloquei o forno para pré-aquecer, para assar o frango, um pouco antes de eles chegarem. Não lembro mais se o frango já está lá dentro, no calor, ou se ainda está na geladeira. Em pânico, me choco com Anne, que se levantava para buscar algo na cozinha.

– Desculpa… Sinto muito, eu… O forno…

Mal percebo minha voz trêmula e gaguejante.

– Está tudo bem, Amande, não foi nada…

Ela me olha de forma estranha. Tento me recompor:

– Coloquei o forno para pré-aquecer…

Mas seus olhos preocupados e franzidos me dizem que ela entendeu. Fujo para a cozinha, me ajoelho diante do forno, tentando acalmar os batimentos do meu coração. A voz de Yann soa atrás de mim:

– Vamos esperar Amande para brindar.

O que eu mais quero é desaparecer, fugir, não estar aqui com eles. O forno está quente. O frango ainda está na geladeira. Levo um tempo infinito para colocá-lo em uma forma de cozimento, regá-lo com o molho já pronto, fechar o forno. Vou adicionar as castanhas mais tarde, no meio do cozimento. Repito essas instruções mentalmente para me ancorar em algo tangível, concreto.

– Veja... Eu trouxe uma foto das flores…

A voz de Richard me dá um susto quando me levanto. Eu não o ouvi se aproximar. Ele me estende o telefone celular. Levo alguns segundos para reagir e pegá-lo. Na tela, reconheço o túmulo de Benjamin. A pedra branca. A placa funerária. E, no meio, um enorme buquê. Delicadas flores brancas salpicadas de um roxo cor de ameixa.

– É...

Não consigo completar a frase. Richard assente:

– As flores que você me pediu para levar a ele.

Uma lágrima escorre por minha bochecha, mas Richard age como se não a tivesse notado. Talvez ele não a tenha percebido, pois agora ele sorri um sorriso triste e me estende novamente o celular.

– Fiz isso na lareira.

Ele dá um zoom na tela com os dedos secos e ásperos. Marcas de seu trabalho como marceneiro. Vejo um retângulo de madeira clara esculpido com alguns traços que se destacam, ainda mais claros. Levo alguns segundos para reconhecer o rosto de um recém-nascido, de olhos fechados, como se estivesse dormindo. Acima, em letras itálicas pretas, um nome. Cinco letras. MANON.

– Você vem? – pergunta a voz de Anne atrás de nós.

Nenhum de nós dois responde. Choro copiosamente, agora, diante do frango que está assando, e Richard dá tapinhas em meu ombro, sem jeito.

– Você se lembra do rosto dela?

Sussurro essas palavras com dificuldade, não tenho certeza de que ele as ouve. Mas ele assente com seriedade, e, naquele momento, mais nada poderia me fazer sentir melhor.

Depois disso, a noite fica mais amena. Deixo-me levar até a mesa, onde ninguém faz comentários sobre meus olhos vermelhos. Cassandra coloca a mão em meu joelho e eu consigo sorrir para ela. Sigo os outros quando eles levantam suas taças de champanhe, e fico aliviada ao ouvir Yann declarar:

– Ao Ben!

Todos repetimos “Ao Ben”, com certa emoção na voz. Richard acrescenta, timidamente:

– E à Manon.

Todos repetem em coro, menos eu, porque minha garganta está muito apertada. Gosto mais assim, quando não fingimos, quando deixamos que eles se juntem a nós à mesa. Benjamin e Manon. Até o gato deve sentir isso, pois sai de seu esconderijo, e Cassandra exclama alto, seu espírito retornando de repente:

– Quem é esse aí?

Sorrio e declaro, não sem um toque de orgulho:

– Meu gato. Meu gato cinza.

Não sei como, deixei escapar algumas palavras sobre o meu jardim. Eles devem ter perguntado sobre minhas atividades na floresta e mencionei o pedaço de terra, os vegetais de inverno e as flores de primavera. Anne é uma entusiasta da jardinagem. Descubro que, na época em que eles tinham a casa no Jura, ela tinha um jardim. Benjamin a ajudava muito, enquanto Yann estava mais envolvido com livros. Vendo seu interesse por meus vegetais, menciono as agendas da sra. Hugues, que me ajudaram a começar, e Anne pede, com os olhos brilhantes, para vê-las.

– Ah! Essas agendas são uma mina de ouro...

Ela as folheia, para, lê e assente com a cabeça quando encontra informações interessantes.

– Talvez eu possa começar um novo jardim – ela diz. – Temos espaço atrás da casa. Não muito, mas o suficiente para cultivar algumas alfaces, um ou dois pés de tomate e algumas cebolas. Sim, cebolas.

Vejo que a ideia germina em sua mente pela forma como ela aperta os olhos e começa a acariciar a capa da agenda. Cassandra aprova:

– Eu adoraria aprender com você. Nunca cultivei nada. Pode ser uma boa ideia para a Pulguinha.

É claro que, depois disso, não posso deixar de perguntar sobre *Pulguinha*, como ela a chama, e ao ver a expressão de deleite com que ela me responde, lamento não ter perguntado antes. Descubro que *Pulguinha* está prevista para o final de janeiro, que ela está bem, mas que Cassandra está cansada, que o nome ainda não foi decidido, mas que ela planeja impor o seu, pegando Yann de surpresa no grande dia. Yann não diz nada, como de costume; ele se contenta em dar de ombros. Todos à mesa sabem muito bem que ele vai deixar Cassandra decidir o nome do bebê, pois, além de ser gentil e atencioso, ele está perdidamente apaixonado.

– Droga, as castanhas!

Com tudo isso, esqueci do frango e das castanhas. Felizmente, Anne vem à cozinha me ajudar a remediar minha falta de atenção.

– Comecei a ir à igreja de novo.

A confidência surge do nada enquanto rego as castanhas com o molho de carne e o azeite de oliva antes de fechar o forno. Não consigo articular nada além de um "ah" que soa molenga.

– A psicóloga da casa de repouso acha que é uma boa ideia.

– Mmm... Imagino...

– Devia fazer vinte anos que não pisávamos em uma igreja, Richard e eu. Depois do batismo das crianças, as visitas dominicais se tornaram menos frequentes... depois paramos. Simplesmente paramos.

Ela deixa um silêncio pairar no ar, então sinto a obrigação de perguntar:

– Está fazendo bem a você?

Ela assente, com o rosto subitamente sério.

– Muito bem.

Um cheiro agradável toma conta da cozinha. Meu gato cinza observa a cena com desconfiança.

– Se quiser nos acompanhar...

Balanço a cabeça. Ao contrário de Benjamin, nunca fui batizada. A primeira vez que fui a uma missa foi no enterro de minha avó, quando tinha treze anos. A fé nunca encontrou espaço em mim. As igrejas me parecem austeras, frias e tristes. Não preciso de igreja nem de uma lápide para chorar Benjamin, e Anne deve saber disso.

– Não acho que... Mesmo assim, obrigada...

Anne parece um pouco triste.

– Você sabe, às vezes nem o cotidiano mais manso é suficiente. Às vezes precisamos de outra coisa. Algo de outra natureza.

Prefiro apenas concordar. Vejo que Anne acha que não entendo. Não faço nada para convencê-la do contrário. Voltamos para a mesa e me sinto aliviada de o assunto ser definitivamente afastado.

Depois da salada de salmão e endro, e do frango com castanhas, Cassandra deixa a mesa para descansar na poltrona cinza. Com as duas mãos sobre a barriga arredondada, ela adormece rapidamente, com um leve sorriso nos lábios. Observo seu abdômen distendido subindo e descendo lentamente ao ritmo de sua respiração. Em um mês, ela será mãe. Ela deve estar em paz. Como eu estava, no último mês de junho...

– Amande, você gostaria de servir o queijo agora?

Fico feliz que Anne me puxe para longe da imagem de Cassandra adormecida.

Começamos o queijo, entre anedotas sobre o tio Albert, que nunca conheci, mas cujas teorias delirantes Benjamin e Yann costumavam contar, a melhor delas sendo aquela sobre a Terra plana.

– E Neil Armstrong? – pergunta Cassandra, que acorda.

– Uma conspiração da NASA envolvendo os Illuminati e a Maçonaria – Yann responde com um sorriso irônico.

Brincamos de desafiar Yann com nossos melhores argumentos:

– Como você explica o pôr do sol, então?

Ele recita de cor as respostas de tio Albert, com toda a seriedade do mundo:

– É uma ilusão de ótica devido ao afastamento do Sol em relação ao observador. O Sol não nasce, ele se afasta tanto que dá a impressão de desaparecer no horizonte.

– E todas as fotos da Terra tiradas do espaço?

– Photoshop.

– E a gravidade?

– Ela não existe.

– Como assim?

– Se os objetos e a chuva caem no chão, é porque o disco terrestre, impulsionado pela energia sombria, está acelerando constantemente para cima, como um elevador.

Todos riem. Isso me faz bem. Faz bem a todos nós. Acho que Benjamin teria gostado de nos ver rir assim, os cinco juntos.

A panna cotta é muito elogiada por todos. Cassandra até pergunta se tenho mais, e como realmente planejei outra rodada, todos se servem de novo. Aproveito o fim da refeição para entregar as velas que fiz especialmente para eles. Com aroma de laranja para Richard e Yann, e rosa para Cassandra e Anne.

– Também temos um presente para você – Cassandra anuncia.

Yann volta do carro alguns minutos depois, com uma planta verde embrulhada em papel de presente transparente e decorada com uma bonita fita rosa.

– Queríamos trazer um pouco de vida para sua casa. Não sabíamos do gato... Espero que o fícus e ele se deem bem...

Nós nos abraçamos. Ainda estou me acostumando com a barriga saliente de Cassandra entre nós. Será que eu também passava a mesma impressão?

Anne e Richard, por outro lado, me trouxeram um presente um tanto especial. Em uma embalagem verde-limão, encontro um dos antigos moletons com capuz de Benjamin, um dos moletons macios e aconchegantes, gastos de tanto uso, que ele usava com frequência em casa.

– Sei que você não queria as coisas dele aqui com você, mas se tiver mudado de ideia...

Acho que mudei de ideia, porque essa noite me sinto feliz de estar com o velho moletom nas mãos, pensando em vesti-lo mais tarde, quando eles forem embora, e vou ficar com ele a noite toda.

Bebemos uma última taça de champanhe, menos Cassandra, que toma um suco de maçã. Então Anne declara que está na hora de ir. É quase uma da manhã. Eles vestem os casacos, cumprimentam meu gato cinza, que está em cima da geladeira, e se dirigem para a porta. Nos abraçamos mais uma vez, cientes de que não nos veremos tão cedo.

– Feliz Natal!

– Sim, Feliz Natal!

Eles se afastam.

– Esperem!

Meu grito os detém quando eles já estão quase na porta do carro de Richard.

– As coisas do quarto amarelo...

A frase fica pela metade. Tenho a impressão de que Richard e Anne prendem a respiração.

– Elas ainda estão no porão?

Richard assente antes dos outros.

– Sim... Você quer... você quer pegá-las?

Balanço a cabeça. Sinto uma bola na garganta e a voz ligeiramente rouca, mas mesmo assim continuo:

– Eu gostaria que ficassem com Yann e Cassandra. Para a Pulguinha.

Um breve silêncio paira sobre meu quintal coberto de neve.

– Todas? – Yann pergunta, ligeiramente surpreso.

Havia de tudo no quarto amarelo: o berço, o trocador de fraldas, mas também macacões, meias, vestidos, pijamas: o rosa com ursinhos, o amarelo com uma girafa sorridente, o verde com um hipopótamo branco, alguns bichos de pelúcia…

– Sim. Todas.

O silêncio parece se eternizar. Ele se torna pesado, denso, mais opaco do que a neve. Finalmente, Yann quebra o silêncio, passando o braço em volta dos ombros de Cassandra:

– Obrigado, Amande. Obrigado por ela.

Eles não dizem mais nada. Eles sorriem para mim antes de seguir na neve espessa em direção ao carro da família. Fico no alpendre até que eles tenham desaparecido na noite estrelada de Natal.

Dentro de casa, o gato cinza me espera, sentado em uma das cadeiras. O gato cinza e o velho moletom de Benjamin. Olho para a mesa, parcialmente desfeita, as taças de champanhe vazias, os pratinhos de panna cotta lambidos de forma grosseira, os guardanapos amassados, as velas perfumadas tremeluzindo. Hoje à noite, finalmente permiti que a família Luzin entrasse em minha casa. Arranco a folha branca da parede, a mesma em que eu tinha escrito "Deixar entrar", e a amasso. Não preciso mais dela.

Hoje à noite, permiti que o passado entrasse em minha casa, como um vendaval. Acho que alcancei meu objetivo.

12

Eu deveria ter imaginado. Já antes, quando minha vida era tudo o que havia de mais normal, o período pós-festas era sinônimo de vazio, de uma leve onda de tristeza. A noite escura começa cada vez mais cedo. As guirlandas desaparecem. O frio persiste. A perspectiva da primavera ainda está muito distante...

É pior agora que vivo sozinha, entre os pinheiros, sem nenhuma boa razão para me levantar de manhã. Os Luzin se afastaram, retomaram suas vidas. O gato cinza passa a maior parte do tempo dormindo. O fícus é silencioso demais para ser um companheiro de vida. O jardim continua adormecido sob uma camada de neve. Mika me enviou pelo correio um pen drive com o filme feito pelos jovens da MJC sobre Benjamin, o mesmo que eles exibiram na festa de Natal. Chorei por quase uma hora. Foi a primeira vez, desde junho passado, que o vi quase em carne e osso, graças a uma tela. Ele de pé – como ele era alto, eu já estava começando a esquecê-lo? Ele e Elia, atrás da mesa de recepção, fazendo sinais enérgicos para os garotos que pareciam provocá-los, filmando-os bem de perto. Benjamin como árbitro de futebol de salão, com o gorro peruano na cabeça. Benjamin e Issam atrás de uma bateria, batendo como se quisessem quebrar os pratos.

Me agarrei a cada um de seus traços, a cada uma das expressões que passaram por seu rosto, as que eu conhecia de cor, as que eu estava começando a esquecer.

O vídeo mexeu comigo. Quando terminei de chorar, preferi guardá-lo na gaveta de facas, embaixo da tábua de cortar. Um dia, serei capaz de assisti-lo de novo, com um sorriso no rosto, comovida, melancólica, orgulhosa, imensamente orgulhosa, mas sem sentir essa dor tão intensa. Um dia...

Voltei a tomar os soníferos de Anne. Voltei a passar os dias enrolada em cobertores e no velho moletom de Benjamin, indo do quarto para a sala e da sala para o quarto.

Pensei que a salvação viria das velas perfumadas de Julie. Que ilusão. Eu estava com uma dezena de velas antes do Natal. A cozinha agora tem quarenta e duas. Não tenho mais cera. Nem potes de vidro. Usei todos os copos da cozinha, taças de vinho, copos de água, até copos de uísque. Agora só bebo água da torneira. As velas estão por toda parte: nas janelas, na bancada, na mesa de cabeceira do quarto, no chão da sala. Minha casa deve parecer a de Julie no inverno passado, mas não tenho nem forças para rir disso.

Não tenho mais velas para fazer, não tenho mais jardim para cuidar, não tenho mais pulgas para tirar do gato. O fícus segue sua vida sem precisar de mim, com seu laço rosa em volta do tronco. Só sobrou eu, uma grande carcaça inútil, perambulando pela casa da manhã à noite.

Uma mensagem de voz de minha mãe. Meu único contato com o mundo no mês de janeiro.

– Oi, querida... Sou eu... Só queria desejar um feliz ano novo... Espero que você consiga superar tudo isso, certo?... Escute, querida, vou tentar visitar você na primavera... Em março... As passagens ficam mais baratas em março... Beijos... Me ligue quando tiver tempo.

Tenho tempo, mas não vontade.

Como é crescer com uma mãe egoísta? Não é tão difícil, basta se acostumar. Minha mãe era assim: ela queria o melhor dos dois mundos. Ela não queria renunciar a nada e trabalhou para isso. Viver a maternidade sem se comprometer com um relacionamento. Foi assim que um pobre rapaz se viu designado como pai sem nunca ter sido consultado antes. Entendo por que ele foi embora.

Ser mãe, mas continuar sendo uma mulher ativa, com uma vida social agitada. Sim, ela saía durante a semana. Sim, eu tinha uma babá oficial que acabei chamando de "Mamá". Meio mamãe, meio babá. E sim, ela reclamava da dificuldade de conciliar tudo o que fazia: o emprego em tempo integral na joalheria, minha educação, a vida de mulher moderna... Mas eu não causava problemas. É o mínimo que posso dizer. Sempre fui obediente, estudiosa, boa aluna, responsável, discreta, sensata. Como poderia ser diferente?

Acho que foi Benjamin que me devolveu um pouco de minha despreocupação. Ele era leve e confiante. *Não se preocupe tanto, Poupette. Não seja tão séria.* Acho que ele conseguiu me fazer baixar a guarda. Acho que ele me tornou mais leve do que eu era. A felicidade que ele despertou em mim, a luz que ele acendeu em meus olhos, nada nem ninguém nesse mundo jamais poderá me tirar.

– Ben, acho que devíamos casar.

Lembro muito bem da cara que ele fez quando soltei essa frase, entre duas colheradas de uma sopa de alho-poró. Um olhar entre a surpresa e a incompreensão, a boca entreaberta, a colher suspensa no ar.

– Quê?

– Sim.

Não foi um grande diálogo, concordo. Tive dificuldade de me expressar com calma. Fiquei tão perturbada quanto ele.

– Não por mim… quero dizer… Não por nós, não só por nós…

Minhas mãos pousaram na pequena protuberância que crescia lentamente sob meu blusão de mohair rosa. Mas ele não entendia.

– Vocês dois vão se chamar Luzin.

Ele ergueu uma sobrancelha, apenas uma. Ele era a única pessoa no mundo que conseguia erguer uma única sobrancelha. Por isso também eu o admirava.

– Vocês vão ser Luzin e eu vou continuar sendo uma Lacourt. Não é certo, Ben…

Ele sorriu para mim, com uma expressão carinhosa no rosto:

– Não é certo, Poupette?

– Não. De jeito nenhum. Como vamos ser uma família?

Ele voltou a comer a sopa com um sorriso nos lábios.

– Está bem. Você tem razão. Marque um horário na prefeitura. Vamos casar.

– Quando? – gaguejei.

– Quando quiser, não importa. Quanto antes melhor, não?

– Sim…

Voltei a comer a sopa. O som das colheres era a única coisa que se ouvia na cozinha. Benjamin me lançava olhares risonhos, e acabei dizendo:

– O quê?

Ele riu.

– Posso contar para os garotos que você me pediu em casamento? Acho que eles vão levar um susto…

– Ben!

Mas eu também ri.

– E os padrinhos? – perguntei mais tarde, quebrando o espesso silêncio perturbado apenas por nossas colheres.

Ele fez a mesma coisa: ergueu uma única sobrancelha. Acho que estava tentando me impressionar.

– Yann e Cassandra, não?

– Sim… Sim, claro.

A questão nunca tinha se apresentado antes.

Por que deveríamos fazer alarde em relação a esse pedido de casamento? Benjamin estava certo. O que poderia a assinatura de um registro civil representar ao lado desse embrião, fruto de nossos dois DNA, crescendo em meu ventre?

Guardo de nosso casamento a lembrança de um momento simples e alegre. Foi no final de março. Tirei da prateleira de roupas de verão um vestido de linho, cor de salmão, um pouco leve demais para a época, mas suficientemente largo para que minha barriga e sua ocupante ficassem confortáveis. Cassandra tinha me oferecido um casaco preto justo, muito elegante. Para quê? Nem tiramos fotos, apenas uma selfie na saída da prefeitura. Nela aparecem Benjamin e Yann, ao fundo, com a mesma expressão de deboche no rosto, Cassandra e eu com nossos grandes sorrisos em lábios vermelhos. Uma breve pausa. O breve brilho da nossa felicidade inabalável.

– Vamos tomar uma cerveja? – Cassandra sugeriu.

Estávamos dispostos a qualquer coisa. Em um casamento que parecia um happy hour de estudantes, por que não? Escolhemos um pub irlandês da velha Lyon, e todos tomaram uma cerveja, enquanto eu me contentei com um refresco de romã.

Esse era exatamente o sabor de minha vida naquele momento, um refresco de romã. Como eu estava feliz.

Conto os dias. Verifico os calendários da sra. Hugues. O que a sra. Hugues fazia, sozinha e de luto, em janeiro? Como preencher meu dia a dia?

As palavras de Anne, na noite de Natal, me voltam à mente. *Você sabe, às vezes nem mesmo o cotidiano mais manso é suficiente. Às vezes precisamos de outra coisa. Algo de outra natureza.*

Anne e Richard são religiosos, embora nem sempre tenham sido praticantes. Yann também é religioso, embora Cassandra seja uma ateia declarada. Imagino que seja na fé que eles encontrem a força para continuar. Que eles encontrem um significado para toda essa dor e essa cruel injustiça. Eu não. Preciso me contentar com os fatos, crus e sombrios. Um homem de trinta e dois anos, prestes a se tornar pai, pode morrer em uma fração de segundo, com o fígado e o baço estourados por um caminhão de entrega. Um bebê que ainda não nasceu pode sofrer uma parada cardíaca. Assim é.

Nada pode suavizar a trágica verdade. Nem mesmo a imagem de um paraíso onde eles estariam juntos, onde eles se conheceriam, de onde cuidariam de mim, esperando que eu me juntasse a eles.

Eu gostaria de poder acreditar nisso. Eu gostaria de me contar histórias bonitas, de ter belas ilusões, mas não consigo. Talvez devessem ter me ensinado a ter fé desde muito cedo, desde a infância. Minha mãe não acreditava em nada além de sua liberdade. *Deus*, ela sempre pronunciou essa palavra com um sorriso zombeteiro nos lábios. Ela não deveria ter feito isso. Deveria ter me deixado escolher. Agora é tarde demais. Não se pode construir uma crença aos trinta anos. No entanto, acho que eu poderia trazer um pouco de sagrado à minha vida…

Acho que tive essa ideia ao ver as velas nas janelas. Minhas quarenta e duas velas. As imagens de uma antiga reportagem que assisti quando ainda não conhecia Benjamin me voltaram à mente. Uma cerimônia de oferenda hindu na Indonésia. As guirlandas de flores de cor intensa, rosas, vermelhas, laranjas, roxas, amarelas... Os pequenos pratos de metal cheios de frutas, biscoitos, plantas. Oferendas. O incenso que turvava as imagens. A música que acompanhava a cerimônia, alegre, rítmica, leve. Os sorrisos nos lábios. Era bonito, colorido e cheio de vida.

Por que essas visões voltavam? Deixei essa pergunta sem resposta. Adormeci no meio da tarde, na velha poltrona cinza, com o gato no colo.

Quando acordei, a noite havia caído e a lua estava linda. Cheia, redonda, poderosa. Fiquei hipnotizada por ela e então, em um encadeamento lógico e incontestável, tudo ficou tão claro. As velas, a cerimônia hindu, a beleza da lua.

Peguei uma caneta no antigo porta-lápis da sala e arranquei uma folha do bloco de notas. Escrevi uma palavra: *Celebrar*.

Em seguida, colei o papel na parede, no lugar da folha anterior que dizia *Deixar entrar*, e me enrolei no antigo moletom de Benjamin antes de sair, com as velas e uma caixa de fósforos nas mãos.

Eu não sei exatamente no que estava pensando, acho que apenas em acender as quarenta e duas velas, colocá-las na neve, competir com o brilho da lua. O gato cinza me segue, é claro. Ele raramente me deixa sozinha. A sombra do salso-chorão se destaca contra o céu azul-escuro. Meus túneis parecem fluorescentes à luz da lua. Uma visão fantasmagórica de meu pequeno mundo perdido no meio do nada.

Uma leve brisa me obriga a proteger as velas enquanto as acendo, uma a uma, agachada na lama. *Não precisamos de um Deus para trazer um pouco de sagrado às nossas vidas.* É o que penso enquanto insisto em acender as velas que se apagam, em avivar as que enfraquecem. Então me ocorre encontrar abrigo atrás da cortina de longos galhos nus do salso-chorão. A árvore de Paul. Eu me esgueiro entre os galhos, com as velas nas mãos. Aqui, não há vento. Nem neve. A grama permanece verde. Aqui, há apenas uma calma imensa. O grande tronco majestoso, os galhos protetores. O gato cinza e eu. Aqui é perfeito. Me dou um tempo para respirar.

Não precisamos de orações para falar com os mortos. Coloco as velas em torno do tronco, com cuidado. *Não precisamos de orações.* Acendo as velas uma a uma. Então me levanto, satisfeita, com os olhos brilhando. Fracos halos de luz tremeluzente, quase sagrados, iluminam o grande tronco e meu esconderijo. Se estou emocionada, o gato está hipnotizado.

Não precisamos de cerimônias para criar algo solene e bonito. Esta é minha terceira reflexão ao contemplar o fogo sagrado que anima nossas sombras no tronco do salso-chorão. Minha sombra, grande e distorcida. A do gato cinza, pequena e misteriosa. Criei algo bonito essa noite. Nem o gato pode negar. Seus olhos verdes magnéticos refletem a luz das chamas. Deixo os pensamentos me inundarem de forma caótica.

Obrigada, Paul, por sua árvore.

Sorrio. Talvez me sinta boba, talvez não. Sorrio, só isso.

Obrigada, sra. Hugues, por sua casa. Obrigada por seus calendários e suas agendas.

Os galhos tremem no frescor da noite. Uma leve brisa movimenta os galhos, mas as velas resistem. Nossas sombras persistem.

Obrigada, Ben, por esses quatro anos. Obrigada por me revelar a mim mesma e me tornar mais leve.

Sorrio novamente. Sei que o gato me observa atentamente. Meu gato cinza. Que me adotou. Coloco a mão em sua cabeça e ele começa a ronronar.

Obrigada por me permitir ser mãe, mesmo que por um breve momento. Acho que foi seu presente mais bonito.

Ao longe, a casa continua aberta e iluminada. Não penso nisso. Fui tomada por uma urgência essa noite. A lua cheia. A necessidade de celebrar. A necessidade de sagrado.

Anne estava certa, é claro. Mas não preciso de igreja, orações ou rosários para celebrar meus mortos. Tenho um salso-chorão chamado Paul, um gato que me adotou e velas que fiz com minhas próprias mãos. Tenho a lua cheia e a brisa também, porque sem ela as velas não dançariam… E nossas sombras, então…?

13

Fiquei à espreita de alguma coisa, por dias e dias, na janela da sala. O quê? Na verdade, eu não sabia ao certo. Um raio de sol, um arco-íris, qualquer coisa que me fizesse sair da toca, que me desse vontade de me maravilhar. De celebrar de novo, quem sabe?

Mas nada acontece. O céu está cinza, opaco, pesado. Nada atravessa a janela. O tempo poderia muito bem parar e eu nem perceberia...

E então um dia a vida irrompe na forma de um telefonema.

– Alô?

– Amande? É Anne...

O tom de sua voz me faz temer más notícias. Estou na poltrona cinza, debaixo de uma manta, o gato cinza no colo. Eu tinha adormecido e tento acordar.

– Cassandra está indo para o hospital.

– O quê?

– Nada grave. Pelo contrário. O bebê está chegando.

– Ah...

Perdi a noção do tempo na floresta.

– A pequena deve nascer durante a noite.

Não encontro nada para dizer. Sempre desconfiarei desse tipo de anúncio. Me asseguraram que eu veria minha pequena Manon antes do amanhecer. Ela morreu antes mesmo de ver a luz. Então, naquele dia, tão cinza, presa embaixo do gato cinza, afundada na poltrona, só sinto preocupação.

– Vai dar tudo certo – acrescenta Anne como se lesse meus pensamentos. – Fique perto do telefone. Vamos ligar para mantê-la informada.

Murmuro um vago "sim".

– Você quer falar com ela?

– Não acho que...

Não termino a frase. Não importa, Anne não está realmente ouvindo. Ouço uma agitação no telefone. Passos descendo as escadas com pressa. Sem dúvida Yann, com a mala de viagem cuidadosamente preparada por Cassandra. Os pijamas de Manon provavelmente estão lá. Sons de chaves tilintando. Uma porta se abrindo. Vozes indistintas. Acho que ouço Cassandra se divertindo ao fundo, despreocupada e feliz. Eu a ouço rir.

– Ligamos mais tarde, Amande, certo?

– Certo. Dê um beijo em Cassandra.

– Pode deixar.

Anne desliga. Fico parada na velha poltrona, o coração batendo estranhamente rápido. É melhor eu não falar com Cassandra, é melhor que ela fique longe de minha angústia.

São apenas cinco horas da tarde, mas a noite começa a cair. Estou nervosa e o gato percebe, escapa para a rua à primeira oportunidade. Fico de olho no relógio do celular. Cassandra saiu há meia hora. Será que já chegou ao hospital? Será que foi levada para um quarto, na companhia de Yann?

Preciso fazer alguma coisa, me ocupar, me manter ativa. Preciso afastar minha ansiedade. Então lembro do jardim, dos vegetais de inverno. Agora que a neve derreteu e as temperaturas amenizaram, talvez a alface-de-cordeiro tenha aparecido. E os meus repolhos? Será que sobreviveram?

Pego uma lanterna, o velho moletom de Benjamin, que precisa de uma lavagem, e saio na noite.

Meus túneis permaneceram intactos. Levanto a lona com cuidado. Estou ciente de que minhas habilidades de jardineira podem não ter dado frutos. De fato, a linha de escarolas permanece desesperadamente vazia. Um monte de terra estéril. Nenhuma folha, nada. Volto a cobrir a lona, reprimindo minha decepção. Vou fazer melhor na primavera. Vou ler as agendas da sra. Hugues com mais atenção.

A linha reservada ao alho também não revela um resultado melhor, mas a sra. Hugues havia escrito: a colheita do alho é feita em junho e julho. Nenhum nabo ainda. Ainda é cedo demais. Começo a perder a esperança, mas, sob a lona negra da fileira de repolhos, uma boa surpresa me aguarda: folhas verdes e largas, cheias de nervuras. Cinco repolhos lutam para ver a luz, para sair da terra, estender suas folhas para o céu. Fico emocionada. Eu que fiz isso. Plantei sementes, trouxe vida de volta a uma terra estéril e há muito tempo abandonada. Consegui. Cinco repolhos nasceram. Cinco repolhos estão crescendo. Não posso deixar de estabelecer um paralelo com Pulguinha, que está chegando agora mesmo, a dezenas de quilômetros daqui. Realmente, é muita vida para uma única noite. E meus olhos se arregalam novamente, felizes e surpresos, ao constatar que a alface-de-cordeiro vai muito bem. Luxuriante e exuberante. Três belas saladas que vou poder colher ainda hoje e comer com molho vinagrete. Na mesma hora, minha mente começa a vagar, como sempre. Julie. Julie ficaria feliz de saber que o jardim de sua mãe produziu as primeiras verduras. Preciso ligar para ela. Um convite para jantar? Uma *tartiflette* para acompanhar a primeira alface-de-cordeiro? Minhas papilas gustativas despertam. Esqueço da ansiedade por um tempo, maravilhada com o nascimento de meus vegetais e a perspectiva desse jantar.

Corro de volta para casa. Preciso de uma faca. Um saco plástico para a alface-de-cordeiro. Quase tropeço no gato, que voltou para a cozinha e se deitou no chão.

– Temos nossa primeira salada, gato.

Ele permanece imperturbável, indiferente. Não está nem aí, acho. Abro o armário acima da pia, pego o necessário para a primeira colheita e saio para o frio ameno desse final de janeiro.

Ajoelho-me na terra, sem me preocupar com minhas roupas.

– Oi, alface-de-cordeiro.

Minha voz sobe para os agudos, tomada pela excitação. Minha alface, minha primeira alface.

– Eu que plantei você, sabia?

Uso a faca para cortar a base e a retiro com cuidado. Se Benjamin me visse... Repito a operação com as outras duas, me levanto orgulhosa. Será que a sra. Hugues sentia a mesma satisfação ao ver a vida crescer, se multiplicar e florescer graças a seus cuidados? Volto para casa com o saco plástico balançando na mão e o passo leve. Esqueci todas as preocupações. Agora só penso em uma coisa: como lavar e preparar minha primeira alface-de-cordeiro. E também em Pulguinha: na vela que vou acender para ela, no parapeito da janela.

Minha mente continua com Cassandra enquanto lavo as folhas verdes com zelo excessivo. A vela tremula no parapeito da janela. Estou convencida de que trará sorte. Enquanto a água fresca escorre por minhas mãos, tento imaginar o rosto de Pulguinha. Pequena, vermelha, um pouco enrugada. É claro. Cabelos castanhos e muito finos, escassos. Yann e Cassandra são morenos. Que pijama de Manon eles escolheram? Aposto que o amarelo, com a girafa sorridente. É o que eu teria escolhido se tivesse tido tempo para preparar uma bolsa de maternidade, se Benjamin não tivesse morrido naquele dia. Desligo a água e pego o escorredor.

O telefone permanece em silêncio durante toda a refeição, que consiste em alface-de-cordeiro e omelete de cogumelos. As folhas são suaves, aveludadas, macias. Fecho os olhos para deixar meu paladar absorver seu leve gosto de avelã... Eu que as fiz nascer. Sozinha.

Eu me esforço para ficar acordada na cozinha até tarde, fazendo novas velas com os restos de cera das antigas. Os cheiros de laranja e rosa se misturam ao da cera quente. No parapeito da janela, a chama se apagou, mas não presto muita atenção nisso. À meia-noite, sem notícias de Anne, me forço a ir para a cama. Tento acalmar minha inquietação. Pulguinha está a caminho. Leva tempo, é perfeitamente normal. Não há razão alguma para as coisas darem errado. Não essa noite... Tanto que... minhas alfaces ganharam vida.

De manhã, sou despertada por um raio de sol. O gato cinza cochila a meus pés. Na mesa de cabeceira, o celular indica três chamadas perdidas e uma mensagem de Yann. Algumas palavras. Uma fotografia. *Mae nasceu às 5 da manhã. Mamãe e Pulguinha estão bem. Beijos*. Ela tem uma carinha enrugada, uma penugem preta na cabeça e olhos escuros. Eu estava certa sobre o cabelo. Mas errei no pijama... Ela está usando o cor-de-rosa, o dos três ursinhos.

O café escorre tranquilamente na cafeteira e eu caminho até a janela. Me espreguiço. A manhã está radiante. O céu, azul e brilhante. O primeiro sol em semanas. No dia 29 de janeiro. No dia do nascimento de Mae.

Mais tarde vou ligar para Cassandra e Yann, para Anne e Richard também. Para parabenizá-los, dizer o quanto estou feliz, o quanto ela é linda. Mais tarde. Não agora. Preciso de tempo. Então, fico à janela. A luz é revigorante. Há dias não sou acariciada por esses raios, por essa claridade. Olho para o azul do céu, para a copa dos pinheiros, para os galhos do salso-chorão agitados pelo vento. Sim, é uma manhã ventosa, percebo só agora. Os pinheiros balançam, os galhos do salso-chorão se movem, a lona dos túneis tremula. A vida se infiltra por toda parte essa manhã.

A cafeteira para de roncar. A bebida está pronta. Mas não saio do lugar. Ainda não é hora de tomar o café da manhã. Nem de ligar para Cassandra. Essa manhã, Mae nasceu. Essa manhã, o sol surgiu novamente, e o céu nunca esteve tão insolentemente azul. Essa manhã, o vento faz as árvores dançar e o guarda-sol cor-de-rosa da sra. Hugues girar. Contemplo esse quadro vivo e penso que lhe falta um pouco de cor. A cerimônia de oferenda dos hindus. Flores vibrantes, tecidos coloridos, cânticos. Uma celebração da vida. Sim, falta cor. Sei o que preciso fazer.

O gato cinza acorda em sobressalto quando volto para o quarto, tomada por uma súbita inspiração. Não entendo direito. Mas preciso de cor, é só isso que importa. Abro as portas do pesado armário e puxo alguns lençóis ao acaso. Um lençol verde-água. Uma capa de edredom azul-escuro. Uma fronha vermelha. Levo tudo comigo, sob o olhar intrigado do gato.

Na cozinha, acrescento ao monte de roupa de cama um pano de prato laranja desbotado. Então tiro a tesoura da gaveta e começo a cortar o tecido com vigor. Em tiras bem finas. Corto, rasgo, empilho tudo na mesa, começo de novo. O gato vai para cima da geladeira e me observa, inquieto. Até Benjamin se junta à festa. *O que você está fazendo, Poupette?*

Estou criando vida, cor, algo para celebrar o nascimento de Mae e o surgimento das alfaces-de-cordeiro. Quando a única coisa que sobra é um pequeno triângulo de tecido inutilizável, finalmente paro. Em cima da mesa jaz uma impressionante pilha de tiras: verde-água, azul-noite, vermelho, laranja-claro, que em breve vão dançar ao vento.

Como não tenho um banquinho, preciso subir em uma cadeira. O chão não é muito estável, e os vários buracos e torrões de terra não facilitam a tarefa. Enrolada no casaco de lã, em cima da cadeira, tento amarrar as tiras de tecido nos galhos nus do salso-chorão. Não é fácil, com o vento que chicoteia meu rosto e congela meus ossos. Felizmente, o sol está aqui para aquecer meus dedos gelados. Eu mudo de lugar com frequência, amarro outras tiras mais longe, em torno da árvore. *Poupette, cuidado com o buraco...* Tarde demais, não o vi. O pé da cadeira oscila quando subo, e, apesar de tentar me segurar nos galhos da árvore, acabo no chão, com as duas mãos estendidas à frente. Uma das fitas escapa e voa, deixando um belo rastro vermelho no céu azul brilhante. Limpo minhas calças, cujos joelhos adquiriram um tom verde, e volto ao trabalho. Não vou deixar uma queda me desconcentrar. Tenho cores a colocar na árvore de Paul.

Só depois de me proteger do vento, na cozinha, é que me permito admirar minha obra.

Os galhos balançam. As fitas tremulam. Penso comigo mesma que só falta o som. O suave tintilar de um móbile que eu poderia pendurar nos galhos, mas chega de trabalhos manuais. O telefone indica que é quase meio-dia. Preciso ligar para Cassandra e Yann. Parabenizá-los pela recém-nascida, dizer um monte de palavras previsíveis e não muito originais, receber seus agradecimentos. Não importa, lá fora as fitas voam no céu azul de janeiro e celebram o nascimento de Mae sem palavras nem discursos.

– Verduras? Sério? No jardim da mamãe?

A voz de Julie sobe para os tons agudos. Ela fica muito animada com a notícia, eu sei.

– Sim. Alface-de-cordeiro. Os repolhos logo estarão prontos para serem colhidos.

– Incrível! Se mamãe visse isso!

Há um breve silêncio do outro lado da linha. Imagino Julie no meio de um apartamento moderno, usando uma de suas roupas elegantes, provavelmente ainda de salto alto.

– Amande...

– Sim?

– Você acha que eu poderia ver o jardim?

– Claro. Na verdade, eu estava ligando para convidá-la para jantar... E provar minhas primeiras alfaces-de-cordeiro.

Uma risada leve vem do telefone.

– E por que não amanhã, no almoço? É domingo.

Eu não tinha pensado em um almoço, mas a ideia não me desagrada. Vamos poder passear pelo jardim se o sol ainda estiver brilhando.

– Sim, amanhã fica bom para mim.

– Ótimo!

Um novo silêncio, cheio de sorrisos, pelo menos é o que imagino. Em seguida, a voz alegre de Julie se faz ouvir novamente:

– Eu levo a sobremesa!

– Está bem.

– Estou com uma nova mania esse inverno... Depois das velas perfumadas...

– Ah? E o que é?

– Bolo de Reis. Às dezenas. Você gosta de creme de amêndoas?

Dessa vez, sou eu quem ri, com uma leveza que me surpreende.

– Adoro.

O sol parece estar recuperando a intensidade nos últimos dias. Desde o nascimento de Mae. Ele permanece alto no céu, com um azul mais puro a cada dia. As fitas coloridas voam ao vento, às vezes com vigor, em outros dias com mais suavidade. Elas iluminam meu jardim, e até o gato gosta delas. Ele pode ficar horas parado, observando-as dançar. Não abandonei o projeto de um móbile sonoro no salso-chorão de Paul. Sinto falta de música. Pela primeira vez desde que me mudei para o meio do nada. Uma melodia leve provocada pelo vento. É isso que pretendo fazer hoje. Julie vem almoçar amanhã, eu gostaria que tudo estivesse vivo para recebê-la.

Preciso de materiais diferentes para criar sons diferentes, então esvazio o conteúdo de meus armários e gavetas no chão. Fico em dúvida. Hesito. Vou parecer uma louca se pendurar garfos em uma árvore? Provavelmente. Percebo com alegria que não me importo. Pior ainda, me vejo rindo sozinha no meio da cozinha.

Reúno talheres, botões velhos, chaves sem uso, guizos e joias que nunca uso, três conchas que encontro no fundo da mala – uma lembrança do Brasil – tiras de latas de conserva e até mesmo algumas latas de conserva. Olho para minha bagunça, bastante satisfeita. Agora só preciso pintar as percussões. Um pouco de amarelo na árvore de Paul. Amarelo e rosa ...

Aproveito a ida ao supermercado para comprar, além de tinta a óleo, os ingredientes para a *tartiflette* de amanhã. O supermercado está lotado no sábado à tarde, mas acho que estou começando a me acostumar com isso...

Com o coração leve e animado, volto para casa, com as mãos cheias de sacolas. O queijo e o creme de leite podem esperar algumas horas. Tenho um móbile sonoro para fazer.

Acho que esqueço completamente de comer. Pelo menos nada mais substancial do que uma tangerina entre duas pinceladas. Pinto com cuidado os garfos, botões, conchas e outros guizos improvisados, deixo-os secar ao sol, nos degraus do alpendre, e corto um barbante para pendurá-los. O sol se põe lentamente no horizonte quando decido amarrá-los nos galhos do salso-chorão. O gato volta de sua caçada e se senta ao pé de minha cadeira. Sua maneira de me ajudar com o móbile.

– Escute, gato, escute...

O vento está calmo essa noite. Apenas uma brisa. No entanto, ao menor movimento, começa a soar o tilintar cristalino de um garfo batendo em uma concha, e o som mais grave e suave, perfeitamente complementar, de um botão batendo em uma lata de conserva.

Mais tarde, depois que a noite caiu e recolhi o jantar, volto ao salso-chorão. É uma noite sem lua, como acontece no final de seu ciclo. A lua negra, se não me engano. Fico parada na frente da árvore de Paul e fecho os olhos. O vento está soprando. Guizos, chaves e conchas me oferecem uma melodia discreta que se eleva na noite escura, acima da copa das árvores e das colinas da Auvergne.

Esta noite, celebrei o vento. O vento e os repolhos a brotar.

Tudo pronto: a *tartiflette* já gratinou, a mesa está posta e meu cabelo está preso quando o carro azul entra no pátio. O gato vai ao encontro de Julie, seguindo meus passos. Acho que ele está menos assustado. Julie está usando batom e segura um enorme buquê de rosas brancas.

– Bom dia, senhoras e senhores!

Mal tenho tempo de responder e ela desaparece no corredor, fazendo um carinho no gato cinza. Ele não se afasta. Pelo contrário, fecha os olhos de prazer. Traidor...

– Tome, pegue as flores, tenho que buscar o bolo no carro.

Me vejo com o enorme buquê nas mãos enquanto Julie desaparece, deixando para trás um aroma de jasmim.

Com a cabeça no porta-malas, sua voz chega até mim, abafada:

– Podemos visitar o jardim antes do almoço?

Como da última vez, acho engraçado ver as elegantes botas de salto de Julie afundando na terra fresca. Ela parece não se importar e exclama com entusiasmo:

– Se eu soubesse que o jardim da mamãe voltaria a funcionar! Três anos abandonado! Três anos! Você se dá conta?

Arrumo as lonas com cuidado. As noites ainda estão frescas. Não quero que meus preciosos protegidos morram de frio.

– E você transformou isso em árvore de Natal?

Ela ri, apontando para o salso-chorão carregado de fitas coloridas e objetos variados.

– De certa forma.

Prefiro guardar minhas fantasias para mim. Quem celebra o vento, alfaces e repolhos?

– Você sabia que essa era a árvore preferida do meu pai?

Finjo surpresa. Sei mais sobre sua família do que deveria. Isso, também, prefiro calar. Meu pequeno segredo.

– Ele o achava melancólico, com seus longos galhos pendentes. Eles o lembravam de Victor Hugo: *A melancolia é a felicidade de estar triste.*

Ela olha para mim, radiante, e eu sorrio.

– Ele já não parece tão melancólico. Você lhe deu um pouco de cor ...

Pelo tom de sua voz, tenho a impressão de que isso é uma boa coisa.

Degustamos a *tartiflette* e a alface-de-cordeiro ao som do móbile, com as janelas abertas. Julie fala sobre seu novo trabalho: ela vende pacotes turísticos a conselhos empresariais da região. Sua especialidade é a Ásia.

– Você já esteve na Ásia? – pergunto.

– Claro. Passei um tempo na Tailândia, no Vietnã, no Camboja e no Laos. O resto ainda está na minha lista.

Dou algumas mordidas na *tartiflette* antes de fazer uma pergunta sobre o assunto que me interessa – cerimônias alegres, cores, cânticos...

– Aprendi muito sobre o hinduísmo e o budismo. Aliás, me converti ao budismo.

Diante de meu sincero interesse, Julie fala sobre o ciclo de renascimentos, não de reencarnações, pois os budistas não acreditam na existência da alma; mas os renascimentos permitem ao ser humano, ao longo de várias vidas, elevar-se em direção ao Despertar, como o Buda, e depois ao *nirvana*, a cessação definitiva do sofrimento universal.

Paro de comer, com o garfo suspenso entre o prato e os lábios:

– Não existe uma alma? Sério?

– Não, não existe uma alma. É o que o termo sânscrito *anatta* afirma. A ausência de um "eu", de um ego, de uma alma.

– Não tenho certeza se entendo...

– A ideia de existir como indivíduo é uma ilusão da mente. Se nosso "eu" realmente existisse, isto é, nosso corpo, nossas percepções, nossas sensações, nossa consciência, nossas construções mentais, o que Buda descreve como os cinco agregados de apego que nos compõem, então poderíamos declarar: *Que meu corpo não envelheça, que não fique doente, que não morra!* No entanto, não temos controle sobre nada, o nosso "eu" nunca se dobrará à nossa vontade. Não é mesmo?

Eu bem sei... Então concordo e Julie continua, orgulhosa:

– Portanto, não podemos dizer que isso é o *nosso* corpo, *nossa* alma ou *nossa* própria entidade. Você entende?

– Acho que sim.

– O budismo nega a existência de um eu autônomo e permanente, portanto a alma imortal não pode existir.

Dessa vez, acho que começo a entender. Julie me deixa beber alguns goles antes de acrescentar:

– Não existe alma, mas algo perdura ao longo das diferentes existências.

Isso me tranquiliza. O não eu parece assustador.

– O que seria isso?

– O *karma*. Que podemos resumir da seguinte maneira: colhemos o que semeamos de bom ou ruim em nossas vidas anteriores.

E ela continua, mais animada do que nunca, deixando de lado o karma para falar de *anicca*, o conceito de impermanência: nada é imutável ou eterno, tudo tende a desaparecer ou mudar. O apego às coisas desse mundo é que causa sofrimento, pois todas as coisas estão fadadas a desaparecer. Como disse Thich Nhat Hanh, um monge zen vietnamita, é graças à impermanência que a vida se torna possível. *Se um grão de trigo não fosse impermanente, ele não poderia se transformar em uma haste de trigo, e se a haste de trigo não fosse impermanente, ela não poderia produzir a espiga que comemos.* Aquilo que chamamos de vida é apenas uma sucessão de eventos transitórios, um turbilhão de impermanência. Mesmo o sol, a montanha e a terra em que vivemos estão em constante mutação.

Começamos a tirar a mesa juntas. Reflito e pergunto:

– E o que o sofrimento tem a ver com essa ideia de impermanência? Não tenho certeza se entendi…

– O sofrimento está ligado a nosso desejo de segurança e permanência. Aceitar que tudo é impermanente é o primeiro passo para a cessação do sofrimento.

Bom, acho que tudo é muito teórico. Concordo que a morte faça parte da vida e seja aceita como tal. Mas e a saudade em tudo isso? Como fazer para ignorá-la? Para que ela não existia? Felizmente, Julie põe fim às minhas divagações, declarando de repente:

– Tenho algo para você!

Ela some, me deixando sozinha com a pia cheia. Poucos minutos depois, ela volta com um belo e antigo álbum de couro preto.

– O que é isso?

Entendo assim que ela abre a capa empoeirada e vejo uma fotografia de casamento em preto e branco, de um rapaz de cabelos escuros, sobrancelhas espessas e olhar suave, e uma moça muito parecida com Julie.

– Você faz o café e eu corto o bolo? Olhamos as fotos enquanto comemos!

Fico feliz de finalmente poder dar um rosto aos antigos donos da casa.

– Como ela se chama?

Fiz a pergunta enquanto passava o dedo pela longa cauda do vestido de noiva da sra. Hugues.

– Lucie.

– Ah... Que nome bonito...

Lucie. Lucie. O nome ecoa em minha mente. Acho que combina com a personagem. Lucie Hugues. A senhora dos calendários rabiscados. Lucie e Paul Hugues.

– Quantos anos ela tinha na foto?

– Vinte e nove anos. Eles se conheceram tarde e se casaram no mesmo ano.

Ela toma um gole de café para continuar.

– Mamãe era costureira na loja de tecidos da tia de Paul, em Clermont-Ferrand. Eles se cruzaram várias vezes na loja. Minha mãe sempre dizia que o que a atraiu em meu pai foi seu olhar, particularmente suave... e um pouco melancólico.

– Como o salso-chorão?

Julie sorri.

– Exatamente.

Ela toma mais um gole de café e vira a página. Agora vemos o jovem casal saindo da igreja, bem eretos e um pouco rígidos.

– Papai sempre admirou a calma de mamãe e sua capacidade de se concentrar por horas nos tecidos. Ela era tão aplicada...

– Ela parou de trabalhar depois do casamento?

– Ah, não! Continuou a fazer cortinas, colchas e vestidos a vida toda. Ela guardava a máquina no sótão e trabalhava aqui. Ia à cidade uma vez por semana para deixar suas criações nas lojas e voltava com um cheque.

Julie vira a página novamente. Lucie e Paul estão de mãos dadas ao lado de um belo carro de época, ainda no dia do casamento.

– Está vendo o vestido? – Julie pergunta. – É uma de suas criações.

Demonstro minha admiração com um levantar de sobrancelhas.

– Ela parou de costurar quando papai morreu. Então começou a se dedicar à jardinagem.

Uma nova página é virada. Fim da cerimônia de casamento. Aqui vemos Lucie e Paul na frente de uma casa, a mesma em que estamos hoje. Lucie usa um coque comportado e Paul um paletó com ombreiras.

– Eles se mudaram para cá depois do casamento. Moraram aqui por quase seis anos. Então, quando mamãe finalmente conseguiu engravidar, que foi um processo longo e difícil, eles decidiram se mudar para a cidade em busca de um lugar maior.

– Eles foram embora?

– Eles venderam o terreno e alugaram uma casa geminada a cerca de dez quilômetros de Clermont. Mamãe nunca gostou de lá. Ela passou a vida toda esperando para voltar.

– Eles tinham previsto voltar?

– Papai tinha prometido a mamãe. *Passaremos a velhice aqui.*

Fico suspensa às palavras de Julie. Ela está contando a história de minha casa. De minha casa e das diferentes vidas que passaram por ela.

– Então eles compraram de volta?

– Ah, espere! Não foi tão simples assim!

– Não?

– Papai se aposentou na primavera e entrou em contato com os proprietários da casa no verão. Mas eles não queriam vender. Estavam felizes aqui.

As próximas fotografias mostram um bebê envolto em um pano branco. A cabecinha calva e os olhinhos meio fechados. Julie. Então Julie, a adulta, que está a meu lado em minha casa, continua sua história:

– Papai ficou desesperado. Mamãe estava mais triste do que nunca. Você pode imaginar? Passar a vida esperando para recuperar sua casa e, no fim, ter que desistir dela?

Concordo, imantada pela história de seus pais.

– Então papai só teve uma escolha: aumentar a oferta, para convencer os proprietários a deixarem a casa. Vamos ser sinceras. Não era a casa do século... O cenário era agradável, mas a casa em si estava velha e não era muito espaçosa. Os proprietários perceberam sua sorte e venderam a casa com um lucro muito maior do que esperavam.

Ela vira mais uma página do álbum, mas eu não olho, estou concentrada em Julie, que conclui com um sorriso:

– E foi assim que eles se viram aqui, trinta anos depois de prometerem voltar.

Termino meu café em pequenos goles. É uma linda história. Entendo por que Julie quis manter a casa e por que está tão emocionada de vê-la voltar à vida.

Continuamos a folhear o álbum. Acompanhamos os primeiros anos de vida a dois de Paul e Lucie, bem como os primeiros passos de Julie no mundo. Eles parecem formar um casal unido e uma família serena.

– Eles não conseguiram ter outro filho. Os dois já estavam mais velhos. Mas acho que não se importavam. Mesmo depois que saí de casa. Eles bastavam um ao outro.

Mais tarde, ela fecha o álbum com uma tristeza que eu nunca tinha visto nela.

– Papai morreu apenas um ano depois que eles voltaram para cá. Uma maldita pneumonia, muito agressiva. Acho que minha mãe nunca teria se recuperado se não estivesse em sua casa amada. Ela conseguiu superar a dor graças a seu jardim.

O silêncio volta à cozinha. Julie mexe o resto do café na xícara. Olho para o álbum com emoção. Sinto que amo minha casa um pouco mais agora que conheço a história de amor que ela abrigou. Penso no bebê da fotografia e olho para a Julie em tamanho real, a meu lado. Seu rosto jovial e sorridente, sua energia, sua alegria de viver, sua felicidade ao falar dos pais. Então eu me pergunto... Teríamos deixado uma marca tão bonita na terra, Benjamin e eu, se as coisas tivessem sido diferentes, se Benjamin e Manon tivessem sobrevivido? Gosto de pensar que sim. Com certeza.

14

Um rápido encadeamento de decisões me leva ao túmulo de Benjamin nessa manhã gelada de fevereiro. O cemitério está vazio. É domingo, mas a missa está em curso e os fiéis estão sentados nos bancos frios e duros da igreja, com as mãos unidas à frente do corpo. Estou sozinha entre as fileiras de túmulos. Sozinha com alguns corvos de aparência sinistra. O ar está cortante, minhas mãos geladas seguram um buquê de heléboros. Flores delicadas com pétalas de um belo rosa pálido, salpicadas de um violeta vibrante.

– Oi, Ben.

Pronto, eu disse a primeira palavra. A mais difícil.

– Eu queria fazer uma surpresa. Nada de cravos-de-poeta, nada de cravos e ponto final. O florista me recomendou amores-perfeitos. Eles resistem bem ao frio, mas me apaixonei por essas. Elas se chamam heléboros. Tenho certeza de que você já sabia, não é mesmo?

Nunca entendi por que as pessoas falam com os mortos diante de uma pedra fria e áspera, com formas geométricas abruptas. Por que elas não falam com os mortos em pensamento, em qualquer lugar, a qualquer hora? É o que venho fazendo até o momento. Evito o cemitério, a pedra fria, converso com Benjamin mentalmente, no jardim ou na sala, em qualquer lugar, na verdade.

Mas agora aqui estou, como todo mundo, enfrentando o frio para encontrá-lo fisicamente, ou quase. Aqui estou diante de sua lápide, em um domingo de inverno, diante de flores murchas e algumas placas funerárias. "Para o meu irmão", diz uma delas. A placa de Yann. Uma pomba voando, com uma haste de lírio-do-vale no bico. Uma placa preta com letras brancas. Não a acho particularmente bonita. Também não acho esse ritual de visita ao cemitério particularmente agradável. Sinto frio e meus pés já estão doendo de ficar em pé sobre o cascalho, bem em frente à pedra branca. Então por que estou aqui? Coloco o buquê sobre a pedra, entre duas placas feias e impessoais, e tento relembrar os acontecimentos que me trouxeram aqui essa manhã.

Primeiro, Cassandra, que me repetia que todos só estavam me esperando, que eu poderia pegar o trem e eles me buscariam na estação.

– Ela está mudando a uma velocidade absurda, Amande. Se você esperar demais, ela vai estar com todos os dentes e caminhando.

Eu queria, é claro, e Cassandra sabia disso. O problema era pegar a estrada, viajar para tão longe, sair do meu casulo, fechar a porta da casa dos Luzin, voltar ao quarto de Benjamin, à sala onde anunciamos a todos um ano antes sobre minha gravidez.

Cassandra enviava fotos de Mae. Ela estava crescendo. Seus olhos estavam abertos agora, bem abertos, de um azul-escuro marcante. A penugem era lentamente substituída por cabelos pretos e densos.

Depois, Yann também entrou na jogada:

– Amande, Cassandra precisa de você.

Cassandra… Precisando de mim? Mesmo? Mantive o ceticismo, mas a voz de Yann se tornou mais grave:

– As irmãs dela estão longe. Elas não são muito presentes. Acho que ela precisa de um pouco de apoio feminino. Para se sentir apoiada… Validada como mãe.

Conversa fiada. Eu tinha certeza de que Yann não acreditava em uma palavra do que dizia, pior ainda, que ele tinha preparado seu discurso com Richard. Uma armadilha bem planejada para me atrair até aqui, junto a eles.

E então meus repolhos atingiram a maturidade. Uma semana atrás. Um de cada vez. Julie estava em viagem de negócios perto de Grenoble. Ela não podia vir pegar os repolhos. Com quem compartilhá-los, então? Para quem oferecê-los? O orgulho que eu senti ao colher minha primeira safra de vegetais não era nada comparado à ideia de compartilhá-los com os outros.

É ridículo, eu sei muito bem. Precisar de três repolhos para me ver diante do túmulo de Benjamin. Três repolhos e uma sobrinha.

– Venha no domingo – disse Cassandra. – Yann vai estar em casa, Anne e Richard também. Podemos buscá-la na estação.

Ir de trem estava fora de questão. De carro, eu poderia manter minha liberdade de movimento, eu poderia ir embora se as coisas se tornassem muito difíceis. Eu poderia até decidir no último minuto não ir, ou voltar quando chegasse a Lyon. Por que eu faria isso? Saí com duas horas e meia de antecedência, sabendo que não haveria trânsito, e com um móbile feito por mim, pintado de rosa, no porta-malas do carro. Sem nenhum garfo ou objeto cortante. Eu não queria correr o risco de machucar Mae. Apenas pequenos galhos – os mais bonitos que pude encontrar – cobertos por uma leve camada de rosa-antigo. Mae poderia tocá-lo com seus pequenos dedos e sorrir ao ouvir os pedaços de madeira se chocarem.

Richard e Anne iriam à missa, então Cassandra me pediu para não chegar antes do meio-dia e meia. No entanto, eram apenas dez horas quando meu carro estacionou na frente da casa deles. O que fazer? Visitar o túmulo de Benjamin. Oito meses depois do enterro, já estava na hora, não?

– Não sei se preparei uma armadilha para mim mesma – digo à pedra silenciosa. – Pode-se esperar qualquer coisa do próprio inconsciente, não é mesmo?

De todo modo, com minhas duas horas e meia de antecedência, tive tempo de ir a pé ao cemitério. Parei na floricultura no caminho.

Em que posso ajudá-la, minha cara senhora?, perguntou o florista.

– Eu não sabia que ainda chamavam as mulheres de "minha cara senhora" no século XXI.

Tenho certeza de que Ben teria sorrido. Eu sorri, em todo caso, sozinha diante de seu túmulo.

– É para o meu marido. Um belo buquê. Ele gosta de cravos, mas dessa vez quero surpreendê-lo. Quando pedi algo resistente ao frio e à geada, ele ficou surpreso e perguntou: *É para um túmulo?* Eu tive que dizer que sim. Por que mentir para ele? No entanto, achei divertido, sabe, agir como antes, quando você ainda estava aqui e eu comprava flores para você.

Alguns segundos passam no cemitério deserto. As notas de um órgão chegaram até mim vindos da igreja.

– Seus pais estão lá dentro... Sim, você teria rido. Eles voltaram a ir à missa. É por sua causa também... Eles dizem que isso os ajuda a suportar a dor, a encontrar um sentido. Mas não ria demais, é difícil para eles, sabe, e eu também estou fazendo todo tipo de coisas idiotas para trazer um pouco de cor para minha vida. Minha casa parece a cabana de uma velha maluca extrovertida. Ah, e eu tenho um gato, Ben! Isso também parece coisa de velha maluca, não?

Começo a achar menos estranho conversar com uma pedra branca. Acho que estou me deixando levar por minhas palavras, sinto certo prazer em pronunciá-las. Dou uma risada baixinha, com a mão na boca.

– Meu Deus, Ben, comecei a fazer jardinagem, preparar compotas e tortas Tatin, fazer velas perfumadas... Ir à igreja já não parece tão bobo, afinal...

Ao longe, um senhor idoso empurra o portão do cemitério. Ele está usando um casaco preto e um chapéu cinza, de feltro. Instintivamente, abaixo a voz, ainda que, de onde ele está, o velho senhor não possa me ouvir:

– Na verdade, eu não tinha planejado vir ver você. Estou aqui para ver a Mae. Sua sobrinha. Você nunca soube que teria uma sobrinha...

Fico em silêncio como para dar a ele tempo de absorver a informação.

– Ela fez um mês. E está mudando tão rápido... Já a vi em fotos e é incrível, sabe, ela me pareceu tão grande. Grande e forte, comparada a Manon. Você não viu Manon. Foi chocante, sabe, ela era tão minúscula... Pesava apenas um quilo e duzentos e seus olhos estavam praticamente colados. Mae é diferente. Ela é um bebê de verdade. Tenho certeza de que ninguém tem medo de machucá-la quando a segura nos braços.

Coloco a bolsa no ombro, vejo o velho senhor parar diante de um túmulo florido.

– Estou curiosa para ver Yann com o bebê. Às vezes ele é tão desajeitado... Tenho certeza de que ele está usando luvas de plástico para pegá-la no colo e não arranhá-la. Em todo caso, é o que você teria dito para me fazer rir e para irritar seu irmão. Com você era diferente, todo mundo sempre soube que você seria ótimo com Manon. Era só ver você na MJC, com os garotos. Eles eram um pouco mais velhos, claro, mas você tinha esse dom, ninguém poderia tirá-lo de você, você estava em seu elemento com as crianças. Todo mundo dizia que você seria um ótimo pai. Foi o que sua mãe disse, aliás, quando anunciamos a gravidez. Ela ficou com os olhos úmidos e você tirou sarro dela, dando tapinhas em suas costas e chamando-a de *vovó*. Ela nem pensou em ralhar com você, ficou muito distante, e você a incomodava para não ficar constrangido com seus elogios e não se emocionar demais. Sim, eu vi. Richard também viu. Não somos bobos, Ben... Já vai fazer um ano. Não sei se o tempo passou rápido ou devagar. Às vezes tenho a impressão de que se passaram anos, mas isso é porque fui catapultada para outro mundo com seu acidente. Fui para outro espaço-tempo e até para outra galáxia. E às vezes tudo parece tão recente, tão recente que ainda consigo sentir os pequenos chutes de Manon na barriga.

Respiro fundo, olhando para o vazio. Falar assim me faz bem. Me pergunto por que não fiz isso antes.

– Sabe, Ben, ainda bem que eles estão todos aqui, os quatro... Seus pais, seu irmão, Cassandra... Você não faz ideia de como eles são presentes... Não me arrependo de termos nos casado. De jeito nenhum. Foi importante por causa de Manon, claro, para que nós três tivéssemos o mesmo sobrenome, mas agora também é importante. Agora que você não está mais aqui... Graças a isso, eu também sou uma Luzin.

Sorrio através das lágrimas.

– Ninguém pode me tirar isso, certo?

Mais tarde, deixo a pedra branca, não sem antes ajeitar o buquê de heléboros. A missa vai terminar logo, não quero cruzar com os fiéis, muito menos com Anne e Richard. Quero caminhar sozinha, deixar um espaço de transição entre o cemitério e a casa dos Luzin. Não sei se volto tão cedo, mas uma coisa é certa: me sinto mais leve essa manhã, e ter vindo me fez muito bem.

Sou recebida na porta por um aroma de carne assada com tomilho e por Cassandra, com seus belos olhos azuis cheios de alegria e sua barriga desinchada.

– Amande, fiquei com medo de que você nos deixasse na mão!

Ela parece descansada. Como é possível, com uma recém-nascida? Ela parece mais adulta, tem os ombros retos e uma postura mais firme. Ela envelheceu dez anos desde o Natal. Será a maternidade?

– Venha, entre. Yann está cuidando da comida. A pequena ficou no peito a manhã toda!

Ela diz isso enquanto fecha o último botão de sua blusa verde-pistache. Ela está bonita, mais ainda do que o normal, com o peito enorme e uma felicidade deslumbrante.

– Deixe o casaco aqui, Amande.

Coloco o casaco no sofá e o presente com o móbile em cima da mesa. Entrego o buquê de lírios cor-de-rosa diretamente a Cassandra. Fui buscá-los na floricultura depois de sair do cemitério. O florista pareceu surpreso de me ver pela segunda vez naquela manhã, dessa vez sem o buquê de heléboros.

– Então, ele gostou? – ele perguntou, sorrindo timidamente.

Fiquei feliz por ele fazer essa brincadeira e ri um pouco alto demais.

– Sim, ele gostou. Agora preciso de flores alegres e suaves. Para comemorar um nascimento.

Ele não perguntou nada, mas eu acrescentei:

– Minha sobrinha.

Ele ficou feliz de me fazer algo pessoal. Uma mistura de lírios rosa pastel, rosa antigo e fúcsia.

– Anne e Richard ainda não voltaram. Eles devem ter passado no túmulo depois da missa. Eles não vão demorar. Venha ver Mae.

Ela me guia até o andar de cima, onde fica o antigo quarto de Yann, agora transformado em quarto da família.

– Vocês se mudaram para cá em definitivo? – pergunto nas escadas.

– Em definitivo, não. Foi mais fácil durante a gravidez, sabe, com Anne na casa de repouso e Richard sozinho aqui. E depois, com o nascimento de Mae, queríamos voltar ao apartamento, mas Anne insistiu para que ficássemos mais um tempo. Faz tão bem a ela ter a neta em casa…

Concordo com a cabeça para mostrar que entendo.

– Vamos esperar ela completar dois meses para partir – ela diz. – Assim Anne tem tempo para se preparar e nós para descansar. É mais fácil aqui, com todas essas mãos para nos ajudar.

Chegamos ao andar de cima e Yann nos recebe, ainda de pijama e roupão.

– Oi, Amande!

– Você não trocou de roupa? – reclama Cassandra.

– Que horas são?

– Hora de receber nossa convidada.

– Oi, Yann.

Ele me beija, feliz de me ver.

– Você veio de carro, afinal?

– Sim. Aproveitei para passar no cemitério.

Ninguém diz nada. Alguns segundos se passam, então Yann aponta para a porta fechada do quarto e sussurra:

– Ela está dormindo. Você pode vê-la, mas não a acorde, senão Cassandra vai ficar chateada…

Cassandra me pega pelo braço e me leva para o quarto.

O quarto está mergulhado na penumbra, mas alguns raios de sol passam pelas persianas e nos permitem ver o berço de Manon, que agora é o de Mae, e a pequena forma adormecida dentro dele. Ela está deitada de costas, seu estômago se move lentamente ao ritmo da respiração. Seus punhos estão fechados ao lado do rosto. Ela parece tão em paz... Sua respiração é suave, lenta, suas pálpebras tremem, agitadas por sonhos de bebê. Com o que sonham os bebês?

Cassandra me observa, com os olhos cheios de amor, esperando meu veredicto. Eu sorrio para ela. Não ouso tocar em Mae, pois poderia acordá-la. Me contento em observar.

– Ela tem um rosto de anjo, não?

Sim, Cassandra, claro que ela tem um rosto de anjo. Quem ousaria dizer o contrário?

– Daqui a pouco, você vai pegá-la no colo.

Ela sussurra e me aponta para a porta, para que deixemos o anjo Mae dormir em paz.

Quando chegamos na sala de estar, no andar de baixo, Anne e Richard já estão de volta. Eles têm as bochechas coradas pelo frio, ainda estão de casaco, e nos recebem de braços abertos, visivelmente felizes por me ver aqui.

– Foi você que trouxe o buquê de heléboros? – pergunta Richard, franzindo o cenho.

– Sim, fui eu.

– Eu disse! – exclama Anne. – Só poderia ser ela! Estavam frescos, dessa manhã.

– São muito bonitos – diz Richard. – Realmente muito bonitos. Você passou lá durante a missa?

– Sim.

Eles tiram os casacos, calçam as pantufas e falam do novo padre, um homem que veio de Paris para celebrar as missas dominicais.

– Ele costumava oficiar na Notre-Dame! Você se dá conta?

Não, não me dou conta, mas faço que sim com a cabeça. Yann reaparece, agora de calça jeans, camisa polo e mocassins. *A roupa perfeita do genro ideal*, teria zombado Benjamin.

– Sentem-se! – Anne ordena, batendo palmas. – Richard, sirva o aperitivo. Amande, pegue a poltrona do chefe...

Ela aponta para a poltrona de Richard, de assento pesado e confortável. Acho que sou a convidada de honra hoje.

Os copos de Martini, de vinho do Porto e de vinho branco doce estão em nossas mãos, na sala de estar. Cassandra está sentada no sofá, meio de lado, como se estivesse prestes a sair correndo ao menor sinal de choro do bebê. Richard parece um pouco cansado. Sua pele parece mais pálida.

– Como vai? E o trabalho...? – pergunto em voz baixa, enquanto Yann e Anne debatem sobre as obras na rua, previstas para terminar na próxima sexta-feira para um e no próximo sábado para o outro.

– Tudo bem.

Sinto que ele está evitando minha pergunta.

– Acho que peguei um vírus. Nada grave.

– Você foi ao médico?

– Não. Não é preciso. De verdade.

Anne está melhor. Percebo que voltou a se maquiar.

– Como vai o gato, Amande? – pergunta Cassandra.

– Ele está bem. Acabou de ganhar o terceiro quilo...

– Terceiro? Sério?

– Sério.

– Graças ao mingau da manhã, sem dúvida!

– Talvez, realmente.

Yann e Anne se juntam à conversa.

– E o jardim?

– Tenho algo para mostrar...

Eles me seguem com os olhos enquanto vou buscar minha bolsa no hall de entrada. Pego o repolho que trouxe para eles. O mais bonito dos três. Ele escapou do saco plástico em que estava embalado e a terra se espalhou por toda a bolsa.

– Nossa! – exclama Cassandra.

– O que é...? – pergunta Anne antes de se interromper.

– Um repolho? – sugere Yann, timidamente

Balanço a cabeça e entrego o repolho. Eles o passam de mão em mão com muito cuidado. Cassandra olha para o repolho como se nunca tivesse visto um na vida, incrédula, Anne com um sorriso emocionado – provavelmente ele lhe traz lembranças dos vegetais de sua casa no Jura. Os homens são mais estoicos.

– Você tem muitos desses? – pergunta Yann.

– Não, é só o começo. Também colhi alface-de-cordeiro. O resto vai demorar. As escarolas morreram, não resistiram ao frio. As beterrabas não ficam prontas antes do início da primavera, e o alho é para junho.

– Oh – exclama Cassandra, que ainda deve se perguntar como consegui fazer germinar essa grande pilha de folhas.

– Bom trabalho – diz Anne.

Eles me devolvem o repolho, mas eu balanço a cabeça:

– É para vocês.

Então meu repolho vai para a mesa, ao lado do buquê de lírios e do pacote vermelho com o móbile.

Esvaziamos nossos copos de aperitivo sem pressa, beliscamos alguns amendoins. Pergunto como cada um está. Não me enganei, Anne está melhor. Ela voltou ao trabalho de professora em tempo integral em janeiro. As crianças têm sido especialmente compreensivas e calmas, provavelmente informadas pela diretora. Ela interrompeu o tratamento com antidepressivos por recomendação do psicólogo. Está dormindo melhor. Agora está tentando se concentrar na organização da viagem escolar marítima, em junho.

– Cada coisa a seu tempo. Um passo de cada vez, é o que meu psicólogo diz.

Anne se dedica à viagem escolar. E os outros? Yann se dedica a Mae e Cassandra. Como a felicidade nunca vem sozinha, ele foi designado para um novo projeto no trabalho, mas sua cabeça está em outro lugar...

– Você deveria ver todos aqueles papagaios no escritório, em suas gaiolas de vidro, com seus sorrisos bobos quando saio às cinco. *Ei, Luzin, tirou a tarde de folga?* Eles riem disso, aqueles babacas.

– Mas ele vai embora – acrescenta Cassandra, orgulhosa.

Sim, Yann deixa o trabalho todos os dias às cinco horas da tarde, duas horas mais cedo que o normal, e substitui Cassandra com Mae. Ele lhe dá banho, lê pilhas de livros sobre *Tornar-se pai*, prepara o jantar. Ele mudou. Não sou a única impressionada, vejo o olhar orgulhoso de Anne sobre ele.

Cassandra não precisa falar muito para que eu adivinhe... Ela está feliz, radiante de felicidade. O trabalho de médica? Ela nem sente falta. Ela se diverte o dia todo, cuidando de um pequeno ser que só precisa de seus seios e de contato físico constante. Ela é a primeira a se surpreender com isso. E depois? Ela já está pensando nisso. Estabelecer-se na zona rural, com um consultório particular. Ser capaz de ajustar seus horários, arrumar tempo para ver Mae crescer.

– No campo? Onde?

– Não sei... Perto de Lyon. No Ain, talvez.

Yann desliga o forno, faz um sinal para passarmos à mesa. Abandono a poltrona do chefe com certa relutância. Minha cabeça está girando com todos esses relatos. Bom, eu me pergunto... Então... Estamos em fevereiro, oito meses depois do acidente, e a vida finalmente retomou seu curso. Anne tirou a cabeça para fora da água, voltou ao trabalho, voltou a se maquiar, cuida da netinha. Cassandra desabrochou no papel de mãe, Yann assumiu o papel do irmão mais velho, tornando-se a maior fonte de orgulho de sua mãe. A vida continuou, apesar da dor, apesar da sensação de que nada nunca mais será igual, de que o mundo parou. Mas não para mim... Eu me mantive longe de tudo, do barulho, da agitação, da existência do comum dos mortais. Fiquei em casa, colando objetivos loucos na parede e colorindo o salso-chorão. Não é a vida normal, é outra vida que estou tentando montar, uma vida sob medida, que se adapte a meus passos hesitantes e deixe espaço para os meus dois ausentes.

E Richard? Será que a vida continuou para ele? Ele se manteve em silêncio o tempo todo, não tenho certeza se nos ouviu...

Inevitavelmente, acabamos falando de Mae durante o almoço. De seu sono, de seus pequenos punhos cerrados. De seu primeiro sorriso reflexo. É difícil para mim. Me sinto excluída. E Benjamin? Acabou o tempo em que falávamos apenas sobre ele. Estou sendo egoísta e sinto dificuldade de engolir tudo isso.

Então um grito ecoa no andar de cima. Cassandra captura meu olhar e minha mão:

– Vamos.

Ela não me pergunta nada, simplesmente coloca seu bebê bem quente contra o meu peito, em meus braços que não sabem o que fazer. Eu me sento na cama de Cassandra e Yann, tomando cuidado para não a deixar cair.

– Isso mesmo. Segure bem a cabeça. Está perfeito. Você está perfeita.

Cassandra sorri para mim. Fico em silêncio, incapaz de articular uma palavra, abalada por esse amor tão avassalador quanto um tsunami.

– Ela está procurando seu seio.

– Eu sei. Você precisa... Pegue-a de volta.

Preciso recuperar o fôlego. Manon. Um peso morto minúsculo, inanimado. Mae que se mexe com a graça de um anjo. Meu coração está despedaçado. Preciso de um pouco de ar.

– Eu a devolvo depois – declara Cassandra.

Ela tira Mae dos meus braços, me deixa trêmula, emocionada. Ela sorri de novo, desabotoando a blusa e tirando o seio redondo e cheio do sutiã, oferecendo-o a Mae como algo natural. Ela continua sorrindo quando a pequena começa a mamar e coloca a mão suave em sua cabeça.

– Dói?

Me forço a dizer algo para quebrar o silêncio, para dissipar minha agitação.

Olho para um fino raio de sol que passa pelas persianas. A cama de casal onde estamos sentadas. O despertador na mesa de cabeceira de Yann emitindo uma luz esverdeada. Ouço o eco das conversas lá embaixo. O som da sucção de Mae e o leve ronronar de felicidade que ela emite. Acho que estamos compartilhando um momento íntimo, nós duas, e não sei o que dizer.

– Em que você está pensando?

A pergunta de Cassandra me pega de surpresa. Dou de ombros, um pouco sem jeito.

– Em nada.

– Você está pensando em Manon?

Levo alguns segundos para absorver o impacto de sua pergunta e balançar a cabeça.

– Não… Não agora…

Cassandra ajusta com cuidado a cabeça de Mae para tornar a amamentação mais fácil e diz suavemente:

– Eu penso nela com frequência, sabe.

De novo, preciso de certo tempo para reagir, engolir, respirar.

– Mesmo?

– Sim. Elas deveriam ter nascido com três meses de diferença. Deveriam ter crescido juntas. Era o plano.

Não sinto vontade de responder. Na verdade, eu teria preferido que Cassandra não falasse sobre isso. Agora estou um pouco irritada. Com a vida, com eles, com o plano que não aconteceu conforme o esperado, com todo mundo.

– Tenho certeza de que Manon teria sido a mais sensata das duas. Teríamos odiado você e Ben, porque teriam tido a filha perfeita. Uma loirinha linda, educada e bem-comportada que teria feito todos os pais ficarem encantados.

Um sorriso involuntário treme meus lábios.

– Que bobagem...

Cassandra sorri, com os olhos brilhando.

– Aposto que quando pequena você era um anjo...

– É verdade.

–Acho que Manon teria sido como você.

– E se ela tivesse puxado ao Ben?

Cassandra pensa por alguns momentos.

– Intrépida e destemida?

– Sim.

– Mmm... Então teríamos tido problemas, nós quatro. Mas acho que ela teria sido parecida com você. Acho que o bebê absorve todas as emoções da mãe durante a gravidez... Que ele se impregna um pouco de sua personalidade.

– E?

– E você sempre foi um exemplo de calma. Nunca vi uma mulher grávida tão serena e pacífica quanto você.

– Eu não tinha com o que me preocupar... Eu estava confiante.

– Enquanto eu fui uma fera. Eu ficava com raiva por qualquer coisinha e enchia o Yann de ligações quando ele se atrasava um minuto.

– Eram os hormônios...

– Os hormônios e minha tendência de abrir a boca sem pensar. Você vai ver, Mae vai ser doidinha!

– Sua gravidez foi agitada... Com Benjamin... Anne em um centro de reabilitação... Não foi fácil.

– Não – Cassandra me interrompe vigorosamente. – Para você é que não foi fácil. Não para nós. Não temos o direito de reclamar.

Não sei o que dizer, então fico em silêncio, e Cassandra acrescenta:

– Para nós, essa gravidez foi a melhor coisa que poderia ter acontecido, mesmo nesse contexto. Mae salvou o Yann. E Anne também, em parte.

Olho enquanto Cassandra afasta o corpo pequeno de Mae do peito, coloca o seio de volta no sutiã e fecha a blusa com a mão.

– Ela nunca vai trazer Ben de volta, mas nos permitiu lembrar que a vida tira, mas também dá.

Com essas palavras, Cassandra coloca o pequeno corpo de Mae em meus braços, e eu permaneço imóvel, pensando nas palavras de Cassandra, nas palavras de Julie, nos vegetais do jardim e no composto que apodrece para fertilizar a terra novamente. *Se um grão de trigo não fosse impermanente, ele não poderia se transformar em uma haste de trigo, e se a haste de trigo não fosse impermanente, ela não poderia produzir a espiga que comemos.*

O pequeno corpo se torna mais pesado, incha de sono. Os dedos de Mae se fecham em volta de meu colar, uma fina corrente de prata que Benjamin me deu no primeiro aniversário de nosso primeiro encontro.

O fino raio de sol desaparece. Lá fora, o dia provavelmente está escurecendo. Em algumas horas, a noite cairá. As vozes lá embaixo parecem mais distantes. Talvez estejam falando baixinho.

Mae adormece, seu rosto de anjo exibindo a serenidade mais completa.

No caminho de volta, penso no gato cinza, que deve estar me esperando em sua poltrona. A noite caiu. Os faróis dos carros me ofuscam. Penso no túmulo de Benjamin, para o qual voltei antes de pegar a estrada, para contar a ele sobre o encontro com Mae, o móbile que Cassandra pendurou acima do berço, a torta de figo de Anne, o rosto cansado de Richard, que não quis me contar mais nada.

– Vou tentar voltar logo – prometi ao sair.

O vento começa a soprar quando saio da cidade e se intensifica à medida que me afasto das estradas principais, dos postes de luz, dos carros, e entro cada vez mais no campo. Ligo o rádio em uma estação de notícias. Alerta de ventos fortes na região de Auvergne-Rhône-Alpes, possibilidade de neve. Penso nos meus túneis de jardim e nas fitas do salso-chorão. E esse pensamento me leva de volta à velha casa, à poltrona cinza, à cozinha com cheiro de café, ao quarto com vista para os pinheiros. E então me sinto longe da casa dos Luzin, desse domingo ensolarado, do assado de vitela, de Mae... Me sinto distante, mas não esqueço a promessa a Benjamin: voltar para conversar com ele em seu túmulo.

– Olá, meu velho!

O gato cinza vem a meu encontro no corredor escuro. Ah, como ele parece feliz em me ver! Ele ronrona, se esfrega em minhas pernas, emite pequenos miados pungentes em busca de carinho.

– Você se comportou?

Entro na cozinha, ainda de casaco. Olho para o meu pequeno cenário: a velha mesa de madeira, as quatro cadeiras, a pia com a xícara suja da manhã, o escorredor com dois grandes repolhos verdes, a folha de papel na parede, *Celebrar*. O vento sopra lá fora, ameaçador. Estou feliz de estar de volta. Estive fora por apenas um dia, o primeiro desde que me mudei, e senti falta de casa. Adormeço de bom humor. Minha primeira conversa com Benjamin, meu encontro com Mae, minha casa e meu gato. Uma felicidade remendada, mas ainda assim felicidade.

15

Depois disso, comecei a esperar a primavera. Loucamente. Desesperadamente.

A tempestade que varreu a região trouxe de volta a neve. Cerca de dez centímetros cobrem o jardim, a estufa, os vegetais que lutam para sobreviver. A neve me priva da única coisa que realmente importa nesse difícil fim de fevereiro: visitar Benjamin no cemitério. Eu havia prometido a ele. Eu preciso disso.

Vários acontecimentos quase apagaram a pequena chama que ardia em meu peito havia algum tempo: primeiro, uma ligação de minha mãe.

– Oi, querida. Sou eu. Chego na segunda semana de março para passar um tempo com você.

Não foi uma pergunta, isso me surpreendeu, e como fiquei muda, aterrorizada, ela acrescentou, para deixar bem claro:

– Já comprei a passagem de avião. Estou animada para conhecer sua casa.

Depois, a neve que não derretia. Eu ansiava por desabafar para o túmulo dele de novo. Falar do gato cinza que trouxe um rato à minha porta, dos livros, os nossos livros, que Richard buscou em nosso apartamento e que Anne insistiu em me entregar durante a visita a eles no último domingo. Falar do sabor dos repolhos, preparados gratinados ao forno, do tempo que já não tem o mesmo sabor, do sonho que tive noite passada, tão real... Ele estava comigo, tão perto, na casa antiga, deitado a meu lado na cama, colocando a mão em minha barriga, no local da cicatriz. Um orgasmo me tirou abruptamente do sono. Violento, brutal, dilacerante. Eu tinha esquecido como era um orgasmo. Chorei na cama, chocada com o prazer que sua mera aparição no sonho havia provocado. Chorei, indignada por ainda ter a capacidade de sentir prazer. Pensei que tudo tinha se apagado quando ele morreu... Tudo *deveria ter* se apagado. Como meu corpo ainda podia abrigar qualquer pulsão de vida? Me senti culpada. Culpei meu sexo ainda palpitante e meu coração desajeitado que batia sem saber o que estava acontecendo. Pensei que tudo isso era absurdo. Então eu quis contar tudo a Benjamin, mas a neve ainda estava lá...

Por fim, minha pulseira brasileira caiu. A pulseira que tínhamos em comum: ele no pulso, eu no tornozelo. Ela vinha resistindo por dois anos. Cedeu hoje, quando tirei o pijama. Olhei para a pulseira marrom e vermelha no chão do quarto e pensei: *Realmente, tudo está indo de mal a pior*. Levei a tarde toda para me recuperar. Tive a impressão de que um dos últimos laços que ainda me ligavam a Benjamin havia se desfeito.

Eu estava nesse ponto quando resolvi olhar pela janela. E abri um sorriso. Ela estava lá, fiel a si mesma, tão bela quanto da última vez, cheia e brilhando sua luz prateada sobre a paisagem.

– Aí está você...

Ela sempre aparecia quando eu me sentia perdida. Tentei me lembrar... O que eu tinha feito da última vez que ela me iluminou? Celebrei o salso-chorão. Acendi velas, prestei homenagens, fiz agradecimentos, criei algo belo e sagrado. Teci uma conexão entre meu mundo e o de meus mortos. Então entendi.

Se as pilhas da lanterna não estivessem gastas, acho que eu teria saído naquele exato momento. Sem a lanterna, porém, ficaria muito escuro na floresta. Melhor esperar o dia seguinte. Adormeci com a pulseira entre os dedos.

Essa manhã, estou de pé no alpendre, vestida com roupas quentes, segurando um saco plástico cheio de tralha nas mãos, desafiando a neve para cumprir a missão sugerida pela lua...

Caminho corajosamente em direção aos fundos da casa. O gato não quis me seguir. O preguiçoso ainda está dormindo. Com a espessa camada de neve, torna-se mais difícil do que o esperado encontrar a trilha que sai dos fundos da casa e entra na floresta. Com medo de me perder, começo a espalhar, a intervalos regulares, rolhas de cortiça, argolas de guardanapos e toda sorte de objetos inúteis que acumulei em meu saco plástico. Observo atentamente os pinheiros a meu redor. Preciso encontrar o eleito. Aquele que se tornará meu local sagrado. Em minha mente, o pinheiro que escolherei terá um buraco no tronco, onde poderei colocar a pulseira e a aliança. Duvido que esse pinheiro exista, mas estou determinada a procurá-lo. Me afasto, me perco... O saco de tralhas está vazio, mas me sinto feliz: sim, pinheiros com um cofre de tesouro no tronco existem... Tenho a prova diante dos olhos. Primeiro, permaneço imóvel, com os ombros levemente curvados, em sinal de humildade. Um pinheiro já é impressionante por si mesmo, mais ainda quando ele é o eleito. Este é grande e forte, majestoso também, é claro. Mas o que me fascina é a textura do tronco, sua aspereza aparente, as centenas de escamas que se encaixam perfeitamente umas nas outras, parecendo respirar independentemente e se desdobrando em uma maravilhosa gama de tons de marrom. Cada uma delas parece uma maravilha da criação, desenhada com tamanha precisão... *Você está se empolgando demais, Poupette...* Ele me faz franzir o cenho. *Você que exagera, Ben... Você que disse que eu iria gostar da natureza...* Sua voz ecoa, zombeteira: *Você é quem cria minhas respostas, não se esqueça. Não sou nada mais do que a voz interior de uma loirinha excêntrica.*

– Está bem.

Tive que falar em voz alta para parar de divagar e passar à ação. Um pequeno salto me permite alcançar o buraco. Puf, a pulseira brasileira é engolida. Escondida em segurança dentro do tronco. Hesito alguns segundos antes de tirar a aliança. Meu coração aperta, mas o lugar dela também é dentro do pinheiro sagrado...

Eu me estico toda, respiro fundo, dou um pulinho, e lá se vai a aliança também. Tiro do saco plástico um pote de tinta rosa, que sobrou do móbile que fiz para Mae. Não quero incomodar meu pinheiro, mas preciso marcá-lo para poder reconhecê-lo quando voltar... Um único e pequeno nó do tronco.

Ajoelhada na neve fina da floresta, pinto a casca de rosa, com cuidado para não borrar. Quando me levanto, só posso admirar o resultado: para um olhar inocente, o pinheiro permanece perfeitamente comum, mas para quem souber olhar a base do tronco, o brilho rosa é perceptível.

Meu local de recolhimento é um tanto simples, mas esse é apenas o começo. Mais tarde, vou decorá-lo com flores, acender velas e talvez até trazer alguns presentes... Volto para casa seguindo as pistas que deixei no chão mais cedo. Não recolho nada. Não por enquanto. Com o tempo, poderei voltar de olhos fechados, mas por enquanto ainda preciso de pontos de referência.

Já roí as unhas dos dois polegares e agora estou atacando a pele ao redor. Sempre me sinto assim quando espero por minha mãe na estação. Fico em pé no saguão, ao lado do painel de chegadas.

Não tive coragem nem criatividade para evitar sua visita. Eu teria que encontrar uma desculpa excepcional... Além disso, os bilhetes já estavam comprados. Me resignei. De todo modo, a primavera está chegando, e não falta trabalho no jardim, o que me poupará de tê-la a meu redor. Ela odeia terra, minhocas e lesmas. Sim, o jardim acordou assim que a neve derreteu... Meus nabos foram colhidos no final de fevereiro. Uma dezena. Julie ainda estava viajando, então cozinhei tortas, gratinados e refogados caramelizados só para mim, e guardei na geladeira. Lembrei acima de tudo de uma lição que a sra. Hugues anotara na parte de baixo de uma página de sua agenda, que eu não havia notado: *É preciso espaçar o plantio para ter vegetais o ano todo e evitar colheitas muito grandes e, depois, o vazio.* Aprendi com meus erros... Farei melhor da próxima vez.

Uma voz ecoa no saguão. O trem vindo de Lyon Part-Dieu está chegando na plataforma 2. Coloco a bolsa no ombro e me endireito. Chegou a hora.

Ela está bronzeada, esse é meu primeiro pensamento quando a vejo chegar, segurando uma mala. Sua pele, que fica mais marcada a cada visita, está delicadamente queimada. Claro, agora ela leva uma vida de ócio. Ela está usando um terno chique, preto, e sapatos pretos também. Seu cabelo loiro foi cortado na altura do queixo. Ela sempre achou o corte chanel elegante. Aparentemente, optou por um corte mais curto.

Tento esboçar um sorriso. Não muito convincente, eu temo. Seu salto faz barulho. O cheiro de seu Chanel Nº 5 chega até meu nariz enquanto ela se atira em cima de mim, seus braços se fechando em torno de meu tronco rígido.

– Oi, querida! Que alegria ver você! Você parece bem!

Faço um esforço especial para recebê-la. Eu sei como ela é... Prendi os cabelos, pois de tanto crescer eles passaram dos ombros, e passei um pouco de blush nas bochechas. Isso me dá uma aparência saudável. Vesti uma calça preta que costumava usar para trabalhar, simples e séria, uma blusa rosa de gola redonda e sapatos de salto alto. Sapatos de salto alto... É difícil acreditar que eu caminhava com isso, apenas alguns meses atrás. Hoje eles me machucam e me parecem ridículos. Acho que adotei definitivamente as botas de plástico... De salto, tenho a impressão de estar disfarçada, mas esse é o preço a pagar para que ela se convença de minha felicidade, alivie sua consciência pesada de mãe – ou sua consciência pesada de mãe ruim – e vá embora o mais rápido possível.

– Você fez uma boa viagem?

– Estou exausta! Todas essas horas de viagem, você não tem ideia! Você nunca faria algo igual, não é mesmo?

Contenho uma réplica amarga. Não fui eu quem decidiu fugir a milhares de quilômetros... Aponto para a saída e pergunto educadamente:

– Você precisa de ajuda para carregar a mala?

Minha mãe conheceu um homem. Essa é a revelação surpreendente que ela faz no trajeto até a casa. Eu, que a vida toda a conheci solteira, pregando sua independência e a guerra dos sexos, acho essa notícia chocante. Ou hilariante, se eu fosse capaz de rir, o que não é o caso.

– Ele é aposentado.

– Sério?

Conhecendo minha mãe, eu teria apostado em um homem mais jovem do que ela. Alguém da minha idade, talvez. Isso não teria me chocado.

– Sim. O filho dele assumiu o hotel-restaurante que ele administrava. Um jovem adorável.

– Não tenho dúvida.

– Você é tão cínica.

– Fiz um simples comentário.

Ela prefere virar o rosto para a janela, ficar emburrada por alguns segundos antes de continuar:

– No início, propus a ele a ideia de trabalhar como recepcionista no hotel, mas se você o visse, ele é tão cavalheiro... *Nem pensar, Christine!*

Ela ri. Constato que ela agora está sendo sustentada, depois de tantos anos de belos discursos.

– Como ele se chama?

Isso não me interessa muito, mas se me livrar das perguntas sobre mim...

– Daniel, mas todos o chamam de Dan.

– Faz muito tempo?

– Quase um ano. Eu queria contar antes, mas você sempre é tão apressada no telefone.

Levo a mala para dentro de casa. Para a visita dela, comprei um sofá-cama novinho em folha, 100% poliéster, azul-petróleo. Era a única cor disponível. Ele não combina direito com a decoração salmão, a cozinha de madeira maciça e escura, e a poltrona cinza, mas me permitirá dormir em uma cama grande, longe de minha mãe.

– Chegamos, deixo o quarto para você. Você vai ficar mais tranquila, o gato fica na sala.

– *O gato?*

É mais um grito histérico do que uma exclamação de surpresa.

– Que gato?

– Adotei um gato.

– Não pode ser verdade.

– É sim. Venha ver.

Estou exultante, mas mantenho uma calma olímpica.

– Mas gatos são sujos! Estão cheios de pulgas e germes!

– Por isso vou deixar o quarto para você. As roupas de cama estão limpas. Mantemos a porta fechada, ele não vai entrar.

Ela não fica aliviada, continua olhando ao redor como se estivesse prestes a sair correndo ao ver o gato se aproximar.

– Ele é medroso, não vai incomodar.

Ela coloca a mala no pé da cama, dá uma volta pelo quarto, se detém na frente da janela, visivelmente perturbada. Daqui temos uma vista das colinas ao redor, das extensões infinitas de pinheiros.

– Não consigo acreditar que você está morando aqui.

– Original, não?

Eu me divirto com seu espanto, tenho que admitir.

– É isolado. No meio do nada.

– É tranquilo. E você ainda não viu nada, tenho um jardim agora.

Me afasto para tirar o sapato de salto alto e não ter que ouvi-la suspirar.

– Vamos? Vou mostrar o resto.

O certo é que ela não está nada à vontade. Ela se move como um equilibrista, rente às paredes, evita tocar no que quer que seja.

– Me lembra a casa de seus avós – ela diz, quando entramos na cozinha.

– Você não gostava?

– Era outra época…

Eu a convido a sentar e coloco uma xícara à sua frente.

– Aceita um chá? Café?

– Um café.

– Certo. Como é a casa de Dan?

Faço a pergunta certa. Ela sorri.

– É uma casa de arquiteto, muito moderna, com um terraço enorme que dá para a piscina. Lá, piscinas são indispensáveis, sabe.

Ela não para mais. Paro de ouvir, mas sei que ela está feliz em tagarelar.

Bebemos nossos cafés. O gato sumiu. Tenho certeza de que odiou o Chanel Nº 5. Descubro que Daniel tem 68 anos, mas parece ter apenas sessenta, que a esposa o depenou no divórcio, mas que ele está indo bem graças ao hotel, e que seu filho tem minha idade. Aqui, sinto alguma coisa no ar, mas finjo não entender.

– Como está sendo o luto?

A pergunta vem logo depois da menção ao filho de Daniel. Uma sequência lógica. Minha mãe está considerando a ideia de me reciclar na Reunião, imagino.

– Como está sendo o luto? – repito com cinismo.

– Sim, eu… Como você está…?

– Você está me perguntando se estou bem, é isso?

– Sim. Se você está bem, se tem novos projetos…

Ela mal se perturba. Ela quer saber se estou avançando profissionalmente, se estou pensando em conhecer outros homens.

– Sim, tenho muitos projetos.

– É mesmo?

– Claro. O jardim, por exemplo… É incrível o tempo que ele me toma! Agora vou me dedicar a plantar alface, chicória, beterraba, cebola, alho-poró. Já as macieiras, vou ter que podá-las em breve. Vou tentar arrancar as ervas daninhas também, para limpar o terreno e alimentar a compostagem. Acho que vou precisar cortar a grama. E eu gostaria de construir um conjunto de móveis de jardim, com páletes. Julie pode me conseguir alguns. Ela é filha da antiga moradora. Mantemos contato por telefone com bastante frequência. Ela gosta de voltar aqui.

Minha mãe está atônita. Gosto de vê-la desmoronar. Ela tem a decência de concordar sem dizer nada. Termino o café com um sorriso nos lábios.

Mais tarde, eu a convido para visitar o canteiro. Quando passamos pelos túneis de vegetais, ela ousa me fazer a pergunta que vem reprimindo há algum tempo:

– E o trabalho? Você planeja voltar quando?

Dou de ombros. Não tenho a menor ideia. Me sinto incapaz de me reintegrar a essa sociedade ávida, fria e impessoal. Era Benjamin, a promessa de criarmos uma família juntos, o quarteto que formávamos com Cassandra e Yann, as crianças da MJC, a grande mesa dos Luzin e a promessa de um clã feliz que a tornavam humana, calorosa e significativa.

Estou bem aqui. É o que digo para minha mãe.

Não digo a ela que não é apenas uma casa, mas um universo à parte que construí, um universo de cores nas árvores, velas na lua cheia, um pinheiro sagrado e pequenos rituais mortuários alegres. Não digo a ela que, aqui, tudo o que faço tem significado: os rituais para os meus mortos e a vida que faço crescer em meu jardim, como a humanidade fez por milênios antes de mim.

– Mesmo assim, um dia você vai precisar de um salário.

– Eu sei.

Ela me deixa triste. Não quero pensar nisso. Não agora.

– Estou em licença não remunerada, você sabe. Posso voltar à prefeitura quando quiser.

– Melhor não demorar. Eles podem esquecer você...

Prefiro me concentrar na sombra do gato cinza que se esgueira entre os pinheiros, ao longe.

16

No dia seguinte, a vida começa a se organizar da melhor forma possível com minha mãe. Pela manhã, sabendo que ela gosta de dormir até mais tarde, aproveito para tomar um café da manhã tranquilo, com o nariz colado na janela, o gato no colo. Saboreio meu café e depois vou trabalhar no jardim. Cavar, tirar as ervas daninhas, pulverizar vinagre, água e sal. Preparar a terra para receber novos vegetais. Quando volto para casa para verificar a hora, encontro minha mãe à porta do quarto, com o cabelo emaranhado e os olhos ainda inchados de sono.

– Você está acordando?

– Sim. Já está tarde?

– Quase onze horas.

Ela parece surpresa.

– Fazia tempo que eu não dormia tão bem.

– Eu disse. Esse lugar é tranquilo!

Aponto para a cafeteira, o pão congelado, a torradeira, a geleia.

– Sinta-se em casa. Preciso terminar duas ou três coisas, vou demorar no máximo meia hora.

Então fujo como uma estudante matando aula. Com as botas de plástico e o velho moletom de Benjamin, sigo pelo caminho atrás da casa, que leva à floresta. As rolhas de cortiça e outras balizas desapareceram. Já conheço o caminho de cor. Mal preciso da mancha rosa para identificar meu pinheiro entre todos os seus semelhantes. Agora, meu local de recolhimentos é menos rudimentar. Ele tem uma guirlanda de pinhas que eu mesma fiz, entrelaçada com hera, e também um pequeno banquinho que estava debaixo da pia e que eu nunca havia usado. Hoje ele está coberto por uma fina almofada azul e me permite ficar sentada na frente do pinheiro. Entre duas grandes raízes, também há um rato em estado avançado de decomposição, comido por vermes, mas como eu poderia recusar a oferenda do gato cinza a Benjamin?

– Olá, Ben.

Eu me sento no banquinho, com as mãos sobre os joelhos. Sempre sinto a mesma felicidade quando chego aqui.

– Bom... Mamãe está em casa, como eu disse... mas estamos indo bem. No momento, sem atritos. Estou aguentando firme. Imagino que ela também. Sem comentários muito desagradáveis, estamos sobrevivendo.

Eu sorrio para o tronco, especialmente para a mancha rosa.

– Vou precisar me organizar de outra maneira para vir até aqui. Encontrar uma desculpa, tentar escapar. Está fora de questão contar a ela o que faço aqui! Ela me internaria na hora!

Rimos juntos, pelo menos é o que imagino.

– Eu mesma, um ano atrás, teria achado isso uma piada, sabe... Mas bem, todos mudamos muito. Quer saber a melhor? Minha mãe tem um noivo! Daniel. Ou devo dizer Dan, como ela gosta? Quer saber o resto?

É para isso que serve um pinheiro sagrado, para zombar gentilmente da própria mãe.

– O que você quer comer?

– Não sei…

– Eu tenho uma abóbora manteiga. Poderíamos fazer gratinada.

– Está bem.

Posso ver que minha mãe se entedia aqui, embora tenha chegado há apenas 24 horas. Não tenho televisão, nem rádio, apenas alguns livros que ela começou a folhear.

– Se está entediada, pode me ajudar no jardim.

Ela não diz nada, mas conheço suas caretas. Felizmente, a preparação do gratinado de abóbora nos ocupa por cerca de uma hora e meia. Almoçamos tarde. Minha mãe faz perguntas educadas sobre o jardim, apenas para preencher o silêncio. Finjo não perceber.

– Você tem vizinhos?

– Provavelmente, mas um pouco longe, morro abaixo.

– Você nunca cruzou com eles?

– Não.

– Não é muito difícil essa solidão?

– Não muito.

Tiramos a mesa e eu digo que preciso passar na loja de produtos agrícolas à tarde. Ela declara que vai ficar em casa, deitar ao sol, ela quer manter o bronzeado.

Cada uma fica na sua, e está muito bem assim.

À noite, a convivência se torna mais difícil. Jantamos em silêncio, procurando em vão um assunto que não seja conflitante, depois nos sentamos na poltrona cinza e no sofá azul-petróleo, com nossos chás nas mãos. Precisamos encontrar algo para fazer ou dizer. Normalmente vou para a cama cedo, exausta depois de mexer na terra. Mas hoje à noite ela está aqui, agitando o pé nervosamente, então lembro do baralho deixado por Mika.

– Você quer jogar Batalha da Córsega?

– Batalha da Córsega? O que é isso?

– É simples, vou explicar.

Perceber que meus reflexos são melhores do que os dela e que a derroto facilmente toda vez que é preciso bater nas cartas me dá uma sensação de êxtase. A noite não está sendo tão desagradável...

Pensei que ela não ficaria muito tempo, que inventaria a primeira desculpa possível para voltar à ilha. Uma casa no campo com apenas alguns livros para folhear e um gato cheio de pulgas, mas quatro dias se passaram e ela ainda está aqui.

De manhã, ela dorme até tarde. Aproveito meu café e meu gato cinza, agradeço silenciosamente pelo céu azul, envio um olá ao salso-chorão de Paul, que cria um arco-íris a cada brisa, planejo minha manhã no jardim. Aerar o solo das escarolas natimortas. Ele será usado para os alhos-porós. Plantar mudas de chicória. Regar as flores e os morangos. Arrancar alguns dentes-de-leão. Quero fazer uma coroa amarela brilhante para o meu pinheiro sagrado. Ele ainda não tem cores suficientes para o meu gosto.

Passo a manhã na rua, ao ar livre, mesmo quando o vento está forte, mesmo quando chove. Sempre falo com Benjamin na floresta antes de voltar para casa. É o meu momento de relaxamento.

Preparamos o almoço juntas, sempre pratos particularmente demorados e complicados, que nos permitem encontrar algo para fazer juntas, embora tenhamos tão pouco em comum.

Começamos a preparar pratos com molho que precisam cozinhar por horas. Comentamos o cozimento, bebemos uma ou duas taças de vinho, levantamos a tampa da panela regularmente, fingimos impaciência. Que doce maneira de se entediar juntas. Acho que estou começando a gostar.

Ainda está frio demais para almoçar na rua, então fazemos nossa refeição dentro de casa, mas tomamos o café no alpendre, que fica ensolarado nessa hora.

A tarde já está bem adiantada quando nos levantamos. Um dia, vou de carro a uma loja de ferragens para comprar uma tesoura de poda, uma escada e um livro do jardineiro perfeito (pretendo levar minhas habilidades ainda mais longe), e minha mãe me acompanha. Outro dia, vamos comprar comida e ela me arrasta, mesmo contra a minha vontade, para um salão de cabeleireiro.

– Você precisa cortar as pontas e revitalizar os fios.

Revitalizamos meus cabelos, então. Cada noite, jantamos rapidamente e depois nos aprimoramos na Batalha da Córsega. Sem confrontos. Sem crises.

– Você ainda vê a família dele?

A pergunta surge de repente durante o jantar.

– A família de Benjamin?

– Sim.

Os Luzin e minha mãe nunca desenvolveram laços de amizade. Uma convivência cordial, no máximo.

– Sim, eu os vi recentemente. O irmão dele, Yann, e a esposa tiveram um bebê.

– Ah, sim?

– Uma menina.

Sinto que ela fica perturbada. Ela para de mastigar. Percebo um véu de tristeza no fundo de seus olhos? Parece que sim.

– Você sabe – ela diz depois de alguns segundos –, se as coisas aconteceram assim, foi porque tinham que acontecer assim.

Já ouvi palavras mais reconfortantes, mas vou aceitar as suas. Ela está tentando. À sua maneira.

Ela discutiu com Daniel ao telefone hoje ao meio-dia. Depois foi se trancar no banheiro e eu a ouvi soluçar. Quando ela saiu, estava com as bochechas coradas e os olhos brilhantes. Parecia uma adolescente. Então pensei que tínhamos invertido um pouco nossos papéis. Eu era a senhora idosa que vivia com seu gato e para o jardim, e ela era a mulher apaixonada e despreocupada.

Em outro dia, ela me intercepta quando acabo de voltar de um momento de recolhimento embaixo do pinheiro.

– Onde você estava?

– Lugar nenhum. Estava procurando o gato. Pensei que ele tivesse ido para a floresta.

– Ele está na sala…

– Sério?

Eu minto muito bem, ou ela está com a cabeça em outro lugar.

– Você estava me procurando? – pergunto ao vê-la agitada.

– Sim… Uma mulher está aqui. Ela diz que vocês se conhecem…

Vamos para a frente da casa. O carro azul brilha ao sol. Julie Hugues está lá, vestida toda de vermelho.

– Surpresa! Voltei de viagem!

Faço as apresentações, sentindo minha mãe um pouco desconfortável:

– Julie, esta é minha mãe, Christine. Christine, esta é Julie.

Elas trocam um tímido aperto de mão e acabam se cumprimentando com um beijo.

– Vim ver a horta e a aprendiz de jardineira! – declara Julie.

– Você chegou na hora certa.

– Mesmo?

– Preciso podar as macieiras, mas nunca fiz isso…

– Você tem uma tesoura de poda?

– Sim. Novinha em folha.

– Então posso ajudar!

Ela acrescenta, apontando para o carro:

– Eu trouxe um ensopado de carne com cenoura para o almoço. Deve ser suficiente para três pessoas.

Quando vê que estamos indo para a parte de trás da casa, em direção às macieiras, minha mãe propõe:

– Posso esquentar a comida enquanto vocês trabalham na rua?

– Boa ideia – diz Julie. – Está no banco do passageiro.

Estou empoleirada no banquinho novo, cuidando dos galhos mais altos. Julie se equilibra em seu salto alto, cuidando dos galhos mais baixos. Ela aponta os galhos que devem ser cortados, pontuando cada instrução com um pouco de conversa.

– Eu não sabia que sua mãe estava aqui…

– Ela é um pouco como você. Nunca avisa com antecedência…

– Boa resposta! Não esse. O de cima.

– Ela costuma me dar a honra de uma visita anual. Ela mora longe.

– Onde?

– Na Reunião.

– Não é difícil ela morar tão longe?

– Não. É melhor assim. Evita que a gente brigue. E esse?

– Esse você pode cortar um pouco. Por que vocês brigam?

– Incompatibilidade mútua.

– Ah...

– Somos duas mulheres diametralmente opostas que não entendem como uma pôde sair do corpo da outra.

Julie sorri, me joga um galho no rosto sem querer.

– Desculpa, desculpa!

O ensopado de carne com cenoura está quente. A mesa está lindamente arrumada. Minha mãe espera, folheando um romance. Ela se levanta com pressa ao ver que nos aproximamos.

– Está pronto!

A refeição se revela mais divertida do que o esperado. O encontro entre Julie e minha mãe é surpreendente. Duas mulheres bonitas competindo em elegância, uma desconfortável em um ambiente que não é o seu, a outra como peixe na água, falando sobre Lucie, Paul, o comedouro de pássaros, os almoços de domingo sob o salso-chorão. Acho minha mãe um tanto silenciosa e intimidada.

Dizer que ficarei triste em vê-la partir amanhã de manhã é um tanto exagerado. Vou ficar feliz de recuperar minha solidão, de não ter mais que cuidar de alguém, de não precisar me preocupar em envolvê-la em minhas atividades para evitar o tédio. Vou recuperar meu quarto também. Voltar a ser a dona do meu tempo, e isso será muito valorizado. Em contrapartida, sim, talvez eu me sinta vazia. Um pouco perdida.

– Não posso ficar muito tempo, Ben. Estamos preparando uma refeição especial para esta noite, seu último dia. Ela insiste em fazer um *rougail saucisse*, uma especialidade da Reunião. Parece que Dan é um especialista incrível em *rougail saucisse*! Ah, você é mesquinho por debochar... Bom, tudo bem... Eu é que estou zombando, mas tenho certeza de que você não fica atrás!

Olho por um momento para o aglomerado de vermes na carcaça do pobre rato.

– Falando em pais, Ben, preciso ligar para os seus. Já faz um tempo, agora... Seu pai me preocupou da última vez. Vou ligar hoje à noite. Vou fazer isso antes de voltar para casa. Depois disso, estarei cercada pelo cheiro de *rougail saucisse*, e quem sabe? Talvez seja um poderoso afrodisíaco... Isso explicaria por que a minha mãe ficou deslumbrada com Dan, aos 68 anos...

Faço o telefonema um pouco mais tarde, perto da casa. É Anne quem atende. Ouço a Pulguinha gritar bem alto atrás dela.

– Estou ligando em uma hora ruim?

– Não – responde Anne. – De jeito nenhum. Mae está de mau humor, só isso.

– Eu só queria saber como vocês estão...

Descubro que Yann está levando Cassandra ao cinema essa noite, e que Anne é a babá da vez. Ela finalmente encontrou o local para a viagem escolar de junho: uma pequena vila de pescadores nos arredores de Marselha, nas instalações de um centro de lazer.

– Quatro quartos com quinze camas. Área de recreação. Refeitório. Eles vão gostar.

Ela encontra pequenas alegrias em seu trabalho como professora. É comovente.

– Ah! E você não sabe! Cassandra e eu vamos fazer uma mini-horta nos fundos da casa. Com um pé de tomate para o verão, para começar. Yann vai nos ajudar a arar a terra.

Fico feliz por elas. Sinto que o assunto Richard está sendo evitado, então acabo tocando no assunto:

– Como vai Richard? Ele parecia cansado da última vez...

O silêncio que se segue confirma o que eu suspeitava: Anne estava tentando encobrir a situação.

– Ele está passando por uma pequena depressão.

– Uma pequena depressão?

Outro silêncio. Sinto Anne hesitando.

– Uma depressão... Ele está sendo medicado. Eles o fizeram parar de trabalhar por duas semanas.

– Mesmo?

É mais sério do que eu pensava. Meu coração aperta.

– Ele andava distraído no trabalho – disse Anne com a voz mais baixa. – Quase cortou a mão. Era mais seguro.

– O que aconteceu? Uma recaída?

– Sim. Foi o que o médico disse. Uma recaída.

Nesse momento, me amaldiçoo por não ter pensado nisso antes. Richard, a rocha, segurando a esposa sacudida por uma crise de pânico diante do corpo mutilado do filho mais velho, depois, no momento seguinte, segurando minha mão na sala de parto, me incentivando a ser forte mesmo tendo entendido que Manon não sobreviveria. Richard assumindo as rédeas da casa enquanto Anne desabava e era enviada para uma casa de repouso, depois ajudando Cassandra durante a gravidez e Yann no papel de futuro pai afetado pela perda, sem esquecer de me ligar para se certificar de que eu estava aguentando firme. Todos acabaram se recuperando. Richard pôde respirar aliviado e foi nesse momento que a dor o atingiu com força total. Claro. Como não previmos isso?

Fico mortificada por alguns segundos, ouvindo Anne me assegurar que ele vai se recuperar, que ele é um homem forte. É tolo, mas me sinto culpada.

– Ele poderia vir descansar aqui por um tempo...

Sugiro isso com uma voz tímida, um pouco engasgada.

– Seria uma ótima ideia, Amande, mas ele me fez prometer que não contaria a ninguém sobre a depressão. Ele não quer preocupar os outros, sabe...

Isso não me surpreende. Me despeço de Anne com a mente atormentada, incapaz de me libertar desse sentimento de culpa.

Minha mãe, no entanto, está em um estado de espírito completamente diferente. Bastante à vontade em seu vestido inadequado para o frio do lugar. Ela mexe o *rougail saucisse* com uma taça de vinho tinto na mão. Ela deve estar feliz de poder ver seu Daniel em breve.

– Foi colocar os vegetais para dormir?

Ela está brincando, mas sem maldade. Será que foi Daniel que a mudou a esse ponto? Ela moderou sua atitude nos últimos dez dias. Isso é inegável.

– Sim. Fui dar um beijo de boa noite.

– Você vem fumar comigo?

Fico alguns segundos em estado de choque com a pergunta.

– Pensei que tivesse parado de fumar...

– Só fumo em ocasiões especiais.

Parece que hoje é uma ocasião especial... Mantenho o ceticismo.

– Você vem comigo? O *rougail* fica pronto em poucos minutos.

– Está bem.

Eu a sigo até o alpendre, não muito animada. Ela se senta e estica as longas pernas bronzeadas no frescor do mês de março. Eu a imito, com meu jeans gasto.

– A que horas levo você à estação amanhã?

– Às oito horas. O trem sai às oito e quinze.

– Está bem.

Eu a vejo acender seu cigarro e dar uma longa tragada antes de me estender um. Não sei por que aceito. Nunca gostei do gosto do tabaco. Essa noite, porém, também quero moderar minha atitude. Então pego um cigarro, acendo e dou uma tragada.

– Deu tudo certo dessa vez…

Contenho um sorriso amargo. Sim, dessa vez, não precisei pedir a Anne para levá-la à estação. Ficamos em silêncio por um momento. O sol se põe sobre os pinheiros. Penso na sorte que tenho de estar aqui, na forma como esse lugar suaviza o meu dia a dia.

– Sabe, se você gosta tanto desse lugar, poderia simplesmente trabalhar daqui.

– Trabalhar daqui?

– Remotamente. É comum, agora.

O trabalho volta à tona.

– Meu cargo exigia algumas viagens a Lyon. Eu organizava eventos…

– Você pode mudar de emprego.

– Ah, é? E o que eu faria?

O tom sobe ligeiramente, de minha parte. Ela dá de ombros enquanto solta uma fumaça opaca.

– Não sei. Não importa. Dinheiro faz diferença. Você não pode viver para sempre com a herança dele. Ele não era o rei Creso.

– Eu sei. Eu precisava de tempo, só isso. Não se supera uma coisa dessas em um estalar de dedos!

– Já se passaram nove meses, querida. O que mais você precisa?

Engulo em seco, sufocada pela fumaça e pela indignação. Por que estou fumando? Por que estou discutindo isso com ela?

– Não sei. Compreensão? Empatia?

– Logo aparecem as palavras grandiosas…

– Qual é o problema, no fundo? Não estou pedindo dinheiro a você. Não estou pedindo a ninguém!

E então minhas palavras saem de dentro de minha cabeça:

– Não sou eu que vive às custas de um aposentado rico! Quem você pensa que é para me julgar?

Me levanto. A nicotina não é para mim. Ela me deixa nervosa demais.

– Querida, você não vai estragar tudo agora! Passamos uma boa semana juntas.

– Tudo corre muito bem quando cada uma cuida da própria vida.

– Estou preocupada com você, é só isso.

– Mas não devia. Fazia tempo que eu não me sentia tão bem.

Ela dá batidinhas na pedra para me fazer voltar a sentar a seu lado na escada do alpendre. Eu sento. Não por ela, mas para encerrar a estadia adequadamente. Só nos restam algumas horas juntas.

– Às vezes não consigo entender seu raciocínio. Mas se a solidão e a inatividade fazem bem para você…

– Eu não estou sempre sozinha e estou longe de ser inativa.

– Você não entende…

– Sim, entendo. Você acha que estamos menos sozinhos entre estranhos e que somos ativos se produzirmos uma renda.

Ela apaga o cigarro na pedra e bagunça seus cabelos loiros.

– Eu só quero que você fique bem.

– Considere que estou.

– Continuo achando que você merece algo melhor…

Prefiro não insistir. Não sei o que mereço de melhor. Uma casa de verdade? Um emprego de verdade? Um novo marido? Ter outro filho logo, para esquecer a dor daquele que perdi?

Ficar animada com o rei do *rougail saucisse*? Prefiro me afastar antes de me tornar desagradável.

– Vou ver a comida...

Ela não tem tempo de me impedir. Desapareço dentro de casa com o cigarro na mão, o coração batendo com força.

Felizmente, tenho o gato cinza, que vem imediatamente se aninhar em meu colo. O gato cinza e o vinho tinto.

O *rougail saucisse* fica com um gosto um pouco amargo, mas Christine faz um grande esforço para apagar nosso desacordo no alpendre.

– Eu trouxe algo para você...

Ela foi ao centro comercial mais próximo à tarde, deixei o carro com ela enquanto me ocupava das macieiras. Ela vai para o quarto e volta com uma caixa grande, embrulhada em papel azul-real.

– Eu não preciso de nada aqui...

Ainda estou pensando em suas críticas sobre minha maneira de gastar a pequena herança de Benjamin.

– Disso você precisa.

– Ah...

Abro o grande presente e vejo a embalagem de um aparelho de som portátil, rosa-bombom, com leitor de CD e USB.

– Um aparelho de som?

– Todo mundo precisa um pouco de música, não?

– Sim... Acho que sim.

Ela sorri com orgulho e acrescenta:

– É portátil. Você pode levar para o jardim.

Bom, ela é bastante habilidosa em consertar as coisas...

17

O tempo bom se firma lentamente. A primavera chega. Penso em Richard. Estou avançando em meus projetos, cada vez mais numerosos: construir móveis de jardim com páletes, instalar um balanço para Mae. Estou planejando convidá-la para uma visita no verão. Anne me assegurou que isso faria muito bem para Yann e Cassandra, e para mim também. No jardim, não tenho um minuto de descanso: semeio em dias espaçados, retiro as ervas daninhas, rego, removo os túneis, mexo a compostagem, coloco cascas de ovos trituradas ao redor das plantas para afastar lesmas, lagartas e caracóis, outra técnica secreta da sra. Hugues. Ainda penso em Richard... Meu novo livro sobre jardinagem traz mais ideias para a jardineira novata que sou. Aprendo que o solo nu é um estado anormal na natureza. Para remediar isso, o livro aconselha usar uma cobertura morta. Portanto, cubro o solo com cobertura morta feita de cavacos de madeira, folhas secas, casca de pinheiro e grama cortada. Decido cortar a grama sozinha. Acho que Mika não vai mais aparecer, e eu o entendo. Existem coisas muito mais interessantes a fazer para um garoto de dezesseis anos.

Trabalho da manhã ao anoitecer na rua. Vou cumprimentar Benjamin quando tenho tempo. Já não o faço todos os dias, mas isso não me impede de pensar nele. E também em Richard. Como trazê-lo para cá? Tenho certeza de que alguns dias em minha velha casa trariam um pouco de doçura à sua vida. Às vezes, levo meu aparelho de som para perto do pinheiro sagrado e faço Benjamin ouvir nossas músicas favoritas. Balanço a ponta do pé e mexo a cabeça no ritmo. Os pássaros me observam com estranhamento.

À noite, minha mente fica completamente envolvida na observação da lua. O astro está em seu primeiro quarto. Contei os dias. Faltam oito dias para a lua cheia. Quero celebrar esse acontecimento. Desenho entre meus olhos semicerrados, na poltrona cinza, um banquete sob o salso-chorão à luz da lua. Planejo levar a mesa da cozinha para a rua, colocar uma toalha branca imaculada e um castiçal. Haverá vinho, é claro, e frutas. Penso em vestir um vestido branco também, para honrar o luar fosforescente. E haverá música. Ainda estou indecisa sobre quais escolher: música clássica com violinos? Gosto muito de violinos. Ou talvez algo com piano? E por que não Ella Fitzgerald? Sempre tive uma queda por Ella Fitzgerald...

Essa manhã, voltando do pinheiro sagrado, tropeço em uma grande raiz. Me seguro a poucos centímetros do chão, com as mãos. Meus joelhos não chegam a tocar o chão. Só quando a adrenalina diminui, meu coração volta ao ritmo normal e me levanto lentamente. A dor começa a irradiar do meu pulso direito. Tento movê-lo. Consigo sem muita dor.

Fico aliviada. Como eu faria para continuar meu trabalho com um pulso torcido ou quebrado? E é nesse momento que começo a sorrir e pego o telefone.

– Anne, bom dia, é Amande. Você pode me passar o Richard?

Um silêncio interrogativo e temeroso.

– Richard?

Ela tem medo que eu a entregue, é claro.

– Quero pedir um favor. Acho que vou precisar dele aqui em casa, por um tempo.

– Ah... Mesmo? O que... O que aconteceu?

– Nada grave. Caí. Machuquei o pulso.

– Que chato.

Novo silêncio. Ela está desconfiando de algo, ou acreditou em minha história? Pouco importa, no fundo.

– Você foi ao médico?

– Sim. É melhor não forçar. Mas não posso deixar o jardim no estado em que ele ficou. E preciso transformar uns páletes em móveis de jardim. Nada urgente, claro, mas como Richard está em casa...

Dessa vez, ela me desmascarou. Quase consigo ouvir seu sorriso do outro lado do telefone.

– Você está certa. É melhor não deixar o jardim assim. E Richard entende bem de páletes e madeira em geral.

– Foi exatamente o que pensei.

Acho que nós duas estamos nos divertindo. Ouço Richard perguntando atrás dela:

– O que está acontecendo? Ela precisa de ajuda?

E Anne diz:

– Vou passar para ela. Ela vai explicar.

Quando ela se despede, sua voz está cheia de malícia:

– Até logo, Amande. Cuide-se.

Em seguida, há um barulho no telefone e ouço a voz de Richard, surpreendentemente clara e alegre.

– Amande, como você está?

– Bem. E você?

– Muito bem.

Ah, que grande mentiroso… Ouvindo-o assim, quem poderia suspeitar que ele está de licença médica?

– O que está acontecendo? – ele pergunta, preocupado.

Eu o fisguei. Ajudar as pessoas é o ponto fraco de Richard e sua maior qualidade.

– Tive uma queda. Estou com uma bela torção no pulso. O médico me aconselhou repouso total. O problema é que estou com um trabalho em andamento no jardim e em outros lugares… Sei que você tem muito trabalho, mas estava pensando se você poderia passar um final de semana aqui…

– Ah! Sabe… Estou de férias agora.

– É verdade?

– Sim. Então posso ir sem esperar pelo fim de semana.

– Como preferir…

Deixo passar alguns segundos de silêncio. Richard parece estar pensando.

– Amanhã tenho uma consulta médica à tarde, mas posso viajar à noite.

– Não se apresse. Não é urgente.

– Então depois de amanhã. Posso sair no início da manhã. Chego por volta do meio-dia. Fica bom?

– Claro. Seria perfeito.

– Você precisa de algum remédio? Um creme anti-inflamatório?

– Tenho tudo que preciso.

– Que bom. Então combinado.

Acrescento rapidamente:

– Traga algumas roupas que possam sujar. Teremos trabalho no jardim.

– Está bem.

– E uma serra elétrica, se tiver. Quero que você corte uns páletes.

– Vou levar a serra e uma esmerilhadeira.

– Perfeito.

– Mais alguma coisa?

– Um pijama e uma escova de dentes. Talvez leve alguns dias.

Ele ri. Consegui fazer Richard rir.

Menti e agora preciso assumir a mentira. Primeiro, fazer um curativo verossímil no pulso direito e me acostumar a usá-lo menos. Pois ele deve ser dolorido. Em seguida, conseguir páletes, que fingi já ter em casa, preciso ir comprá-los. Tenho apenas um dia para isso, não mais. Felizmente, Julie me indicou uma fábrica, a vinte quilômetros de casa, onde posso pegar os famosos páletes. Amanhã de manhã estarei lá.

– Quantos a senhora precisa?

Fico um pouco desconcertada:

– Uns vinte… Pelo menos…

– Nesse carro?

Ele está zombando, com o cigarro na boca. Ele tem razão.

– Posso fazer duas viagens.

– Vai precisar de muito mais do que duas viagens.

Fico confusa. Ele percebe.

– A senhora mora longe?

– Uns vinte quilômetros daqui.

– Para que lado?

– Para os lados de Ceyssat.

Ele cospe o cigarro e coça o peito.

– Então vamos fazer o seguinte, a senhora leva para casa quantos páletes couberem no seu carro e eu entrego o resto à noite, quando estiver voltando para minha casa. Tenho uma van. Sou de Saint-Ours. É caminho.

Não sei direito o que dizer. Ele insiste:

– Sim ou não?

– É que... Obrigada... Eu não queria incomodar.

– Fica no caminho, estou dizendo!

– Então... Obrigada.

Ele aponta com a cabeça para o meu carro e acrescenta:

– Abaixe os bancos, vou buscar os páletes.

Empilhamos quatro páletes na parte de trás do carro, com os bancos abaixados. Quatro miseráveis páletes.

– Eu disse. A senhora não teria saído do lugar com vinte páletes.

– É verdade...

– Me dê seu endereço.

Escrevo o endereço em um pedaço de papel que ele tira do bolso.

– Não antes das oito horas – ele avisa.

– Não tem pressa.

Apesar do enorme esforço que ele faz para me mostrar que está em plena forma, Richard tem o rosto cansado e os traços tensos. Eu o recebo quando ele sai do carro e o ajudo a tirar a mochila do porta-malas.

– Fez uma boa viagem?

– Me deixe carregar isso, você vai se machucar.

Eu esqueci que estava com o pulso machucado. Mas estou usando uma faixa, que quase parece profissional. Na quarta tentativa consegui esse resultado.

– Como você fez isso?

– Tropecei em uma raiz.

– Você poderia ter se machucado. Batido a cabeça, por exemplo.

– Meus pulsos me salvaram.

Eu seguro a porta para ele entrar. O gato cinza está lá, observando sua chegada.

– Você pode deixar a mochila no quarto. É onde você vai dormir.

– E você? Onde você vai dormir?

– Na sala. Tenho um sofá-cama agora…

Mas Richard não aceita minha oferta.

– Não, nem pensar. Eu fico com o sofá-cama.

– Tarde demais. Já troquei os lençóis.

Mas Richard não desiste. Seus argumentos são de duas ordens: nunca deixar uma mulher dormir no sofá e não deixar uma pessoa ferida machucar as costas em um sofá-cama. Além disso, ele não está realmente pedindo minha opinião, já está indo para a sala de estar.

– E você cozinhou? Com esse pulso?

Ele sente o cheiro do risoto que aqueci em fogo baixo. Finjo estar arrependida, a mentira obriga.

– Você não pode trabalhar de barriga vazia.

Ele inspeciona a sala de estar: o novo sofá-cama que não combina com nada, a folha em branco na parede dizendo *Celebre*, o jardim através da janela.

– Está bonito, com todas essas cores…

– Sim. Você viu…

Ele olha para a árvore de Paul, a árvore com mil fitas, e eu o pego sorrindo. Um sorriso triste que não se dirige a ninguém.

– Aceita um aperitivo? Tenho vinho do Porto ou um vinho branco suave…

– Um vinho branco, por favor. Mas sente-se. Eu sirvo.

Eu o deixo fazer. Por enquanto, ao menos. Ele parece tão feliz em cuidar de mim.

Richard circula pela cozinha. Não contente em servir os aperitivos, ele quer arrumar a mesa, mexer o risoto, regar meu fícus.

– Sente. Está tudo certo. Não estou completamente paralisada. Já reguei o fícus hoje de manhã.

Então ele para, constrangido, e eu sorrio.

– Venha, vamos beber um pouco.

Eu acho que não estava errada. Ele precisa se sentir útil, se dedicar a algo.

Bebemos nosso vinho branco suave falando sobretudo de Mae. Ela, que dormia como um anjo e raramente chorava, está começando a mostrar sua personalidade. E faz sua voz ser ouvida. Cassandra diz que era igual nessa idade, e eu lembro da conversa que nós duas tivemos, na casa dos Luzin. Começamos o risoto enquanto Richard é apresentado aos planos para os próximos dias: fazer o mobiliário do jardim, plantar, regar, todas as pequenas tarefas que meu pulso me impede de realizar, ele acredita.

– A fachada oeste está coberta de hera – ele acrescenta. – Vi isso mais cedo. Vou limpar tudo para você.

– Eu gosto da hera…

– Vai acabar cobrindo toda a sua casa.

– É um bom isolante.

– Como quiser.

Vejo que ele está procurando mais trabalho, então contra-ataco:

– Eu gostaria de fazer um balanço para a Mae, para pendurar nos galhos de um pinheiro. Você acha que pode me ajudar?

– Claro.

– Eu também estou pensando… E se a gente pintasse as venezianas? Elas são de um marrom triste e descascado. O que você acha de verde? Um bonito verde-maçã?

Richard concorda, mexendo o risoto.

– Tem também o guarda-sol da sra. Hugues, que eu gostaria de repintar de rosa. E eu quero criar um espantalho para afastar os pássaros do jardim.

Seus olhos brilham. Acho que vai demorar para ele ir embora.

– Terminamos de comer e começamos a trabalhar! – ele declara.

Ligo o pequeno aparelho de som portátil. O gato cinza se espreguiça à sombra do salso-chorão. O tempo está lindo. O calor já é de primavera. Busco o carrinho de mão vermelho, cheio de material de jardinagem, sob os protestos de Richard:

– Solte isso, você vai se machucar!

Pego os saquinhos de sementes e me abaixo diante dos canteiros. Hoje vamos plantar rabanetes. Richard ouve minhas instruções atentamente: revirar o solo com cuidado, traçar sulcos com trinta centímetros de espaçamento, enriquecê-los com um fertilizante caseiro e plantar as sementes vermelhas em linha. Richard cava e traça os sulcos com cuidado, enquanto eu preparo um fertilizante natural a partir de meu composto fresco, borra de café e cascas de ovo.

Coloco a mistura, Richard as sementes.

– Assim?

– Perfeito. Agora cubra com um centímetro de terra e aperte bem de leve. Vamos regar depois.

Estudei tanto o manual do bom jardineiro que sinto que fiz isso a vida toda. Richard se encarrega de encher os regadores e fazer idas e vindas até a casa.

– Você deveria pensar em comprar uma mangueira...

Claro, mas acho que prefiro o lado exaustivo, mas autêntico, da rega manual.

Preparo um chá gelado para nós. Na rua, ao som de Aznavour, Richard rega o resto do jardim.

– E agora?

Enquanto o chá esfria na geladeira, fazemos um pouco de cobertura morta antes de nos voltarmos aos páletes e ao projeto de móveis de jardim.

– Você tem um plano em mente?

Julie me enviou uma fotografia. Eu a mostro a Richard. Vemos um sofá de canto feito de páletes lixados e pintados de branco, com almofadas de um bonito azul-celeste. Para a mesa, o trabalho é mais simples: empilhar e soldar três páletes juntos e colocar um tampo de vidro no topo. Vejo que Richard fica impressionado com o resultado e motivado com o projeto.

– Você acha que posso começar agora?

– Você que decide...

– Bom... Vou buscar a serra.

Não falamos muito naquela noite. O cansaço nos invade assim que sentamos à mesa, recém-saídos do banho e vestidos com roupas limpas. O rádio transmite notícias que ouvimos distraidamente. Richard come, com o olhar perdido no vazio. Quando sirvo a compota de maçã, ele sai de repente do mutismo:

– Não deveríamos colocar rodinhas na mesa de jardim? Facilitaria a movimentação.

Levo alguns segundos para reagir. Eu estava com a mente longe dos móveis de jardim.

– Sim... Sim, seria uma boa ideia.

Acrescentamos esse trabalho à lista do dia seguinte. Depois do café, sinto que ele está ficando cada vez mais exausto, então digo que disponha da sala como quiser e vou para o quarto, com o gato cinza. Tento mergulhar na leitura de um romance antigo, mas minha mente está ausente. Acho que o cansaço de Richard me contaminou. Apago o abajur e puxo a colcha até o queixo. Com a cabeça no travesseiro, penso em Richard na sala, em sua depressão mais do que justificada. Também a vivi, alguns meses atrás, quando vagava de peça em peça, cheia de soníferos, com todas as venezianas fechadas. Mas confio em minha casa, em sua calma, em seu charme, nas cores nas árvores, no suave tilintar do móbile no salso-chorão, no cheiro dos dentes-de-leão que invadem a grama. Ele vai acabar se sentindo mais leve. Como eu.

O que dizer dos primeiros dias de Richard em minha casa? Tranquilos, acho. Seguimos mais ou menos a mesma rotina todos os dias: café da manhã na cozinha banhada pelo sol, cheiro de café pairando no ar e de torradas. O gato cinza lambe nossas colheres de geleia. Nossos olhos se fixam no jardim, nas fitas que dançam ao vento. Um momento de felicidade tranquila. Nesse momento, todos os dias, tenho o mesmo pensamento: Richard vai se recuperar. É sempre nessa hora que falamos de Benjamin. *Já contei o dia em que o forcei a cortar o cabelo?* Ele sorri. *Ele disse que não se importava, que faria dreads mais tarde e que eu não teria mais nada a dizer.*

Depois do café da manhã, começamos a trabalhar. Uma visita às lojas de ferragens. Escolhemos parafusos, uma furadeira elétrica, tiramos medidas para a placa de vidro, escolhemos almofadas para o sofá de jardim. Colocamos o grande quadrado de vidro na parte de trás do carro, com o porta-malas aberto, preso com barbantes. No dia seguinte, começamos a construir o mobiliário de jardim. Richard me proíbe de carregar o que quer que seja, então me concentro na pintura das venezianas, que me toma um dia inteiro. Eu cozinho, preparo chás. Quando Richard passa para a fase de lixar os páletes, ele finalmente aceita minha participação. Seguro a madeira no lugar, ele opera a máquina. Pintamos os páletes juntos. Sempre damos uma caminhada pelo jardim à tarde. Para arrancar uma erva daninha. Tatear a terra. Regar, se necessário. Endireitar uma folha, um caule. Encorajar todas essas plantas que germinam com graça. Richard participa tanto quanto eu. O sol se põe e voltamos para casa. Geralmente, quanto mais a noite se aproxima, mais ficamos em silêncio. Richard se fecha. Penso no pinheiro sagrado, nas palavras que gostaria de sussurrar para Benjamin antes do jantar. É diferente de como foi com minha mãe. Quando ela estava aqui, nos dávamos espaço. Com Richard, não me atrevo a deixá-lo sozinho no jardim, nem por dez minutos. Acho que ele ficaria preocupado. Ele tem a ilusão de cuidar de mim e eu tenho a ilusão de cuidar dele.

Não jogamos cartas à noite. Não como com minha mãe. Richard está exausto quando terminamos de beber nossos cafés, por volta das oito e meia, e tenho certeza de que vai para a cama imediatamente. Talvez ele não consiga dormir? Talvez precise de um sonífero? Talvez fique horas se revirando? De todo modo, a sala fica em silêncio, então concluo que ele apaga as luzes assim que saio da sala. Eu leio. Releio romances que li em minha vida anterior e descubro novos significados, como se minha percepção tivesse mudado, como se eu não fosse mais a mesma. Antes de dormir, olho para a noite lá fora, para a lua que se aproxima de sua plenitude. Como vou apresentar a ideia do banquete noturno a Richard? Não posso desistir. Eu prometi…

Nesse dia, percebo claramente que a melancolia o acomete mais cedo do que o habitual. Logo depois do almoço, que fazemos rapidamente. O conjunto de móveis de jardim será concluído hoje. Só precisamos soldar a placa de vidro à mesa. Comemos um prato de massa com molho de tomate, com a intenção de logo voltar ao trabalho, mas vejo o rosto de Richard se decompor a cada garfada.

– Você está bem? – pergunto.

Ele responde com um sorriso, mas não sou boba.

– Descanse um pouco agora à tarde. Temos todo o tempo. Posso terminar sozinha.

Faz dois dias que esqueço de colocar a faixa no pulso, mas não tenho certeza se Richard percebeu.

– Não, vou cuidar disso.

Ele não diz mais nada, continua a comer. Eu perco o apetite. Não sei o que dizer. Na hora de tirar a mesa, tento uma nova abordagem:

– Já não sinto mais dor, sabe... Se você quiser voltar para junto de Anne e os outros, vou entender.

Ele balança a cabeça e, nesse momento, os traços do seu rosto ficam tão tensos que tenho a impressão de que vai chorar.

– Eu não queria cansar você, quando liguei...

– Eu sei.

Sua voz está estranhamente rouca, mas ele se controla.

– Pensei que a calma da casa faria bem a você. Sinto muito...

– É difícil estar longe do cemitério.

– Sinto muito.

Um silêncio. Tento engolir em seco.

– Eu não deveria ter trazido você para cá...

– Não, o problema sou eu. É uma bobagem, mas me acostumei a ir lá todos os dias. Isso me faz bem. Embora eu não faça nada lá. Fico um pouco, de pé. É uma bobagem.

– Não, não é...

– Me acalma. Mas é apenas uma pedra branca...

Deixo os pratos sujos na pia. É culpa minha. Eu deveria ter pensado nisso antes.

– Venha, Richard, quero mostrar uma coisa a você.

Ele franze a testa, mas aponto para a porta da frente.

– Eu também faço umas bobagens, venha.

No alpendre, coloco as botas de plástico, Richard calça o tênis velho sujo de lama. Ele parece muito mais velho com seu rosto lívido. Um idoso.

– Cuidado com as raízes. Foi aqui que caí.

Eu o levo para a parte de trás da casa, caminho rápido, talvez rápido demais para ele. Entramos na mata. O silêncio se torna mais denso. Só ouvimos nossos passos e nossas respirações ofegantes.

– Para onde estamos indo?

– Para o pinheiro sagrado.

– O pinheiro sagrado?

Acelero o passo. Não há palavras para descrever o lugar tal como o vejo. Prefiro que ele entenda por si mesmo.

Logo chegamos ao pé do pinheiro.

– Oh! – exclama Richard ao ver as coroas e guirlandas de flores secas, o pequeno banquinho com uma almofada, a boneca de pano ao pé do tronco, meu último toque pessoal.

– O que é isso?

– É onde falo com ele.

Ele olha para o pinheiro, com os olhos arregalados, depois me encara sem entender.

– Você se acostuma, sabe. É mais vivo do que uma pedra. Está cheio de vida, seiva, formigas...

Ele fica um pouco perdido diante do pinheiro. Suas pálpebras abrem e fecham. Seus olhos tentam captar todas as cores.

– Está vendo o buraco lá em cima no tronco?

– Sim.

– Coloquei minha aliança e minha pulseira brasileira lá dentro. É como se Ben estivesse aqui, sabe?

Não sei se Richard entende. Nesse momento, ele parece mais um menino do que um idoso. Então começo a falar, sem saber direito por quê, exceto que, agora que confiei a ele o segredo do pinheiro secreto, não tenho mais motivo para esconder o resto:

– Venho aqui falar com ele. Às vezes, trago o aparelho de som e coloco uma música. Mas não é só isso. Comecei a celebrar o vento nas árvores, pendurando utensílios de cozinha, latas de conserva e conchas. Celebrei o nascimento de Mae e dos repolhos rasgando lençóis e pendurando-os no salso-chorão. Acendo velas na janela por qualquer motivo. E falo com os vegetais, com as cascas do tronco e até com a lua. Aliás, sabe o quê? Agora celebro a lua cheia. Planejei um banquete para a próxima, que vai ser em três dias. Um banquete ao luar, embaixo do salso-chorão. Eu estava com medo de contar. É uma bobagem, não? Todos nós temos nossas crenças e rituais…

Faço uma breve pausa para capturar seu olhar. Richard está boquiaberto.

– Anne e você têm a igreja e a esperança de um paraíso, não é? Eu tenho isso: a terra, as árvores, as plantas que nascem e morrem, mas que renascem, tenho o vento que canta e faz as cores dançarem nos galhos. Celebro a vida em todas as suas formas e acredito que Ben está dentro do tronco de um pinheiro. Isso não faz sentido algum, e ao mesmo tempo faz muito sentido. Tudo o que sei é que, diabos, isso me faz muito bem!

Richard começa a rir. Eu exclamo:

– Eu não deveria praguejar na sua frente!

Ele ri de novo. Um casal de pássaros pousa em um galho acima de nós. Dois pintarroxos. Redondos, minúsculos, altivos. Eles nos olham, intrigados.

– Se você não estivesse aqui, eu teria falado com eles.

Richard sorri. Vejo que ele está sem palavras, que não consegue encontrar as palavras, então eu digo:

– Vou deixar você sozinho, está bem? Pode sentar no banquinho, ele foi feito para isso. Se tiver medo de não encontrar o caminho de volta, posso espalhar algumas pinhas…

Mas Richard balança a cabeça:

– Devo conseguir encontrar, obrigado.

Então saio de fininho, aliviada de um grande peso.

Eu sabia que ele demoraria para voltar. Estava há vários dias sem cemitério. Ele precisa de tempo para tirar os atrasados.

Vou ver minhas flores: tulipas, jacintos, crócus, narcisos. Em questão de semanas, estarão abertas. Pode ser uma questão de dias. Por enquanto, elas ainda estão fechadas e frágeis, mas já se pode adivinhar suas cores. Especialmente o delicado roxo do crócus. O que vou fazer com todas essas flores? Todas essas cores? Coroas. Pequenas cestas que posso depositar em um riacho e deixar correr para celebrar a primavera. Meu coração bate mais forte. Sim, é isso. Uma festa da primavera. Jangadas de flores à deriva, encantando outros olhares. Volto para a casa com uma ponta de excitação no peito.

Preparo uma sopa, consultando uma das agendas da sra. Hugues. *Sopa cremosa de rutabaga.* O rádio toca Jacques Brel. *Há dois tipos de tempo: o tempo que aguarda e o tempo que espera.* E então a voz de Richard interrompe a de Brel:

– Eles roubaram a aliança e a pulseira.

Eu me viro, surpresa, quase cortando o polegar, e vejo o rosto de Richard, que está muito diferente do que estava apenas uma hora atrás. As lágrimas lavaram seus olhos e muitas outras coisas também.

– A aliança e a pulseira desapareceram.

– Mesmo?

– O casal de pintarroxos.

– Como você sabe?

– Eles entraram no buraco logo depois que você saiu. Então eu fui ver. Não há mais nada. Apenas um ninho.

Eu talvez devesse ficar zangada ou chorar, lamentar a perda do que me ligava de forma íntima a Benjamin, mas eu abro um sorriso. Sorrio e digo:

– Eu disse… É muito mais vivo do que uma pedra.

À noite, colocamos a mesa na rua. Por sugestão de Richard.

– Por que esperar a lua cheia? – ele perguntou.

O sofá de páletes está pronto para acomodar nossos traseiros, e o vidro da mesa está bem preso. Richard improvisou uma extensão elétrica para podermos ver nossos pratos, mas eu avisei: está fora de cogitação usarmos eletricidade na noite do banquete, perderíamos a sacralidade do momento com uma iluminação artificial.

Nos enrolamos em cobertores e casacos velhos. O ar continua frio na região, mesmo a poucos dias da primavera.

– Tenho uma ideia para a cerimônia da lua cheia – Richard declara no meio do jantar.

– Ah, sim?

– Posso esculpir algo para o pinheiro sagrado. Um totem. Um objeto. Ainda não sei o quê.

– Você trouxe as ferramentas?

– Elas estão sempre no porta-malas do carro.

– Seria uma boa ideia…

– Podemos levá-la até o pinheiro, na lua cheia.

Eu concordo energicamente. Gosto da ideia. Fico feliz por já não ser a única com secretos comportamentos excêntricos. E fico duplamente feliz por ser Richard a compartilhá-los comigo.

18

Essa manhã, estamos no meio dos preparativos para o nosso banquete de lua cheia quando meu telefone começa a vibrar.

– Pode atender – Richard diz –, eu me viro aqui.

Pego o telefone, deixado em um canto da sala, e sorrio. Parece que um fantasma está de volta.

Precisando de ajudinha com algo, sra. Luzin?

– Richard?

– Sim?

– Você se importaria se tivéssemos um convidado para o banquete dessa noite?

– Não, claro que não. Você... Você tem visitas?

– Pode ser que sim... Alguém que conheceu bem o Benjamin...

Ele franze o cenho, mas não digo mais nada. Volto minha atenção para a tela do telefone. Tenho certeza de que Richard ficará feliz em conhecer Mika.

Olá, Mika. O gramado já foi cortado. O que acha de um jantar chato entre adultos? Estou com alguém que gostaria de apresentar a você. Mesmo preço da última vez, e levo você até a estação no fim da noite para pegar o trem das 22h30. Acrescento um *smiley* e me junto a Richard, que está lutando com a tesoura.

– Será que precisamos comprar mais vinho? – ele pergunta.

– Mmm, acho que não...

Somos interrompidos novamente pelo meu telefone vibrando.

Está bem, mas posso levar minha namorada para o jantar chato?

Olho para o concentrado Richard e anuncio calmamente:

– No fim, seremos quatro.

Richard não pergunta nada, ele é educado demais para isso. Ele concorda e eu sorrio. Acho que fiz a coisa certa.

Originalmente, o banquete ao luar deveria ser um jantar solitário. Um momento de comunhão. Algo sagrado, um pouco sério. Mas a vida decidiu de outra forma...

Vou buscar Mika e a namorada na estação de Clermont-Ferrand sozinha, no final da tarde. Richard quer continuar o projeto do balanço. Ele escolheu um pinheiro de galhos grossos o suficiente para suportar o peso de Mae até os seis anos, pelo menos. Ele encontrou uma tábua de madeira no sótão, resquício de uma antiga veneziana. Ele está ocupado lixando e cortando.

O sol começa a se pôr, mas ainda temos mais duas boas horas de luz. As frutas estão dispostas em belas tigelas prateadas que encontrei na despensa da sra. Hugues. No entanto, devido à visita de Mika e da namorada, complementei as frutas com pacotes de chips, pizzas congeladas e uma garrafa de Coca-Cola.

Eu os avisto assim que estaciono o carro em frente às portas de vidro da estação. Mika e seus cabelos castanhos acobreados desalinhados, que parecem ter crescido mais dez centímetros, e a garota ao lado dele. Uma morena bonita de pele bem clara, com um vestido preto com babados. Um estilo gótico moderado. Mika tem o braço em volta da cintura dela, mas ele a solta quando me vê.

– Olá, sra. Luzin.

– Oi, Mika.

Eu me viro para a garota, que estende a mão timidamente.

– Esta é a Lola – Mika me diz. – A cantora da banda.

Ele me olha preocupado e eu sorrio para ela.

– É um prazer conhecê-la, Lola.

Lembro perfeitamente das palavras de Mika sobre Lola da última vez: *Ela queria vir, mas disse que não seria apropriado... Porque ela não conhece a senhora. – Você deveria ter me dito. Claro que ela podia ter vindo. – Ela também estava um pouco apaixonada por Benjamin, então...*

Fico feliz em ver que ela já não tem medo de me conhecer, e que encontrou em Mika um novo amor.

– Vamos, subam. Vocês podem deixar as mochilas no porta-malas...

Mika está mais calmo do que nas vezes anteriores, mais centrado, mais maduro. É porque está apaixonado... Eles se sentam juntos no banco de trás, me deixando no papel de motorista na frente.

Pelo retrovisor, vejo sua mão descansando no joelho da garota, seus olhares se cruzando regularmente, seus sorrisos cúmplices. Meu coração se aperta um pouco. Não que eu não esteja feliz por vê-los apaixonados. É outra coisa... Talvez seja a solidão voltando a me assombrar.

– Vocês estão de férias? – pergunto para puxar assunto.

– Não, sra. Luzin! Acabamos de voltar das férias de inverno!

– Mesmo?

– Sim, das férias de fevereiro. Faz duas semanas que as aulas recomeçaram.

Estou definitivamente por fora...

– Vocês esquiaram?

– Não. Esqui é para os ricos...

– Ficaram em Lyon, então?

– Sim. Trabalhamos no espetáculo da Festa da Música. Sabe o que estamos preparando?

– Não...

– Vamos fazer covers do Cranberries. A senhora conhece?

– Um pouco, sim. É da minha época...

– Ah, é?

Mika parece desapontado ao ouvir isso. Seguro uma risada. Lola continua em silêncio. Acho que ela ainda está um pouco intimidada comigo.

– Então você canta em inglês?

Ela se assusta um pouco e duas manchas rosadas aparecem em suas bochechas.

– Eu?

– Sim.

– Ah... Sim... Enfim, eu tento...

– Ela está sendo modesta – Mika intervém com firmeza. – A sra. Smith diz que ela é supertalentosa em inglês.

– A sra. Smith?

– A professora de inglês.

Lola começa a murmurar algo que soa como:

– Ela não disse *talentosa*, ela disse *habilidosa*.

Segue-se uma pequena discussão:

– Habilidosa não significa nada.

– Significa sim, quer dizer que me sinto à vontade para falar. Não que eu fale um inglês excelente.

– É a mesma coisa.

– Não, não é

– Você é irritante. Sempre se rebaixando.

– Não estou me rebaixando.

– Está sim. Estou dizendo que você é talentosa. Só isso.

Mika volta o olhar para a estrada e Lola, com as bochechas levemente rosadas, balança a cabeça, falsamente exasperada. Aumento o volume do rádio discretamente, escondendo um sorriso.

– Quem é o seu convidado? – Mika pergunta, alguns quilômetros depois.

– Que bom que você perguntou... Eu já estava esquecendo de contar.

Ativo a seta e entro na estradinha rural.

– É o pai do Benjamin.

– Ah, é?

Mika arregala os olhos, surpreso.

– O que ele está fazendo na sua casa?

– Descansando. Ele andava um pouco cansado.

– Ah!

– Ele também está me ajudando com alguns pequenos trabalhos.

O carro volta a ficar em silêncio. Mika balança a cabeça. Lola continua muda.

– Achei que ele ficaria feliz em conhecer vocês, ouvir falarem da MJC.

– Ah, então vocês vão se fartar!

Pelo retrovisor, vejo o rosto de Lola concordar timidamente.

– Ah, é?

– O novo instrutor vai de mal a pior! Fizemos um abaixo-assinado para tirá-lo de lá! Já temos 42 assinaturas.

– Mesmo? O que ele fez?

– A senhora nem imagina o que ele sugeriu para o coral!

Lola concorda, parecendo escandalizada.

– Ele quis acabar com o coral?

– Não! Pior!

– Pior? Como assim...

– Ele quis nos fazer cantar um negócio de missa!

Repito suas palavras, cada vez com mais dificuldade de conter o riso:

– Um negócio de missa?

Então Lola intervém pela primeira vez, com uma voz horrorizada:

– Ele quer nos fazer cantar *Aleluia, glória a Ti*.

Mika faz o gesto de uma arma apontada para a própria têmpora. Uma risada sai de meus lábios, incontrolável, e Lola repete, como se não acreditasse:

– *Aleluia, glória a Ti*.

A risada de Benjamin também ecoa em meus ouvidos. A risada que tanto amo, que vem de longe, do fundo de suas entranhas. *Você ouviu isso, Poupette? Não é um sacrilégio?* Rimos juntos, enquanto no banco de trás os dois jovens parecem carrancudos.

Descemos do carro. Richard vem a nosso encontro, surpreso de me ver acompanhada de dois adolescentes.

– Olá – ele diz.

Ele estende a mão para eles.

– Estes são Mika e Lola, sua namorada. Eles conheceram Benjamin na MJC. Eles fizeram um vídeo sobre ele, no Natal passado, e colocaram uma placa em seu nome na porta da sala de música.

Mika aperta a mão de Richard com gravidade. Richard parece tomado pelas emoções, um pouco atarantado. Eu deveria ter avisado. Eu deveria ter mencionado a placa, o vídeo também. Por que não pensei nisso antes?

– Olá, senhor.

Lola também pega a mão de Richard, com mais timidez e um aperto mais fraco. Richard fica sem voz. Não sei se está zangado comigo ou simplesmente emocionado. Prefiro lhe dar um tempo para se recuperar, então aponto para a porta da casa e digo:

– Vocês querem deixar as coisas lá dentro? Vou servir uma bebida.

Os jovens me seguem, mas o olhar de Mika permanece fixo em Richard e na corda que deixa um rastro esbranquiçado na grama.

– O que ele está fazendo?

– Um balanço para Mae.

– Mae? Quem é essa?

– Minha sobrinha. Neta de Richard.

– Ah... Sinto muito, pensei que...

Dispenso seu pedido de desculpas com um gesto. Entramos na sala de estar. Deixei as janelas abertas para que o cheiro da primavera entrasse em toda a casa.

– O que vocês querem beber? Coca-Cola?

Lola faz que sim com a cabeça, mas Mika vai até a janela aberta. Ele observa Richard passar a corda pela madeira do assento do balanço e fazer um nó bem firme.

– Como ele vai pendurar o balanço?

– Ele vai subir no banquinho e pendurar em um galho.

– A senhora acha que ele vai conseguir sozinho? Talvez ele precise de uma ajuda?

– Você pode perguntar a ele, imagino...

Mika concorda, satisfeito. Ele pula a janela, ansioso para começar a trabalhar, impaciente demais para atravessar a casa toda. Lola o repreende gentilmente, mas ele já está do lado de fora.

– Você quer uma Coca-Cola, Lola?

– Sim. Ah… Obrigada.

Sirvo um copo para ela, ofereço uma cadeira, e quando olhamos de novo para fora, descobrimos Mika de pé no banco, agarrando a ponta da corda que Richard lhe entrega.

– Ele não para quieto – ela diz timidamente.

Eu aponto para fora, para a janela:

Você quer se juntar a eles?

Ela encolhe os ombros, claramente desconfortável com a ideia de me deixar sozinha na cozinha.

– Vou arrumar a mesa – acrescento para tranquilizá-la.

Para provar, começo a empilhar os pratos na bancada.

Alguns instantes depois, Lola está aos pés do pinheiro, sentada de pernas cruzadas em seu vestido preto. Ela arranca algumas margaridas e as entrelaça de maneira estranha para fazer um bracelete, que prende no pulso antes de começar outra. De vez em quando, uma de suas tímidas risadas de adolescente chega até mim, e vejo Mika, com o peito estufado como um galinho, de pé no banquinho, fazendo uma imitação ridícula de alguém. E a coisa mais bonita dessa cena é Richard, como um mestre de obras atarantado que não entende direito o que está fazendo ali, mas que sorri, um tanto sonhador.

A mesa é posta, as velas são acesas, Lola se enrola em um casaco meu e veste uma calça minha, além de um par de meias grossas cinzentas. Mika insiste que não está com frio de jaqueta jeans e recusa minha oferta de suéter. Eu o vejo tirar um pacote de cerveja e um saquinho de tabaco da mochila e sorrio mais uma vez para as surpresas que a vida nos reserva.

– Que tal fazermos um fogo? – ele pergunta. – Pizza grelhada fica incrível.

Lola concorda. Benjamin ri no meu ouvido. *Guarde as tigelas de prata, você está desatualizada.* Richard me consulta com o olhar, e eu declaro que, se alguém estiver disposto a construir uma churrasqueira improvisada em poucos minutos, estou dentro.

– Meu pai fez uma churrasqueira com uma antiga caldeira – nos informa Mika com toda a seriedade.

Richard nos salva sugerindo fazer uma fogueira em que poderíamos colocar uma das grades do forno, sustentada por pedras. É o suficiente para avivar as brasas do entusiasmo de Mika. Com uma cerveja na mão, "Aceita uma, sra. Luzin?", e um cigarro no canto da boca, ele vai e vem da floresta, trazendo pedras e galhos que Richard acumula e empilha de forma organizada. Lola, cuja timidez desaparece com o passar das horas, abre cervejas e as oferece a Richard e a mim.

– Vamos precisar de jornal para colocar sob os gravetos – diz Richard.

Volto para casa e pego alguns jornais velhos. Lola arranca as páginas, eu as amasso em bolas. Levamos meia hora para concluir nossa obra, graças às grandes toras que Mika encontra na floresta. Quando o fogo finalmente pega, nos sentamos satisfeitos, concordando que uma segunda cerveja não cairia mal.

Assim foi o meu banquete: uma estranha fogueira com dois adolescentes, um sessentão aparentemente feliz e uma trintona com as bochechas coradas pelo álcool. Não sei se estou um pouco bêbada, mas tenho dificuldade de acompanhar as conversas. Na verdade, não tenho a menor vontade de fazer isso. Prefiro olhar para a lua, o fogo, as estrelas, os três rostos a meu redor. Consigo capturar uma palavra de vez em quando, uma risada, e sorrio. Mika parece estar tentando explicar a Richard os diferentes tipos de guitarras. Lola bebe suas palavras, coloca uma mecha de cabelo atrás da orelha e umedece os lábios. Acho-a adorável e me pergunto se Benjamin percebeu que ela estava apaixonada por ele.

Colocamos as pizzas na grelha. Eu me esqueço delas e é Richard quem as salva da morte certa por incineração. Depois disso, bebemos mais cervejas. Mika nos pergunta se podemos ouvir música e eu coloco o aparelho de som embaixo do salso-chorão. Com a ajuda de um cabo, ele consegue conectar o telefone celular à porta USB do aparelho.

– Ouçam o que vamos cantar no dia 21.

Os primeiros acordes de guitarra saem do pequeno aparelho, seguidos pela voz única de Dolores O'Riordan, sobre quem alguém já disse: "Ela tinha uma tempestade na voz". Ouço a música de olhos fechados. Mika parece estar tocando uma bateria imaginária, sua cabeça marcando o ritmo, e eu tenho a impressão de ouvir alguns murmúrios saindo da boca de Lola. Quando abro os olhos de novo, Richard sorri para o nada, Mika fuma um cigarro e Lola descansa a cabeça no ombro dele.

Depois disso, eles falam sobre o novo instrutor da MJC, Rémi de la Gaudillère, apelidado de Rémi de la Babosére, e contam as novidades da banda: Issam, cuja guitarra o pai confiscou ao ser chamado pelo diretor da escola por faltas, Nathan, que não frequenta mais à MJC e ignora todo mundo, Théo, que tenta ser o líder... Richard parece interessado, faz perguntas. Sinto que ele está diferente hoje à noite. Radiante. E então, inevitavelmente, eles mencionam a época abençoada. A era de ouro da MJC. A época em que a banda ainda estava unida, em que Benjamin estava lá, em que Elia ria alto e ia vê-los tocar, em que os ensaios se estendiam até altas horas na pequena sala de música, em que Iliès era trancado no armário das partituras quando ele "derrapava", em que Benji os repreendia mas sempre comprava doces para eles.

– As balas de morango eram as melhores!

Richard está estranhamente quieto. Eu sei por quê. Ele está gravando cada palavra, para se lembrar delas mais tarde.

Saio para abrir uma garrafa de vinho tinto e, quando volto, Richard está falando sobre as bandas de sua época: Rolling

Stones, Pink Floyd, Queen... Mika digita algo no telefone e o pequeno aparelho de som toca "Another Brick in the Wall", "Bohemian Rhapsody", "Start Me Up"...

– É... Nada mal, na verdade.

O fogo se apaga. Mika olha para o relógio e dá um pulo.

– Vamos perder o trem, sra. Luzin! São dez e dez!

Acho que, sem Richard, nunca teríamos chegado a tempo à estação.

Mika e Lola têm apenas três minutos para comprar os bilhetes, mas não parecem muito preocupados com isso.

– Vai dar, sra. Luzin, não se preocupe.

Eu lhe entrego o dinheiro prometido, mas Mika sacode a cabeça com firmeza.

– Da próxima vez, me ligue para cortar a grama. Não é a sua praia.

Fico surpresa, sem palavras.

– Mesmo?

– Mesmo. Eu notei, ora... A grama ficou muito desigual. Melhor me ligar. Guarde seu dinheiro para a próxima vez.

Eu gostaria de responder algo. O quê? Não sei direito, e Mika não me dá tempo. O grande relógio da estação acaba de avançar mais um minuto, eles vão acabar perdendo o trem.

– Obrigado pelo jantar e por nos trazer de volta. Até logo, sra. Luzin. Até logo, sr. Luzin.

Eles acenam para Richard no volante. Sinto o toque de suas bochechas contra as minhas e eles se vão, de mãos dadas, desaparecendo atrás das portas de vidro.

A casa parece vazia quando voltamos, meia hora depois. As brasas se apagaram. O salso-chorão, os móveis de jardim, o aparelho de som, as garrafas de cerveja vazias, os pratos sujos, todo esse cenário é iluminado apenas pela luz da lua e banhado por um brilho prateado. Ouço Richard entrar em casa. Começo a tirar a mesa, com um sorriso difuso no rosto. Não era o que eu tinha planejado, mas acabei compartilhando o banquete de lua cheia com outros. Richard, mas também Mika e Lola, mesmo sem eles saberem. Empilho os pratos e percebo que essa celebração foi diferente das anteriores. Ela não foi solitária. Ela não foi tão solene. No entanto, ela me fez muito bem. Começo a pensar que talvez seja hora de definir um novo objetivo... Uma nova folha em branco na parede. O quê? Não sei. Deixo a mente vagar. *Compartilhar? Me abrir?* Para o quê? Para o mundo? Para o novo? Para os outros?

Os passos de Richard, que volta da casa, me dão um susto.

– Espero que você não tenha esquecido.

Sua voz ficou mais séria, agora que estamos sozinhos. Ele me entrega algo que segura entre as mãos. No começo, devido à fraca luz da lua, tenho dificuldade de distinguir qualquer coisa além de uma corda marrom. Mas então percebo os contornos da escultura. Sua forma longilínea. Suas curvas. Duas serpentes que não são realmente serpentes, que se enrolam uma na outra, se entrelaçam, e cujas cabeças, humanas, se unem em um beijo. É um casal. Um amor. Uma união. Richard deixa a escultura em minhas mãos e me deixa sem palavras. Só consigo balançar a cabeça, várias vezes, para expressar minha gratidão.

– Está tarde. Você pode levá-la amanhã...

Eu concordo novamente. Richard coloca a mão em meu ombro, bem de leve, e começa a limpar a mesa enquanto eu dirijo todos os agradecimentos secretos do mundo à lua. Por Richard. Pela noite. Por Mika e Lola, que se amam. Pela escultura de madeira. Pela fogueira. Por tudo de bonito e inesperado que ainda acontece comigo.

19

Richard e eu poderíamos ter vivido assim, na velha casa, um ao lado do outro, pela eternidade. Somos daquelas presenças que se suportam mutuamente sem esforço porque se concedem silêncios, distância, porque devolvem uma à outra sua própria imagem, espelhada. O tempo teria passado sem dor, sem sobressaltos. Mas Richard acabou partindo. Porque Anne o chamou, lembrando que sua licença médica estava prestes a terminar e que seu chefe o esperava na próxima segunda-feira. Porque ele estava melhor. Porque Anne, Cassandra, Yann e a pequena Mae também precisavam dele. Ele partiu com o pequeno pen drive que eu havia escondido na gaveta de facas alguns meses atrás.

– Vou dar uma olhada assim que chegar em casa – ele prometeu.

Eu sabia que ele choraria ao ver as imagens, mas que também se encheria de orgulho. Foi por isso que o deixei levá-las...

Richard se foi e minhas flores desabrocharam. Os crócus foram os primeiros. Flores pequenas, mas resistentes, com pétalas de um roxo profundo, vibrando em torno de um coração dourado com estames alaranjados. Os narcisos vieram logo depois. Eu mal tinha me recuperado do primeiro maravilhamento quando as pétalas brancas se abriram, revelando uma trombeta de um amarelo profundo. Narcisos, anunciadores da primavera...

Naquela noite, peguei o telefone para ligar para Julie, mas desisti. Ainda era cedo demais. Era melhor esperar a floração das tulipas, ao menos. Tirei da parede a folha com a palavra *Celebrar*. Colei uma nova.

Compartilhar

Contei os dias, negligenciei os vegetais, comecei a imaginar como ficariam as coroas de flores e as jangadas. No dia seguinte, as tulipas ainda não haviam florescido, mas decidi ligar para Julie.

– Estou com um projeto um tanto peculiar. Adoraria contar com sua ajuda...

Ela responde com toda a naturalidade:

– Claro, que projeto?

Tenho dificuldade de encontrar as palavras certas:

– Eu gostaria de celebrar a primavera.

– Celebrar a primavera?

– Sim. As flores que desabrocharam.

– O jardim está florido, então?

– Não completamente. Por enquanto, apenas os crócus e os narcisos...

– Eu preciso ver isso.

– Quando você vem?

– No final de semana. Você me convida para almoçar?

– Não.

– Não?

– Tenho outro plano.

Ainda está um pouco confuso em minha cabeça, mas preciso de Julie. Ela conhece a região melhor do que eu, e, além disso, está escrito em minha parede: *Compartilhar*. Já não preciso estar sozinha para celebrar.

– Eu gostaria de fazer um piquenique perto de um riacho. Perto de casa. É viável?

– Sim... Sim, é viável. Mas o jardim... eu quero ver as flores.

– Você vem me buscar. E vê o jardim.

– Está bem. Combinado.

– E celebramos a primavera no riacho.

Julie fica um instante em silêncio. Quando sua voz volta a soar, ela parece ligeiramente zombeteira:

– Amande, você sempre teve um lado estranho, mas me pergunto se não está piorando com o tempo...

– Não.

– Não? Tem certeza?

– Absoluta. Na primeira vez que você tocou a campainha, por pouco não me encontrou morta na cama. Por causa dos soníferos que eu vinha tomando o dia inteiro.

Ela precisou de alguns segundos para assimilar a informação. Então perguntou, em tom sereno:

– E agora, não?

– Agora não, só quero jogar coroas de flores na água.

Ela ri e eu rio com ela.

– Ok. Está bem. Então concordo que houve uma leve melhoria, mas não é nada óbvio...

– Então, combinado? Sábado ao meio-dia?

– Eu levo a toalha de piquenique. Um monstro vermelho e dourado. Era da minha mãe. É terrivelmente *vintage*.

Acredito piamente. Nós nos despedimos, confirmando o encontro para o sábado seguinte.

Enquanto espero Julie, não tenho tempo para o tédio. Penduro cada um dos dez calendários da sra. Hugues nas paredes da sala. Eles formam um friso. Abro todos no mês de abril, já que hoje é o dia 6 desse mês. O tempo continua passando. Sem surpresa, as fotografias dos diferentes meses de abril mostram flores. Eu reconheço narcisos e crócus, mas também belas flores que crescem em árvores e que não conheço. Julie talvez possa me dizer mais sobre elas.

Na floresta, pego alguns gravetos para construir pequenas jangadas para as flores. Me acomodo à sombra do salso-chorão, em meus novíssimos móveis de jardim. Passo mais tempo perdida em pensamentos, tentando recriar a vida diária de Paul e Lucie, do que montando os gravetos. Mesmo assim, estou progredindo. As jangadas começam a tomar forma. Alinho os gravetos de forma a criar um chão de madeira e os amarro com barbante branco, o mesmo que uso no jardim. Também vou usar esse barbante para prender as flores às jangadas no dia marcado.

Guardo as jangadas no quarto, ao pé da cama. Uma dúzia delas. É mais do que suficiente, pensei outro dia. E então percebi que doze era o número perfeito: doze para os doze meses do ano.

Certa tarde, decido pintar o assento do balanço construído por Richard de verde-maçã e penduro dezenas de flores de dente-de-leão nas cordas que o prendem ao pinheiro. É nesse dia que vejo o primeiro caule de jacinto. Um cacho de pequenos sinos roxos e perfumados que cresceram em um caule solitário. Vejo isso como um sinal de que os jacintos vão florescer a tempo da minha festa da primavera.

Não são nem dez horas da manhã e já terminei de enfeitar as jangadas. Preparei os sanduíches e a salada de frutas, embrulhei tudo em filme plástico. Peguei copos descartáveis e o vinho branco suave que está na mesa da cozinha. Sim, estou mais do que pronta. Com duas horas de antecedência.

Sentada nos móveis de jardim embaixo do salso-chorão, olho para as doze jangadas onde narcisos, crócus, cachos de jacinto e violetas selvagens se entrelaçam. É fresco. É bonito. O perfume é divino. O gato cheira a pequena pilha de flores deixadas para trás, as que cortei demais e não couberam nas jangadas. Ele se afasta, com os olhos apertados. Perfumado demais para ele. Eu, por outro lado, contemplo as cores dessa pequena pilha, as texturas, as formas – corolas, pétalas, sinos –, aspiro os aromas. Que desperdício, eu penso. O que fazer com isso? Um pot-pourri? Não, definitivamente, seria mais um desperdício. Levar algumas para Benjamin? As raízes do pinheiro já estão cobertas de pétalas azuis, roxas, brancas, amarelas.

Estico as pernas e me deixo levar no sofá de páletes. Minha mente divaga. Penso no balanço de Mae e em sua construção, algum tempo atrás, Richard segurando a corda, Mika de pé no banquinho e Lola na grama. Lola de vestido preto com babados, arrancando margaridas e fazendo braceletes com gestos desenvoltos e graciosos. Seus dedos realizavam movimentos rápidos, embora seus olhos estivessem em outro lugar, focados em Mika, procurando seu olhar. Sim, ela entrelaçava as margaridas, sem pensar, e um bracelete, depois dois, três, quatro iam parar em seu pulso delicado.

Dobro as pernas, me endireito. Sei o que fazer com meu excedente de flores cortadas.

O som dos pneus do Twingo azul me surpreende no meio de um longo colar de narcisos.

O carro para na frente da casa, duas pernas lisas aparecem, uma porta se fecha e Julie desce, em roupas primaveris. Ela usa um vestido branco com papoulas vermelhas. Seus cabelos castanhos voam ao redor de seu rosto e ela avança com passos firmes em minha direção ou na direção do salso-chorão, com exclamações de alegria:

– Você transformou a casa de novo!

Ela coloca as duas mãos sobre meus ombros, me dá um beijo perfumado na bochecha e continua, com os olhos brilhantes:

– Você pintou as venezianas, construiu móveis de jardim, e o que mais?

Aponto para o balanço recém-pintado, escondido à sombra dos pinheiros.

– Foi você que fez isso?

– Meu sogro.

– E isso?

Seu dedo aponta para os estranhos acessórios feitos de flores.

– Sim… Estou tentando…

– Ficaram lindos, quanto frescor!

Ela vira para as jangadas.

– Meu Deus, como você é criativa, Amande!

– Só estou tentando passar o tempo…

– Você poderia fazer isso para casamentos!

Acho que ela está falando das jangadas, mas suas mãos pegam os braceletes.

– Não está muito bom…

– Claro que não, você não tem nenhuma ferramenta! Mas se comprasse fio elástico e fechos, e alguns enfeites, poderia fazer um trabalho perfeito.

Ela pega o longo colar e o coloca contra o peito, sobre o vestido florido.

– Veja! Viu como fica? Não estou brincando. Você entendeu o conceito? Acessórios efêmeros feitos de flores de verdade? Tenho certeza de que seria um grande sucesso na temporada de casamentos! E o perfume? Inimitável! O perfume de pétalas frescas!

Ela fecha os olhos, pega as flores entre os dedos, delicadamente, cheira uma por uma.

– Sinto como se estivesse de volta à casa da felicidade, na época de mamãe.

Meu gato cinza vem saudá-la e ela é obrigada a abrir os olhos. Minha fera selvagem ronrona de prazer. Eu quase ficaria com ciúmes se não fosse Julie.

– Bom... Mas isso não é tudo. Temos que pegar a estrada – ela decreta, se levantando.

– Você encontrou um riacho?

– Melhor do que isso.

Entramos no carro de Julie, eu com a sacola de mantimentos no colo. É um belo dia, um pouco frio mas ensolarado. Enquanto dirigimos por uma estrada rural, não posso deixar de pensar que esta é a primeira vez que Julie e eu nos encontramos fora da minha casa, e essa me parece uma boa notícia.

Cerca de quinze minutos depois paramos em um estacionamento que só tem um carro além do nosso. Julie insistiu em manter o local em segredo, mas uma placa diz CASCATA DE SAY. Finjo não ter visto e a sigo, com a sacola de mantimentos na mão, pela trilha de cascalhos.

Estamos carregadas, e a trilha não é fácil quando se transforma em uma escalada por pedras grandes cobertas de musgo. Somos obrigadas a adotar uma nova estratégia: Julie sobe primeiro, deixando as sacolas embaixo, que eu passo para ela antes de subir. Contornadas as dificuldades, preciso admitir que a trilha é agradável: os musgos verdes e macios, o som de um curso d'água correndo ao lado, a luz do sol por entre os galhos, o som de nossos passos e das pedras rolando. Cruzamos com um casal de caminhantes que nos cumprimentam discretamente. Logo depois, Julie, que está na minha frente, coloca a sacola a seus pés.

– Chegamos.

O barulho da água é mais forte aqui, e com razão: estamos na frente da cascata, o ponto mais alto da trilha. A água jorra da rocha com força e desce pelos pedregulhos.

– Vamos comer aqui? – sugere Julie. – Podemos colocar as jangadas na água um pouco abaixo... Para evitar que elas se espatifem nas rochas.

Eu concordo prontamente e começamos a procurar uma rocha plana e aquecida pelo sol para estender nossa toalha.

O vinho branco é doce. Os sanduíches são saborosos. Ainda tenho dificuldade de acreditar que estou aqui, em plena Auvergne, fora de casa, na companhia da filha da antiga proprietária da casa onde moro. Minha vida não tem mais nada a ver com o que era há dez meses. Eu também não tenho mais nada a ver com o que eu era há dez meses. Eu me sinto um pouco estranha e prefiro me limitar a aproveitar o momento ouvindo Julie falar sobre o trabalho, o apartamento em Clermont-Ferrand, a vizinha bipolar e o insuportável síndico do condomínio. Fechamos a garrafa de vinho e arrumamos o resto da comida para descermos pela margem do rio e colocarmos as jangadas de flores na água. Ajudo Julie a guardar a toalha de sua mãe e voltamos à trilha, bem na hora em que uma família numerosa chega ao local, com uma cesta de piquenique e uma bola.

Passamos com cautela de uma pedra a outra, tomando cuidado para não escorregar no musgo. Julie pega um pedaço de pau que ela usa como uma bengala. Um casal de pintarroxos, estranhamente parecidos com os moradores de meu pinheiro sagrado, voa a nosso redor por um momento. Então Julie me faz uma pergunta:

– Amande, posso fazer uma pergunta indiscreta?

Tento não demonstrar hesitação, mas é difícil, ela me pega de surpresa.

– Sim.

– É que… Eu estava pensando… Você vê outras pessoas além de mim?

Ela me deixa desconfortável, sobretudo porque não sei exatamente aonde ela quer chegar.

– Sim... Não muita gente, mas vejo outras pessoas, de vez em quando…

– Homens?

Bom. Acho que entendi aonde ela quer chegar agora, mas digo que sim com relutância:

– Sim.

– Homens da sua idade?

– Não exatamente...

– Seu sogro, o construtor de balanços, não conta.

Não sei ao certo o que dizer, então fico em silêncio e seguimos nosso caminho por alguns instantes.

– Faz quanto tempo que ele morreu?

Sinto que não há nenhum julgamento em sua voz, por isso concordo em responder:

– Vai fazer um ano em dois meses.

Julie concorda em silêncio. Eu acrescento:

– Ele se chamava Benjamin.

Julie sorri e repete suavemente "Benjamin", como se estivesse avaliando a sonoridade do nome.

– Dizem que o luto dura em média um ano. Você acredita nesse tipo de bobagem?

Dou de ombros. Não sei direito nem o que a palavra luto significa. Como dizer se ele começou ou terminou?

– No caso de papai, levei seis meses para começar a melhorar. Claro, tudo era diferente. Mamãe ainda estava aqui, eu estava apenas começando minha vida profissional, tinha uma vida social bem intensa. No caso de mamãe, levei muito mais tempo. Acho que uns dois anos. Talvez mais... Então não acredito nem por um segundo nessas besteiras sobre a duração do luto.

Ela se vira para mim com seu sorriso angelical.

– A única coisa que sei, e a única coisa que vou dizer, é que você é jovem e a primavera está chegando.

Ela parece estar fazendo alguma insinuação relacionada à indiscreta pergunta anterior, mas chegamos a um lugar muito mais tranquilo do riacho, onde podemos nos ajoelhar, e prefiro dizer:

– Aqui parece perfeito para colocar as flores na água.

Com cuidado, tiro as jangadas do saco. Julie se senta de pernas cruzadas em uma pedra coberta de musgo.

– Posso dizer algumas palavras?

Eu levanto a cabeça, surpresa.

– Algumas palavras?

– Sim. Para o lançamento oficial das jangadas.

– Está zombando de mim?

– Não. Pensei em dizer umas palavras.

Ainda não sei se ela está brincando, mas resolvo concordar.

– Se você quiser.

Julie se levanta na pedra cheia de musgo e, enquanto me dirijo à água com a primeira jangada, ela limpa a garganta com solenidade.

– Bem… Amande, você me trouxe aqui, hoje, para celebrar a chegada da primavera. Mas a chegada da primavera também marca o fim do inverno. O fim de um período à parte em que os animais hibernam e nós, seres humanos, costumamos nos esconder, nos fechar em nós mesmos. Isso não é incomum… Os antigos textos chineses descreviam o inverno como um período de recolhimento. Um momento de regeneração. Sabe que palavras eles usavam?

Ela espera minha reação, então eu balanço a cabeça.

– Eles descreviam o inverno como o momento de *fechar as portas e guardar o tesouro*. Bonito, não?

– Sim, muito bonito.

– Então é isso. Você fechou a porta para guardar o tesouro e hoje é o momento de abri-la.

Ela me faz um sinal com a cabeça, solene. Posso colocar a jangada na água. Obedeço. A embarcação de madeira tem dificuldade para se estabilizar, balança na correnteza, mas eu a deixo ir. Flores, corolas, sinos, perfumes e cores desaparecem na correnteza. Julie pula do rochedo, orgulhosa de si mesma.

– Posso acrescentar uma coisa?

– Sim, claro.

– É uma citação de uma mulher de letras, a cortesã Ninon de Lenclos. Você conhece?

– Não.

Os lábios de Julie tremem. Um sorriso divertido surge em seu rosto e sua voz tonitruante brada em alto e bom som:

– *Compadeçamo-nos das rolinhas que só acasalam na primavera!*

Não sei se fico exasperada, surpresa, reviro os olhos, praguejo ou simplesmente sorrio. A única coisa que sei é que Julie espreita minha reação e que, em minha nova vida, ela é a única que escolhi como amiga. Então, embora eu revire os olhos, não esqueço de sorrir e Julie, feliz, declara:

– Vou colocar a próxima na água!

Sim, decididamente, minhas celebrações mudaram muito, mas Julie tem razão: *fechar as portas e guardar o tesouro* faz parte do inverno. A primavera chegou. A palavra na parede da cozinha é a prova: *Compartilhar*.

20

Apesar de Julie e da celebração da primavera. Apesar das flores que dão cor ao jardim. Apesar do sol tímido de abril. Não consigo escapar... A data fatídica. O aniversário de Benjamin. Dia 13 de abril. Ele teria completado 33 anos.

Benjamin era de áries. Não sei o que a astrologia diz de seu temperamento. Nunca acreditei nessas coisas. Eu sabia que ele era de áries, assim como eu sabia que ele nasceu ao meio-dia em ponto desse dia. Quando me dou conta, percebo que sei um monte de detalhes sem importância sobre Benjamin. Ele sempre começava as refeições com a carne e terminava pelos vegetais. O toque de seu despertador, no celular, era "The Power & The Glory". Eu ficava com ela na cabeça todas as manhãs, no café da manhã. Sua música preferida de Jimmy Cliff era, no entanto, "Rebel In Me", mas ele não a escolheu para o alarme porque era muito lenta e sentimental, e o deixaria com vontade de ficar na cama abraçado comigo. Ele se recusava a cortar os últimos dreads do cabelo, porque eles o lembravam de sua juventude, era simbólico. Ele sempre ia ao banheiro de repente no fim dos filmes, quando eles eram emotivos demais. Ele realmente achava que eu não tinha entendido esse truque. Ele só usava cuecas pretas ou azul-marinho e não havia nenhuma razão para isso, pelo menos nenhuma razão racional. Ele preferia café a chá, mas sempre acompanhava nossas sobremesas com chá Earl Grey para "manter meu estilo inglês". Ele ria dez vezes por dia, no mínimo. Ele preferia me beijar nos cabelos do que na boca, achava isso muito mais erótico. Ele só se barbeava às quartas--feiras e aos sábados. Ah, e ele adorava me ver usando meias de lã enormes e suéteres bem grandes, que ele me emprestava. Nunca entendi por quê.

Acho que, no fundo, é assim que medimos nosso amor por alguém... pela quantidade de detalhes insignificantes que colecionamos sobre essa pessoa. Eu amava Benjamin mais do que a mim mesma. Acho que ainda o amo mais, até hoje. O tempo agiu sobre a dor, ela é menos lancinante agora, mas os sentimentos só se exacerbaram.

Então, à medida que seu aniversário se aproxima, tenho dificuldade de manter a leveza e a serenidade que adquiri nos últimos tempos. Sinto uma recaída um tanto severa. Deixo o jardim de lado. Não ligo para Richard e Anne, nem para Yann e Cassandra. Eles também devem estar carregando esse fardo. Nesse 11 de abril, a dois dias de seu aniversário, faço algo que não entendo, pego meu celular e ligo para Elia, no número da MJC. Ela está no horário de almoço e atende com certo espanto na voz.

– Amande?

Não vejo Elia desde o enterro de Benjamin. Ela me enviou alguns SMS no início, mensagens que não esperavam respostas. *Penso em você*. Outra vez: *Você tem todo o meu apoio*. Por fim: *Espero que você esteja bem*. Minhas respostas eram curtas, impessoais. *Obrigada, um abraço*. Invariavelmente as mesmas. Ela acabou parando de escrever. Não era o que eu queria, mas eu não tinha forças para manter o contato com ela e com muitos outros.

– Está tudo bem? – ela pergunta quando eu não respondo.

– Sim, tudo bem. Eu...

Não sei por que estou ligando para ela hoje. Procuro o que dizer, sem jeito:

– Eu só queria saber como você está...

Incompreensível, não estou fazendo sentido. Será que Mika me influenciou na última visita, quando disse que Elia nunca mais tinha sido a mesma, que eles nunca mais a viam rir de verdade? Ou será a lembrança do aniversário de Benjamin, um ano atrás? Nos encontramos na sala dos fundos de um bar. Um pub irlandês. Yann e Cassandra estavam lá, assim como Elia, seu namorado na época, cujo nome esqueci, Fred, o diretor da MJC e sua esposa, Céline, Youssef, o treinador esportivo que trabalhava várias horas por semana na MJC, e o estagiário de Elia, Anthony ou Antonin, não lembro bem, um jovem simpático e nada tímido. Éramos uma mesa animada. A cerveja corria solta. Eles tinham deixado um lugar no sofá para mim, e minha barriga volumosa roçava a mesa o tempo todo. Benjamin tinha ganhado uma camiseta de "Superpai" e um monte de objetos relacionados ao nascimento de Manon: tampões de ouvido, soníferos, uma mamadeira rosa, uma caneca de café, vitaminas e um porta-bebê *I love my dad*. Eu não estava bebendo cerveja, é claro, mas eu nem precisava, me sentia levemente eufórica, ou apenas feliz.

Jogamos dardos e depois bilhar, e quando ficou claro que todos tinham bebido demais, Cassandra me ajudou a arrastar todo o grupo para a rua, onde um kebab aberto 24 horas por dia estava à espera de nossos estômagos para limpar os litros de cerveja ingeridos no bar. Foi lá que terminamos a noite.

Sim, talvez essa memória tenha me levado a ligar para Elia hoje.

– Ah, está tudo bem... – ela diz no telefone. – Quero dizer... a rotina continua. Garotos perdidos, pequenos gênios, encrenqueiros. A rotina, sabe.

Sinto, pelo tom de sua voz, que ela fica perturbada com minha ligação. E com razão...

– E você? – ela pergunta.

– Está tudo bem.

Não sei mais o que dizer. Já me arrependo de ter ligado.

O silêncio continua. Ouço-a pigarrear e mudar de posição na cadeira.

– Olha, que bom que você ligou, nós... Vamos beber algo, com os outros, na quarta-feira.

– Quarta-feira?

– Dia 13.

Um novo silêncio se faz. Abro a boca, mas minha garganta está seca demais e eu não consigo falar.

– Faz tempo que não vemos você. Ficaríamos felizes, sabe. Pensamos muito em você, mas não ousamos ligar...

Eu sei que agora preciso dar uma resposta coerente. Engulo o nó na garganta e falo o mais desembaraçadamente possível:

– Eu... Por que não, mas... Estou longe, sabe...

– Você pode dormir na casa de Yann e Cassandra.

Mais uma vez, o silêncio se impõe e Elia muda de posição na cadeira.

– Escute, Amande, vamos nos encontrar às oito horas no James Pub, na velha Lyon. Depois, vamos comer um kebab ou uma pizza. Se Yann e Cassandra não puderem receber você, ou se você estiver com medo de incomodar o bebê, pode vir para minha casa. Tenho um sofá-cama que não é tão desconfortável.

– Obrigada, eu... Vou ver como me organizo, está bem?

Só estou tentando ganhar tempo. Sou incapaz de tomar uma decisão agora.

– Me ligue na terça à noite para me dizer, está bem?

– Está bem.

– Ficaremos felizes em ver você...

Minha resposta é abafada por gritos atrás de Elia, do outro lado do telefone.

– Amande, preciso desligar, acho que dois garotos estão brigando. Me ligue na terça.

– Está bem.

Ela desliga.

Mudo de ideia vinte vezes nos dias seguintes. Meu sono piora. Não consigo ligar para Elia na terça à noite. Ela me deixa uma mensagem de voz, tarde da noite, dizendo que, na dúvida, preparou o sofá-cama para mim. Não sei se fico comovida ou apavorada.

O dia 13 é um verdadeiro calvário para mim. A ideia do trajeto de carro, da sala dos fundos do bar, dos rostos de Youssef, Fred, Céline e todos os outros me olhando com empatia me dá calafrios. Não consigo me concentrar em nada e sou incapaz de pronunciar uma palavra na frente do pinheiro sagrado. Me contento em arranhar a casca rosa com a ponta do dedo e torcer as mãos. Sei que Benjamin aprovaria essa saída, mas é fácil para ele. Não é ele que vai estar diante dos outros com a sombra de seu fantasma pairando sobre os copos de cerveja.

Julie me liga à tarde e, claro, não atendo. Ela deixa uma mensagem de voz que não ouço.

Em que momento tomei uma decisão? Não sei ao certo. Nada disso aconteceu conscientemente, em todo caso. No entanto, às dezoito horas, sem saber muito bem como, me vejo maquiada, perfumada e com um vestido preto na frente do espelho do banheiro. Meus olhos estão escuros demais, o rosa nos lábios está claro demais, meu cabelo está demais, e esse vestido que eu guardava para ocasiões especiais não é nem um pouco apropriado... Eu sei que, se quiser chegar a tempo ao James Pub, preciso sair agora. No entanto, fico paralisada diante do meu reflexo, com as mãos apoiadas na borda da pia. Faço uma lista de razões para não ir ao encontro: haverá outras oportunidades, nada me obriga a aceitar o convite. O gato cinza não voltou da caçada, não posso sair e deixá-lo do lado de fora. O aniversário de Benjamin não é a melhor data para rever os amigos dele. Eu nunca gostei de dirigir à noite.

Não sei qual razão prevalece sobre as outras, mas finalmente pego um algodão e o tubo de demaquilante e tiro todas as cores do rosto. É mais sensato assim. Vou outro dia...

À noite, ouço a mensagem de voz deixada por Julie. Sua voz parece ainda mais alegre do que o normal.

– Me ligue, Amande, tenho algo urgente para contar.

E só. Bastante breve. Estou sentada na poltrona cinza. No apoio de braço, o telefone me devolve as poucas palavras que Elia respondeu, momentos antes: *Pena, fica para a próxima vez.* Talvez eu devesse ter dito a verdade: não me sinto pronta, não ainda, em vez de inventar uma mentira horrível sobre uma enxaqueca violenta.

Para evitar ruminações, ligo para Julie. Sua voz não perdeu nada do entusiasmo desde a mensagem de voz:

– Oi, Amande! Você ouviu minha mensagem?

– Sim. Agora mesmo.

– Já vou avisando, é uma boa notícia!

– Ah é?

– Falei das suas bijuterias florais para uma colega de trabalho. Ela é representante comercial como eu, na região Provence-Alpes-Côte d'Azur, mas isso não vem ao caso... O importante é que ela vai casar mês que vem e ficou muito interessada no conceito de acessórios efêmeros e naturais...

Julie para de falar, esperando com avidez minha reação, mas eu a decepciono um pouco, pega de surpresa.

– Você está aí? Amande?

– Sim. Sim...

– Você ouviu?

– Sim...

– Ela gostaria que você fizesse uma apresentação com dois ou três modelos que você poderia propor. Ela gostaria de ter um bracelete e uma coroa de flores para os cabelos.

Engulo em seco. Caramba, em que Julie está tentando me envolver?

– Você não precisa sair de casa. Posso buscar os acessórios no final de semana, se você concordar, e levá-los para o escritório na segunda-feira. Você acha viável?

– Segunda-feira...

– Você tem três dias.

Ela faz uma pausa para que eu pense.

– Eu... eu nunca fiz nada disso, você sabe... Os modelos que você viu eram apenas rascunhos, nada sério... Eu estava fazendo para passar o tempo.

– Você tem talento para combinar cores e formas. Isso é o mais importante, Amande, o olhar, não a técnica. Para isso, você encontra tudo o que precisa em uma loja de artesanato. Fechos, cola, sei lá! Você é criativa, vai dar conta!

– Caramba, Julie...

Eu me levanto da poltrona e começo a andar pela cozinha, nervosa.

– Eu nunca...

– Não quero pressionar você, Amande, é só uma proposta. Mas ela ficou entusiasmada, de verdade. São apenas dois ou três braceletes e uma coroa. Isso lhe dará a oportunidade de conhecer seu trabalho.

– Três dias, você disse?

– Sim. Eu posso pegá-los no domingo de manhã.

Paro perto da janela. A noite escura não me permite enxergar direito o jardim, mas sei que essa manhã vi as primeiras flores de morango. Delicadas pétalas brancas em torno de um núcleo amarelo. Sei que esse núcleo vai crescer para se tornar um morango, verde e depois vermelho. As tulipas ainda não abriram. É uma questão de dias. Tento visualizar os braceletes e as coroas e penso que as flores de moranguinho ficariam lindas com crócus e jacintos...

– Não quero pressionar você, Amande. Vou repetir: é apenas uma oportunidade. Se der certo, podemos oferecer esse conceito para outros casamentos... E se ela não gostar, esquecemos o assunto, simples assim. Eu devolvo os braceletes e não se fala mais nisso.

– Entendi...

– Você está disposta a tentar?

– Sim. Não prometo nada, mas estou disposta a tentar.

– Que ótimo! Vou buscar tudo no domingo de manhã. Está bem?

– Está bem.

– Um beijo.

– Beijo.

– Até domingo!

Desligamos. Não sei em que estou me metendo, mas uma coisa é certa: Julie acabou de me resgatar de um momento difícil e evitou uma recaída temporária.

Começo por desenhar pulseiras e coroas em uma folha de papel, o que me ajuda a visualizá-las. Esboço as campainhas lilases dos jacintos, a forma tão particular da trombeta dos narcisos, as pétalas de um violeta profundo dos crócus, a hera entrelaçando as flores, acrescentando um toque de verde, e as margaridas frescas, simples, para um toque de branco puro. Imagino diferentes modelos. Um muito colorido, em tons de azul, lilás e violeta, misturando crócus, jacintos e violetas selvagens. Esse é enérgico, cheio de vitalidade. Desenho um modelo mais simples, refinado, branco. Margaridas, narcisos e flores de morango entrelaçados com hera. O problema está nas flores de morango: não consigo me forçar a arrancá-las e matar o futuro fruto que está por vir. Penso em outra solução: comprar ou plantar outra variedade em meu jardim. Enquanto isso, imagino um terceiro modelo, minimalista: uma folha de hera contornando o pulso e um narciso como único enfeite, como nos bailes de formatura americanos. As faixas de cabelo seguem os mesmos modelos: colorido, refinado e minimalista.

No dia seguinte, vou ao centro comercial para comprar o material necessário para fazer os acessórios: cola floral, fita e barbante de juta. No caminho de volta, paro em uma loja de jardinagem. Preciso resolver de uma vez por todas a questão da substituição das flores de morango.

– Flores brancas, é isso? De uma planta que já esteja florescendo?

Meu pedido parece surpreender a funcionária, mas ela o leva a sério.

– Flores de que tamanho?

– Pequenas. Delicadas, se possível.

Seus olhos se iluminam. Ela acaba de ter uma ideia.

– A senhora conhece o amelanqueiro?

– Amelanqueiro? Não…

– É uma árvore surpreendente. Na verdade, é um arbusto. Já está florescendo. São minúsculas e brancas, em forma de estrela. Elas crescem em cachos densos, que dão a impressão de um véu branco em torno da árvore. É uma planta arbustiva resistente, pode suportar até trinta graus negativos.

Enquanto fala, ela me faz sinal para segui-la na loja. Estamos indo para a estufa externa. Eu a escuto com a crescente sensação de que o amelanqueiro é exatamente a planta que eu estava procurando. Milhares de estrelas brancas...

– É uma árvore que vai encantar a senhora a cada estação. Na primavera, pela floração estrelada, no verão pelos pequenos frutos doces e suculentos. Eles nascem vermelhos, depois ficam roxos. Parecem pequenas bagas e são comestíveis. Ficam excelentes cozidos em tortas ou geleias.

Nesse momento, já estou conquistada, mas ela acrescenta, dando o golpe final:

– No outono, a folhagem fica de um verde-bronze, depois verde-escuro, até virar um vermelho-acobreado deslumbrante.

Entramos na estufa. Ela faz uma breve pausa.

– Tenho alguns por aqui...

Eu a sigo até uma ala lateral e paramos em frente a três amelanqueiros em vasos, cobertos de milhares de estrelas brancas. Meus olhos brilham.

– É perfeito.

Acho difícil tirar os olhos do amelanqueiro ao dirigir de volta para casa. Vou plantá-lo assim que chegar em casa, na verdade. Quero vê-lo integrado ao jardim, misturado ao verde dos pinheiros e ao azul-malva das flores. Onde vou colocá-lo? Quero lhe oferecer um lugar de qualidade. Ensolarado, mas não muito. Quero vê-lo da sala. Maravilhar-me todas as manhãs ao olhar para ele. Então um pensamento me ocorre... Paul tinha o salso-chorão. A sra. Hugues tem o jardim e as macieiras. Benjamin tem o pinheiro sagrado. O amelanqueiro será para Manon. Minha linda e maravilhosa Manon. Uma chuva de estrelas, uma fruta doce e o brilho de mil rubis...

21

Mae chega no dia 1º de maio. Feriado do Dia do Trabalho. Junto com o lírio-do-vale. Isso é o que Cassandra me informa ao telefone em uma bela manhã de fins de abril. Ainda estou trabalhando nas coroas e nos braceletes encomendados pela colega de trabalho de Julie. Os modelos que enviei, por intermédio de Julie, aparentemente a conquistaram. Ela escolheu o modelo branco refinado para si mesma e, para as quatro damas de honra, braceletes e coroas do modelo em tons de azul-lilás. Um pedido de dez joias, completamente inesperado, que me pegou de surpresa, mas que aumentou ainda mais o entusiasmo de Julie. "Vou fazer um site para você", ela disse. Desde então, meus dias têm sido dedicados à criação dessas joias, pois o casamento é em poucos dias, e ao plantio de novas flores – dálias, lilases-californianos, clematites de flores grandes –, porque se novos pedidos chegarem, como Julie prevê, preciso ser capaz de atendê-los.

Pelo telefone, nessa bela manhã de fim de abril, Cassandra planeja a entrega de Pulguinha.

– Podemos chegar no fim do dia 30 de abril e passar a noite aí. Richard disse que você tem um sofá-cama… Assim Mae dorme a primeira noite na sua casa com a gente…

– Claro. Preparo um jantar para vocês.

– Você é um amor! Saímos na manhã do dia primeiro. Yann reservou dois dias em um hotel-spa. Voltamos para buscar Pulguinha no dia 2 à tardinha, se ficar bom para você. Acha que vai dar?

– Com certeza.

Os conselhos e recomendações não acabam mais, sinto que Cassandra está um pouco preocupada em se separar de Mae por 48 horas. É perfeitamente normal, acho que eu teria reagido da mesma forma.

– Bom, não quero incomodar mais – conclui Cassandra no telefone. – Vou escrever uma lista de instruções e voltamos a falar durante o jantar...

– Claro.

– Não faça sobremesa, levamos um bolo de morango da Pain d'Or.

– Está bem. Que bom, são os melhores bolos de morango de Lyon...

Preparei com cuidado a chegada de Mae. Desinfetei completamente cada centímetro da casa. Colhi flores e fiz muitos buquês, que espalhei por toda parte.

– Você está recebendo a rainha da Inglaterra? – Julie exclamou ao chegar no dia 29 de abril pela manhã.

– Não, minha sobrinha.

Ela assobiou admirada e disse que nunca tinha visto a casa tão brilhante. Julie está aqui para pegar os braceletes e as coroas. O casamento será celebrado hoje mesmo. Ela os entregará à noiva e às damas de honra em troca de uma pequena comissão, foi o que combinamos. Os acessórios estão guardados na geladeira para não perderem o frescor.

– Eu trouxe isso para você – disse Julie, tirando um lindo papel de seda cinza nacarado da bolsa.

Embrulhamos com muito cuidado os braceletes e as coroas, individualmente. O resultado é muito profissional, como Julie afirmou várias vezes, cada vez mais entusiasmada.

– Deixe o ar-condicionado ligado no carro – eu digo – para que fiquem frescos até o último momento.

– Está bem.

Na porta de casa, Julie me entrega um cheque que preciso ler várias vezes para ter certeza de ter entendido. Uma quantia de três dígitos pela qual eu não esperava.

– Você tem certeza?

– Absoluta.

– A matéria-prima não é tão cara...

– Mas o olhar da artista é!

Ela me deixa perplexa na porta de casa e desaparece com meus acessórios no carro azul. Um cheque de três dígitos... Minha primeira remuneração em muitos meses.

A mussaca está pronta, em cima da mesa da cozinha e ainda fumegante, mas temos outras coisas para fazer: nos maravilhar com os progressos de Mae, vê-la pegar tudo que está ao seu alcance e levar à boca, rolar sozinha, rir alto quando Yann aparece de trás do sofá. É incrível como ela mudou em poucas semanas.

– Você quer pegar Mae no colo? Vou mostrar os brinquedos dela.

Acho que eles estão fazendo uma espécie de teste comigo, para garantir que não deixe cair o precioso bebê assim que eles virarem as costas. Passo sem grandes problemas.

No chão da cozinha, Cassandra começa a desempacotar uma grande sacola de brinquedos. Bichos de pelúcia, alguns comprados para Manon, livros com diferentes texturas, uma caixinha de música com canções de ninar, chocalhos de todas as cores e o brinquedo preferido de Mae...

– Ela adora fantoches!

– Sério? – pergunto com ceticismo, olhando para as meias coloridas que supostamente representam um leão, um cachorro e uma menina.

– Sim. Yann tem talento com fantoches. Ele encena uma historinha diferente a cada noite, com vozes e tudo. Ela ri às gargalhadas, você vai ver!

A segunda sacola que Cassandra abre na minha frente contém uma banheira de plástico para o banho de Mae e os itens essenciais: sabonete suave para a pele, luva de microfibra, sapinho que flutua e cospe água, tapete antiderrapante.

– Vamos dar banho nela juntas? Assim você fica pronta para amanhã à noite.

Então colocamos Mae na banheira e a banheira dela dentro da minha banheira.

– Você vai se molhar de qualquer maneira – Cassandra avisa. – Às vezes coloco até o maiô.

Certo. Estou avisada. Limpamos o corpinho rechonchudo de Mae, que se debate quando chegamos nos pés e balança a cabeça quando esfregamos seu rosto com a luva.

Acho que estou me saindo bem, porque Cassandra me deixa secá-la, depois limpar suas orelhas, colocar a fralda e vesti-la com um pijama macio. Quando saímos no corredor, Yann está acabando de montar a caminha dobrável que eles trouxeram, e ele a coloca no meu quarto, onde os três vão dormir essa noite.

– Se quiser, você pode colocar a caminha na sala depois, como preferir.

Já decidi que Pulguinha vai dormir comigo. Tenho muito medo de que algo aconteça com ela.

– Bom – diz Cassandra –, vou colocá-la para dormir, depois podemos jantar tranquilamente, entre adultos.

Ela se isola no quarto para a mamada da noite, Yann e eu voltamos para a sala.

– Você quer se sentar? – eu ofereço, puxando uma cadeira para ele.

Ele se acomoda. Tiro da despensa uma garrafa de vinho do Porto e da geladeira um resto de vinho branco suave.

– Como vai o trabalho? – pergunto, colocando os copos na mesa para o aperitivo.

– Acho que vou ser rebaixado.

– Rebaixado?

– O pessoal não gosta muito de caras que saem às cinco em ponto todos os dias.

– Mas você faz seu trabalho, não?

– Claro. Tão bem quanto os outros. Mas essa não é a questão. Nessas grandes empresas, quem fica até as oito da noite no *open space* é que se destaca.

Suspiro com amargura para demonstrar minha solidariedade, e ele continua:

– Não me importo! Imagino que vão me tirar do novo projeto e me transferir para o departamento de pesquisa e desenvolvimento, em algum projeto que não avança há anos.

– Vão colocar você na geladeira?

– Com certeza. Mas vou poder sair ainda mais cedo todos os dias.

Yann sorri. Ele mudou. Talvez seja o que mais tenha mudado de nós cinco. Acho que Benjamin teria ficado orgulhoso dele. Foi-se o soldado a serviço da indústria farmacêutica e que não causava alvoroço.

– E Cassandra, voltou ao hospital?

– Na semana passada.

– Como está indo?

– Bem. Muito bem mesmo. Por mais que ela fique repetindo que estava feliz de licença-maternidade, acho que sentia falta das fofocas entre médicos e enfermeiras.

– E como está Richard?

– Melhor. Ele está saindo mais, vai à MJC assistir aos ensaios de um garoto que conhecia Benjamin, acho que se chama Mika.

Fico surpresa, mas feliz. Sirvo nossos copos de aperitivo. Yann pega o seu e me pergunta:

– E você? Até quando vai a licença não remunerada?

Bebo um grande gole de vinho do Porto. Ajuda a enfrentar as perguntas difíceis.

– Teoricamente, até julho.

– Ah...

– Pois é.

Sinto que seu "ah" está pedindo mais detalhes, mas não tenho nenhum para dar. Nunca telefonei para a diretora de recursos humanos, apesar da mensagem de voz que ela me deixou há duas semanas. Ela quer saber como estou, se pretendo voltar, se encontrei outra coisa... Estou tentando ganhar tempo. Estou me fazendo de morta.

– Você está se virando bem? Quero dizer... financeiramente?

Novo gole de vinho do Porto. Meu copo fica quase vazio.

– Sim. Tenho o suficiente para mais alguns meses. O aluguel não é muito caro e eu não gasto muito. E acho que encontrei uma maneira de ganhar um dinheiro extra.

Suas sobrancelhas se erguem. Aticei sua curiosidade.

– Faço acessórios com flores do jardim. Acessórios efêmeros que duram o tempo de um evento.

– Que original!

Tento ler algum vestígio de ceticismo no rosto de Yann, mas não encontro nada. Ele toma um gole de vinho do Porto e depois franze a testa de novo:

– E permanentes?

– Como assim?

– Você já pensou em criar acessórios de flores que sejam permanentes?

– Não... Não realmente... A natureza das plantas é não durar...

– Claro. Claro. Mas deve haver uma técnica para preservar as flores no tempo.

Está falando o engenheiro.

– Como a tecnologia que permite criar rosas eternas?

– Duvido que seja possível realizar o processo de liofilização de plantas aqui, mas deve haver outras técnicas...

Nesse momento, Cassandra reaparece, abotoando calmamente a blusa.

– Pulguinha não estava com fome.

Ela se deixa cair em uma cadeira à nossa frente. Eu me levanto para preparar um aperitivo não alcoólico para ela, pois ela está amamentando, e a ouço perguntar:

– Que conversa é essa sobre liofilização?

Como é bom tê-los aqui, em minha cozinha. Cassandra, com um joelho dobrado e pressionado contra o peito, comendo mussaca de colher direto da travessa porque está "morrendo de fome", Yann girando os cubos de gelo no copo de vinho do Porto, relaxado no encosto da cadeira, e eu, sentada e acariciando o gato cinza que se aninhou no meu colo.

A ausência de Benjamin ainda paira acima de nós, mas estamos tão serenos, tão descontraídos. É a primeira vez que chegamos tão perto do que éramos antes do acidente. Relaxados, felizes por estarmos juntos, espontâneos e sorridentes.

Enquanto jantamos mussaca direto da travessa – desisto de buscar os pratos –, falamos sobre Benjamin. O aniversário, abril passado, a derrota dolorosa no jogo de dardos, o festival Reggae Sun Ska para o qual ele nos arrastou dois anos atrás.

Conversamos até a uma da manhã, alternando entre memórias de Benjamin e histórias de Mae. A mussaca é devorada por uma Cassandra faminta.

– É a amamentação – ela justifica.

O bolo de morango é devorado e o vinho do Porto acaba. Por volta da uma da manhã, Yann, sensato, declara finalmente:

– É melhor irmos dormir. Temos uma longa viagem amanhã.

Os dois se levantam, bocejando. Yann enlaça Cassandra, que se entrega ao abraço. Mesmo me fazendo lembrar de meu par desfeito, eles me deixam feliz por tê-los em casa.

– Vamos, precisamos dormir. Até amanhã, Amande.

– Até amanhã. Tenham bons sonhos.

– Boa noite.

Eles desaparecem no corredor e se fecham no quarto. Minha mente ainda está um pouco embriagada, e eu me deito vestida na cama dobrável que nem aberta foi.

No início de maio, Lucie Hugues sempre estava muito ocupada, como atestam os dez calendários pendurados nas paredes da sala. Plantar bulbos de verão, fazer mudas de flores, montar vasos de gerânios, plantar cenouras, plantar tomates, podar as macieiras... Também me ocupo nos dois primeiros dias de maio, mas minhas tarefas são de outra natureza. Dar mamadeira, trocar fraldas, balançar chocalhos, brincar de esconder atrás das mãos e ver Mae rir às gargalhadas. Apresentá-la ao gato cinza e observar a curiosidade em seus olhos.

– Esse é o meu gato, Pulguinha. Foi ele que me adotou e não o contrário. Gatos fazem isso às vezes. Venha, Pulguinha, vamos ver milhares de estrelas brancas.

Levo Mae no colo até o amelanqueiro. Deixo-a arrancar as pequenas estrelas brancas com seus minúsculos dedos. Sopro sobre elas e as estrelas se espalham em uma nuvem dispersa. Seus olhos brilham. Eu a levo até o pinheiro sagrado e, com a voz cheia de emoção, a apresento a Benjamin.

– Esta é a Pulguinha, Ben... É ela. Sua sobrinha. Veja como é linda.

Pulguinha não entende muito do pinheiro sagrado. Ela coloca as mãos na boca, aconchegada em meus braços.

– Deve ser estranho me ver com um bebê nos braços... Também é estranho para mim... Estou tão feliz que Cassandra e seu irmão tenham me deixado com ela... Acho que estou me saindo bem. Em todo caso, estou fazendo o melhor que posso. Agora é hora da soneca dela, mas depois vamos brincar de fantoche... Ela adora fantoches.

Quando Mae está dormindo, não me atrevo a sair de casa. Tenho medo de não ouvir seu choro. Fico na sala, mas colo a orelha na porta do quarto a cada dez minutos.

Invento shows de fantoches para ela com leões que querem capturar garotinhas e cães que salvam garotinhas e espantam leões. No banho, invento a história do sapo que tinha medo de água, mas que era obrigado a tomar banho. Ela não entende nada, mas ri. Ela tem uma risada forte e adorável, uma risada de bebê que quase me faz chorar. Eu já a amo. Mal consigo imaginar o quanto vou amá-la quando ela tiver dois anos, depois cinco, depois oito, quando ela vier passar férias comigo e me ajudar a plantar bulbos, quando eu fizer tortas de maçã para ela e quando formos passear nas cascatas de Say.

Eu gostaria que Yann e Cassandra nunca mais voltassem. Andamos de balanço, eu sentada, ela no colo. Ela grita e, quando paro, agita as mãos para que eu continue. Quando ela toma mamadeira, de olhos semicerrados, ronronando de satisfação, beijo seus cabelos de bebê e conto as horas que ainda temos juntas.

Às vezes, duas imagens se misturam e não sei mais se estou sentindo o cheirinho de bebê de Mae ou de Manon; então, basta eu olhar para seus olhos azul-escuros, os olhos de Cassandra, e a imagem de Manon se apaga.

Sim, eu gostaria que Yann e Cassandra nunca mais voltassem, mas fico feliz de vê-los em minha porta, com a aparência descansada, os olhos brilhantes, na noite de 2 de maio. Acho que essa pausa fez bem a eles. Eles beijam Mae até quase sufocá-la, a envolvem em seus abraços e eu tento me controlar. Ainda assim, dói...

– Como foi? – Cassandra pergunta, beijando as mãozinhas rechonchudas de Mae.

– Muito bem... Mesmo...

Acho que ela percebe minha emoção, porque passa a mão em meu rosto e diz:

– Você passou no teste. Agora pode se tornar nossa babá oficial. Prioridade absoluta sobre todos os membros da família. Promessa é dívida!

Eu sorrio, comovida, tentando conter as lágrimas.

– E queremos ver você com mais frequência! – Yann acrescenta.

– Caso contrário, você perde seu título – completa Cassandra.

Isso é o que mais quero, claro. Então digo, com a voz trêmula:

– Sim... Prometo... Vou visitar mais seguido.

– Não chore, Amande! – Yann me adverte.

– Não. Não vou, prometo.

Ele ri e me abraça. Então começo a chorar de verdade em seu ombro, e ele afaga meus cabelos.

22

Durante o mês de maio, saio mais vezes de casa do que em um ano todo. Multiplico as visitas à loja de produtos agrícolas para comprar sementes e bulbos. Vou ao veterinário para verificar a saúde do gato. Vou à farmácia para comprar vermífugo e um remédio preventivo contra pulgas. Em outro dia, preciso comprar equipamentos de jardinagem. Avancei tanto nesse campo que agora preciso de ferramentas mais sofisticadas. Também renovo meu guarda-roupa. Preciso me render aos fatos: os quilos perdidos depois do acidente de Benjamin não vão voltar. É provável que eu nunca mais recupere a silhueta de antes e estou cansada de ficar boiando em calças largas demais.

Apesar de tudo, prefiro saídas de baixo risco, com poucas interações sociais, mas já é um primeiro passo.

Julie volta na metade do mês, com todas as janelas do Twingo azul abertas, cabelos ao vento. Estou no jardim e ela chega como um furacão.

– Amande! Não pude vir antes! Fui enviada em prospecção para Marselha! Férias antecipadas, mas só no papel! Porque na verdade corri sem parar por duas semanas! Os marselheses são duros nos negócios, se você soubesse!

Ela para de falar para me beijar e me examinar.

– Como você está?

– Tudo bem.

– Está de roupa nova?

– Sim.

– Que bom. Tenho outras encomendas para você!

– O quê?

Deixo o ancinho cair e esfrego as mãos cheias de terra nas calças novas.

– Sinto muito, não tive tempo de dar feedback sobre os acessórios do casamento, mas é claro, elas adoraram, tanto as damas de honra quanto a noiva! A prima da noiva estava presente, é claro, e vai se casar em junho. Ela quer a mesma coroa. Para o bracelete, ela pediu tons de rosa. Você tem algo?

Ela me pega de surpresa, como sempre.

– Rosa?

– Sim, rosa.

– Não. Algumas tulipas, no máximo... vermelhas e amarelas... mas não rosa. Teríamos que esperar até as dálias florescerem. Plantei há menos de um mês...

– Vamos encontrar algo, não se preocupe!

Sorrio diante da maneira como ela se envolve nesse projeto.

– Poderíamos comprar flores em vasos já floridos. Isso permitiria complementar a coleção e diversificar a oferta. Porque não vamos parar por aí.

– Não?

Ela tira o celular do bolso traseiro do jeans, desbloqueia o aparelho e passa algumas fotografias.

– Eu me permiti tirar fotos dos acessórios e publiquei nas redes sociais, para sentir a temperatura.

– *O quê?*

Nunca subestime a determinação de Julie. Essa será minha lição do dia.

– Não se assuste, Amande! As pessoas só querem saber se você tem uma loja online para fazer pedidos.

Meus olhos atordoados não podem se arregalar mais. Julie está no auge da excitação.

– Isso é muito bom! Significa que a demanda existe!

Fico levemente em pânico, acho. O entusiasmo de Julie. A surpresa. Um ano sem trabalhar, recolhida nessa casa velha.

– Vamos expandir o jardim. Colocar uma estufa. Vamos... vamos comprar plantas em vasos. Você pode cultivá-las dentro de casa no inverno.

Tudo está indo rápido demais, a meu ver. Quase me sinto sufocar, em pleno jardim. Felizmente, Julie percebe e passa o braço pelo meu.

– Venha, vamos tomar uma bebida fresca, está um calor danado.

Uma vez dentro de casa, diante de dois copos de suco de laranja, Julie se acalma e a velocidade de suas palavras diminui.

– Tenho outra novidade, mas você já teve emoção demais para hoje. Não quero que tenha um infarto.

Ela está brincando, é claro.

– É o seu excesso de entusiasmo – eu digo. – Você chega pulando em cima de mim como um filhote de cachorro!

– É o seu lado vovozinha – retruca Julie.

– Vovozinha?

– Sim. Uma vovozinha que tem medo de mudar qualquer um de seus hábitos. Que perde o controle quando algo novo acontece.

Fico chateada, mas tento não demonstrar.

– Nunca montei um negócio.

– Não estou pedindo para fazer isso. Eu cuido da parte administrativa. Você só precisa criar.

– E qual é a novidade, afinal?

Dessa vez, ela cede, satisfeita por ter ganhado:

– Uma feira de arte e artesanato em Clermont-Ferrand, nos dias 10 e 11 de junho. Pensei que poderíamos expor lá.

– Expor?

– Ter um estande, expor suas criações. Seria uma oportunidade única de divulgar seu trabalho.

– Mas...

Ela revira os olhos, fingindo exasperação:

– Mas?

– Não tenho um trabalho propriamente dito no momento... Apenas algumas encomendas passadas no boca a boca.

– Justamente.

– Justamente?

– Seria a oportunidade de criar uma marca. Dar-lhe um nome, uma existência legal, criar um site...

– Não sei se...

– Eu cuido disso. Já disse. Se você concordar, é claro.

Por um momento, fico em silêncio. Julie tem os olhos fixos em mim. Ela está esperando uma resposta. Eu, por outro lado, olho para as fitas ao vento na árvore de Paul, pela janela. Penso na ligação da diretora de recursos humanos, que não respondi, penso no que contei a Yann na outra noite, em sua ideia de tornar minhas flores permanentes para ampliar minhas ofertas, depois penso em Lucie Hugues, que criava vestidos, cortinas e colchas aqui mesmo, em sua casa da felicidade. *Ela ia à cidade uma vez por semana para deixar suas criações nas lojas.* Acho que esse último pensamento é que acaba me convencendo.

– Está bem – eu digo. – Pode ser.

Julie fica satisfeita. Selamos nosso pacto com um solene aperto de mão.

– Preciso avisar, minha querida Amande, que vai ter muita gente nessa feira. Muita gente mesmo. Centenas de visitantes. Não se deixe intimidar.

Prefiro ignorar seu comentário e me levanto para encher mais um copo de suco de laranja.

– Vamos, não fique chateada. Com tudo isso, aliás, esqueci de dizer... Você está magnífica nessa roupa nova.

Essa é Julie. Não deixa nada passar.

O aparelho de som toca a música dos Platters. "Only You". Uma das minhas favoritas. Sempre tive uma queda por músicas de outras épocas. Julie deve estar certa quanto a meu lado vovozinha... Mas não me importo; canto junto, a plenos pulmões, no meio do jardim. O verão se aproxima, com calma e lentidão. Meus pés de tomate crescem a olhos vistos. As dálias vão florescer mais rápido do que o previsto. As primeiras flores de morango finalmente se transformaram... Elas formaram minúsculos morangos verdes que, com o passar dos dias, se encherão de sol e ganharão uma linda cor avermelhada. Vou ter que esperar um pouco mais, mas o que são algumas semanas comparadas ao que já realizei no jardim? Essa previsão me deixa feliz, e continuo cantando, cobrindo a voz que sai do aparelho.

Os morangos, o sol, a lua cheia dessa noite, bem como os acessórios que desenhei e que estão apenas esperando o momento certo para serem montados, me deixam feliz. A cor rosa já não é um problema. Seguindo o conselho de Julie, comprei bulbos de colchicum já floridos e os coloquei na terra. Elas vieram alegrar o meu jardim e vão ficar perfeitas no bracelete da noiva. Agora, Julie está focada na feira de 10 e 11 de junho. Ela me persegue o tempo todo, pedindo vários tipos de documentos para a criação da nossa empresa. Ela me assegura que é tudo muito simples:

– É para o registro de nossa sociedade.

Eu a deixo cuidar disso. Já tenho o suficiente para fazer aqui... Depois do jardim, quero me ocupar das velas perfumadas para o ritual de lua cheia dessa noite. Vai ser ao pé do amelanqueiro, é claro.

Decido passar no pinheiro sagrado no final do dia, antes de cuidar das velas perfumadas. Acabo subindo no banquinho, o pescoço esticado ao máximo, os olhos cheios de admiração.

– Caramba, Ben, eu não acredito...

Eu sabia que algo estava acontecendo no buraco... O macho desapareceu. A fêmea me olha de forma estranha e faz barulhos estranhos quando me vê chegar...

– Não é incrível, Ben? Tem...

Aperto os olhos, tento contá-los.

– Cinco. Cinco!

Cinco ovos de um branco azulado salpicado de vermelho, lá dentro do buraco, no ninho. Cinco ovos no pinheiro sagrado. É tão lindo de ver quanto as flores desabrochando ou os morangos verdes tomando forma. É a vida que se instala em todos os cantos em torno de minha velha casa.

A posição é desconfortável, mas fico assim por longos segundos, sob o olhar desconfiado da mãe pintarroxo.

– Foi você que fez isso? Sozinha?

Seus olhos redondos e negros não me perdem de vista.

– Muito bem. Lindo trabalho. Cinco filhotes de uma vez...

Sua cabeça balança levemente. Eu gostaria de acreditar que ela entende minhas palavras e reage a elas, mas acho que ela está apenas ajustando seu ângulo de visão para me enxergar melhor.

– Não se preocupe. Não vou machucar seus filhotes. Sei como é... Aliás, já estou descendo, está bem?

Pulo do banquinho e o coloco de volta na posição original, com a pequena almofada azul em cima.

– Eu só queria falar com o Ben, sabe, não queria incomodar…

Estava quase escuro quando voltei para casa, mas já fazia um bom tempo que eu não conversava com Benjamin. Preparei o jantar enquanto derretia um resto de cera para as velas. Queimei os dedos, reclamei, praguejei, derramei a panela de cera no chão, mas consegui fazer uma dúzia de velas em velhas tampas de garrafas de plástico. Hoje à noite, quero colocar velas ao pé do amelanqueiro. Não para os mortos, essa noite não. Para todas as pessoas que conheço e que alegraram minha vida nos últimos meses, que merecem uma atenção especial, um agradecimento. Todas as pessoas que eu gostaria que a lua vigiasse, como ela faz comigo…

Então como com pressa, observando a lenta subida da lua no céu escuro. O gato está sentado no parapeito da janela. Ele também estava esperando por ela.

Ela já está bem alta no céu quando saio. O jardim está imóvel. Os pinheiros mal tremulam na brisa suave da noite. Os galhos do salso-chorão estão parados. As folhas voltaram a cobri-los. A árvore de Paul parece menos melancólica assim, mais viva, mais alegre. De maneira geral, a vizinhança da casa parece diferente agora que a primavera chegou.

Meus passos são abafados pela grama alta. O gato cinza desliza por minha sombra, ágil e silencioso.

Pronto. Chegamos. O amelanqueiro está aqui. Suas flores brancas refletem o brilho prateado do luar. É lindo de ver. Mais do que à luz do dia. Ele parece banhado em uma aura misteriosa. Pego algumas de suas minúsculas estrelas. Eu as imagino em meu anelar, depois em minhas orelhas e pulso, no decote de meu vestido. Preciso encontrar uma maneira de torná-las eternas. Custe o que custar. Vou pensar sobre isso mais tarde. Por enquanto, preciso acender as velas. Uma chama para cada pessoa em quem vou pensar.

A primeira, dedico a Richard. Por quê? Não tenho certeza. Provavelmente por causa do parto. Ele criou um vínculo entre nós, acredito, mais forte do que a simples gratidão que lhe devo. Então acendo a primeira vela para Richard. Para que ele se recupere de maneira duradoura. Não, definitiva. A próxima é para Anne. Anne, que está prestes a sair para a viagem escolar e procura a chama nos olhos dos filhos dos outros, pois perdeu o seu. Mais duas velas. Para Cassandra e Yann. Para que eles continuem sendo os melhores pais que conheço, que continuem se amando, que cumpram sua promessa. Quero manter minha prioridade absoluta.

Uma vela para Mae. Pulguinha. É por ela que a lua deve zelar com mais cuidado. Eu me abaixo por alguns segundos para contemplar as cinco velas que tremulam na escuridão.

Ainda faltam algumas. Uma para Julie. O furacão de vida que entrou em minha casa sem ser convidado, que se apegou a essa casa velha como à menina dos olhos e nunca hesita em me tirar de minha zona de conforto. *Compadeçamo-nos das rolinhas que só acasalam na primavera. Obrigada, Julie. Amém.*

Mais duas velas, que acendo com um sorriso. Mika, claro, Mika e Lola. Para que eles continuem se amando por muitos anos, para que se lembrem de mim de vez em quando, ou pelo menos de meu gramado. O que seria do mundo sem a espontaneidade desses dois?

Restam duas velas. Um pouco a contragosto, acendo a nona vela para minha mãe. Nunca conseguimos nos entender de verdade, até que um aparelho de som... Quando você quer fazer as pazes consigo mesmo, sempre encontra uma desculpa válida. O aparelho de som é uma desculpa como qualquer outra. Minha mãe se junta ao círculo das pessoas que confio à lua. A décima vela poderia ser dedicada a Daniel. Não pela receita de *rougail saucisse*, mas para que ele cuide dela. Para que ela finalmente encontre o verdadeiro amor.

Mas não posso dedicá-la a ele. Ela pertence a Elia. Minha antiga rival, em tempos passados. Minha décima chama. Eu não a dedico a ela tanto por suas mensagens de apoio depois da morte de Benjamin ou por seu convite para o James Pub, mas principalmente pelo lugar que ela ocupou ao lado dele todos esses anos. Eles não eram apenas colegas de trabalho. Eles eram amigos. Tinham uma amizade forte e sincera. Ela merece uma vela. Para que ela volte a rir às gargalhadas.

Fico uma boa meia hora observando as dez chamas que tremulam na escuridão, o amelanqueiro banhado pela luz da lua. Dez chamas. Dez rostos. Acho que eu não tinha percebido quantas chamas tenho a meu redor...

Não ouço o carro dela chegar. Claro... Eu estava na floresta, perto do pinheiro sagrado. Os ovos eclodiram. Eu não vi. Eu ouvi. Pequenos chilreios agudos. Não ousei subir no banquinho para ver de perto. Eu teria traumatizado a mãe e os filhotes.

– Procurei você em toda parte!

Julie parece apressada e preocupada, mas seu sorriso continua lá, é claro. Ela me beija e se vira, apontando para o carro.

– Estou com o material para a feira!

– Que material?

– Cavaletes. Uma bela caixa de vidro para expor os acessórios. A toalha e a tela de fundo do estande. Escolhi em rosa-claro. O que você acha?

Eu a sigo até o carro, ela é rápida apesar do salto alto. Ela abre o porta-malas. A tela de fundo do estande e a toalha estão lá, de um belo rosa muito elegante. Aprovo com entusiasmo.

– Vamos usar a mesma cor para nossa identidade visual – ela acrescenta. – Folhetos, site, cartões de visita. Aliás, não podemos esperar. Precisamos urgentemente de um nome para a empresa! Dei a você carta branca. Pensou em algo?

Engulo em seco. Claro que pensei em algo, e já estou antecipando as perguntas de Julie.

– Então?

– Sim. Pensei... Pensei em algo.

– Ótimo! Me diga!

Se eu falar com o ar mais natural do mundo, talvez a sugestão seja aprovada, talvez ela não pense em perguntar nada...

– As Flores de Manon. Eu gostaria que esse fosse o nosso nome.

Suas sobrancelhas se erguem. É claro que ela vai perguntar. Ela fica surpresa, o que é perfeitamente natural. Quem não ficaria?

– De Manon?

Eu engulo em seco, mantendo uma expressão completamente indiferente.

– Sim.

– Por que Manon?

Eu teria preferido que ela perguntasse: *Quem é Manon?*, mas no fim dá na mesma.

– Porque... Você... Você quer tomar um café?

Ela deve ter percebido que a pergunta me perturbou, porque concorda sem discussão e voltamos para a casa. Prefiro contar enquanto caminhamos.

– Sabe, quando... quando Benjamin sofreu o acidente em junho passado...?

Não me viro. Ela está atrás de mim e, finalmente, responde:

– Sim.

– Bem... Eu estava grávida de uma menina.

Consigo perceber claramente que ela para de andar, mas não consigo me virar. Entro na cozinha e começo a me movimentar freneticamente na frente da cafeteira.

– Você nunca me disse…

Ela se junta a mim, mas continuo de costas para ela.

– O choque causou contrações. Era cedo demais.

No começo, ela não encontra o que dizer. Então ela pergunta, embora seja inútil, porque ela já sabe:

– O nome dela seria Manon?

– Sim.

Não dizemos mais nada até que eu tenha enchido o filtro e ligado a máquina. Então sou forçada a me virar e a encontro sentada à mesa, rabiscando em seu caderno.

– O que você está fazendo?

– Imaginando nossos folhetos. *As Flores de Manon* em letras grandes, brancas, itálicas, com uma bela fonte estilo caderno escolar e uma flor no *o* de Manon. O que acha?

Eu me aproximo do caderno. Fico feliz que ela tenha decidido não se aprofundar no assunto.

– Sim… É bonito…

– Aqui, eu colocaria uma foto de uma de suas criações. O link para o site aqui embaixo…

Ela continua rabiscando, de tempos em tempos mordiscando a caneta. Eu fico em silêncio. Julie aceitou o nome e essa é a única coisa que importa.

23

Ela tinha avisado que haveria muita gente, mas eu não tinha noção de como seria. São apenas sete e meia. Só os expositores estão no imenso Palácio dos Esportes, e no entanto já estou completamente perdida.

Não sei se Julie percebe os esforços que fiz nos últimos tempos... Ela me fez criar quinze peças: braceletes, anéis, colares, coroas e tiaras, tudo isso além de um novo pedido para um casamento – outra amiga de Julie, quantas ela tem?

Quase tive que parar de cuidar do jardim. Quase falhei na missão de visitar o pinheiro sagrado e os filhotes de pintarroxo, porque finalmente os vi!

E também trabalhei muito em um projeto secreto. O projeto "estrelas de amelanqueiro eternas". Tentei secá-las entre as páginas de um romance. As pétalas se desmanchavam. Pensei em colocá-las dentro de um vidro, em um pingente ou anel. A ideia não me agradou. Perderíamos o frescor da planta ao trancá-la sob um vidro. Quase liguei para Yann pedindo ajuda, mas cochilei na velha poltrona cinza. Tive um sonho estranho sobre múmias envoltas em faixas dentro de um sarcófago, intocadas por séculos. Ao acordar, não fiz imediatamente a conexão entre as técnicas de embalsamamento da época e a preservação das flores. Levei algumas horas para ter um clique. Então fui pega de surpresa, pois eu não tinha ideia de como os egípcios preservavam os corpos. Que produtos eles usavam? Que precauções tomavam? Visualmente, porém, em minha mente, uma solução tomava forma. Eu precisava revestir as flores com uma substância transparente, que as conservasse para sempre. Lembrei dos projetos de artes da escola primária, da colagem de guardanapos de pano que fazíamos em caixas, para o Dia das Mães. Usávamos uma cola verniz. Uma substância viscosa e transparente que mantinha os guardanapos no lugar por um bom tempo depois da secagem. Anos.

No dia seguinte, comprei um pote de cola verniz no centro comercial e comecei a experimentar. Depois de várias tentativas, o resultado se revelou fiel ao que imaginei. Não pude deixar de sorrir, eu finalmente tinha conseguido.

Estou com o primeiro bracelete de flores eternas de amelanqueiro em uma caixinha no fundo da bolsa. Será minha surpresa para Julie essa noite... Depois que, exaustas, arrumarmos nosso estande.

Se ela gostar do resultado, talvez eu possa repetir a experiência com flores maiores: jacintos, pétalas de crócus e muitas outras, quem sabe?

Nunca passei um dia assim, as perguntas não paravam.

– Em que cores você está pensando para a próxima coleção de outono?

– Você pretende expandir sua gama de flores?

– Claro! – disse Julie, vindo em meu socorro. – Planejamos expandir o jardim e montar uma estufa para o inverno.

Ela estava cheia de confiança e energia, que contrastavam cruelmente com minha timidez e falta de jeito, mas acho que as pessoas gostaram de nós duas. Ela pelo dinamismo que transmitia de nossa pequena empresa e eu por minhas mãos ágeis e por minhas criações.

A multidão se dispersou por volta das seis horas da tarde e Julie me ofereceu uma cadeira dizendo:

– Mereço um bom Riesling, bem frutado...

Conto nossos panfletos. Eles saíram como pãezinhos quentes. Precisaremos reimprimi-los logo. Em seu caderno, Julie anotou pedidos a serem confirmados depois do envio de um orçamento. Estou exausta, muito cansada, mas feliz. Quem teria imaginado algumas semanas atrás que tudo isso tomaria um rumo tão surpreendente? Graças a Lola e suas pulseiras de margaridas. Graças a Julie, acima de tudo.

– Vamos, deixe tudo como está – Julie suplica. – Terminamos de arrumar as coisas amanhã de manhã. Vamos tomar essa bebida!

– Está bem.

Evito pensar que esta será minha primeira saída em um ano, que serão emoções demais para um só dia. Felizmente, o bar escolhido por Julie é minúsculo e fica embaixo de seu apartamento. Algumas mesas no interior, vazias, e algumas no pátio interno do estabelecimento, no meio de uma selva de plantas verdes.

Sentamos ao lado de um filodendro particularmente exuberante, e enquanto Julie consulta a carta de vinhos, só consigo pensar em voltar para casa, da qual já sinto falta, regar os morangos, alimentar o gato e visitar os filhotes de pintarroxo. Eu gostaria de sentar nos degraus do alpendre e aproveitar os últimos raios de sol, tomando um chá de hortelã gelado do jardim. Mas, por enquanto, estou no pátio de um bar e preciso admitir que também não estamos nada mal nessa mesa. Acho que, no futuro, eu talvez consiga me encaixar no papel da outra Amande, aquela que sai com a amiga Julie e se aventura longe de sua velha casa, aquela que se esforça para se misturar à multidão e se reconectar com o mundo. De vez em quando é possível, não?

O garçom vem pegar nossos pedidos e, logo depois, estamos tomando nossas taças de vinho branco doce. Julie me pergunta por que pareço tão estranha. Nesse momento, tiro a caixinha da bolsa. As flores da árvore de Manon.

– Veja. Tornei-as imortais.

– Imortais?

– Eu as cobri com verniz… Elas não vão murchar.

Às vezes acho que Julie está feliz de ter me escolhido como parceira. Não quando estou em pânico, não quando estou gaguejando, não quando duvido de tudo, mas em momentos como este, sim, ela fica feliz por ter me escolhido. Ou por ter se imposto, não importa. Ela repete várias vezes:

– Você é um gênio, Amande!

E ela pede mais uma rodada de Jurançon. Acho que vamos ficar com dor de cabeça amanhã de manhã, quando os visitantes chegarem…

O segundo dia de feira é tão exaustivo quanto o primeiro. Tenho a impressão de que a multidão estava mais densa. Apesar da leve dor de cabeça pela manhã, as coisas foram mais fáceis para mim hoje. O contato com as pessoas foi mais simples, mais natural. Tomei nota de futuros pedidos – mais dois, hoje – e endereços para os quais enviar orçamentos, distribuí cartões de visita.

– O negócio está indo bem! – declara Julie.

Está tarde quando volto para o meu carro no estacionamento. O sol está se pondo. Tivemos que desmontar o estande, carregar tudo até o carro de Julie, cumprimentar e agradecer os organizadores, devolver nossos crachás. Estou dolorida em várias partes do corpo, com vontade de tomar um banho e ter uma boa noite de sono, mas ainda tenho meia hora de viagem.

Ligo o rádio do carro, abro as janelas. O ar quente de junho bate em meu rosto. Que calor para um final de dia, uma loucura...

Quando chego em casa, o gato cinza vem me receber. Eu me agacho para acariciá-lo.

– Tudo bem? Você cuidou da casa? O que há de novo?

Ele vai para o jardim para se esfregar nos tomateiros e, seguindo-o, descubro meus primeiros morangos.

Não me faço de rogada. Sento no chão, na terra quente do fim de tarde, e levo um morango vermelho à boca. Fecho os olhos. Eu me delicio. A polpa macia se desfaz sob meus dentes. O suco doce escorre por minha língua. Um gosto inigualável. O gosto do sol, das regas frequentes, dos cuidados no inverno, das esperanças depositadas, de atenção especial. Ele tem o gosto da terra de Lucie Hugues e o gosto de minhas mãos. Engulo mais dois com prazer. Nunca comi morangos tão bons na vida...

A segunda surpresa me espera no pinheiro sagrado. O dia está terminando, e se eu quiser cumprimentar os pintarroxos e Benjamin, preciso ser rápida.

Chegando lá, o silêncio me perturba por um momento: os chilreios desapareceram. Coloco o banquinho ao pé do tronco e subo. O ninho está vazio. Nenhum sinal dos filhotes, nem da mãe. Nem mesmo uma pena. A preocupação toma conta de mim. A noite está chegando, e eu fico ali, observando atentamente as outras árvores, na esperança de ver a pequena família de pintarroxos que escolheu uma nova árvore para morar. Mas nada acontece. Sou forçada a voltar, um pouco desanimada.

Na manhã seguinte, ao acordar, vejo que recebi uma mensagem de voz. Departamento de Recursos Humanos da prefeitura do 8º arrondissement de Lyon.

– Olá, sra. Luzin, aqui é de novo a sra. Aumont, do departamento de RH. Na ausência de um retorno de sua parte, permito-me contatá-la novamente… Como mencionei na mensagem anterior, a senhora está chegando ao limite máximo de sua licença não remunerada… Havíamos acordado um período máximo de um ano, não renovável. Precisamos urgentemente de uma resposta de sua parte, pois, como deve saber, contratamos um jovem temporário para substituí-la durante sua ausência e precisamos antecipar sua contratação permanente ou o retorno da senhora… Bem, vou deixar que me ligue. Até o final da semana, no máximo… por favor.

Meu coração dispara como se eu tivesse corrido dez quilômetros.

No impulso, vou até o pinheiro sagrado. Para falar com Benjamin, pedir sua opinião. Para simplesmente recuperar a calma. Me sento no banquinho e tento respirar profundamente. Tudo se mistura: fragmentos de pensamentos sobre a prefeitura, As Flores de Manon, os cinco pedidos ainda não confirmados, o entusiasmo de Julie, meu medo, minhas incertezas, minha mãe, a herança, a velha casa, os morangos. E então eu a vejo. Seu corpinho pequeno e gordo. Dois olhinhos pretos fixos em mim. Ela está na borda do buraco. Em um ninho vazio. Sozinha. Eu a reconheceria entre mil. É a mãe pintarroxo. Eu me levanto, sem tirar os olhos dela.

– Você voltou?

Ela inclina a cabeça, gira para a direita e para a esquerda, com movimentos muito rápidos.

– Onde estão seus filhotes?

Ela pula no lugar, muda de posição.

– Eles… Eles aprenderam a voar, é isso?

Minha voz treme terrivelmente. Estou sendo ridícula.

– Você os deixou partir.

Por pouco não começo a chorar. Tudo aconteceu tão rápido… Poucas semanas atrás, eles eram apenas ovos, hoje não estão mais aqui. Eles voaram para outros céus. *Ora, Poupette, é a vida. É assim que funciona com todos os animais.*

– Não. Fique quieto, Ben. Hoje não.

Não preciso que me lembrem como a vida funciona, seu ciclo natural. Quero que me deixem ficar triste, o quanto eu quiser.

– Fique um pouco quieto, Ben...

Preciso esperar a noite para ter coragem de arrancar o papel preso à parede, *Compartilhar*, virá-lo do outro lado e pegar uma caneta. Rabisco duas palavras com a mesma raiva que senti de manhã, diante do pinheiro sagrado, da solitária mãe pintarroxo e dos comentários de Benjamin. Mas preciso me resignar, eles têm razão. Fecho a caneta, pego o pedaço de fita adesiva que ainda está em boas condições e colo o pedaço de papel na parede. Dou alguns passos para trás, para tomar plena consciência das palavras que escrevi...

Deixar partir

24

Comecei pelo mais simples: a diretora de recursos humanos da prefeitura do 8º arrondissement.

– Amande Luzin?

– Olá. Desculpe ligar tão tarde...

Silêncio. Conto as fitas no salso-chorão de Paul enquanto espero que ela diga alguma coisa.

– A senhora está bem?

Eu não estava realmente esperando por essa pergunta, mas respondi o mais naturalmente possível:

– Sim... Tudo bem.

– Ótimo – ela disse. – Ficamos felizes de saber. A senhora tomou uma decisão a respeito de seu retorno à prefeitura?

– Sim.

– Estou ouvindo...

Eu sorrio, aliviada e enfim certa de minha decisão...

– Estou renunciando a meu cargo. A senhora receberá minha carta de demissão o mais rápido possível. Devo enviá-la por carta registrada com aviso de recebimento?

Se ela ficou surpresa, não demonstrou.

– Sim, claro. Enviaremos o saldo restante na primeira quinzena de julho. A senhora mudou de banco? Seu número de conta continua o mesmo?

– Sim, mas tenho um novo endereço. Gostaria de anotá-lo?

– Sim, só um momento.

Espero que ela pegue algo para escrever. Fico de pé na frente da janela, me sentindo leve.

– Sou toda ouvidos, Amande.

– Estou morando na Estrada do Amanhã, Saint-Pierre-le-Chastel.

– Estrada do Amanhã, Saint-Pierre-le-Chastel – ela repete, rabiscando o papel. – Devo adicionar um número?

– Não, sou a única casa na redondeza.

– Está bem.

Ouço-a mexer em objetos em sua mesa, organizando papéis.

– Quanto a seus objetos pessoais, gostaria que fossem enviados para o seu endereço?

Não lembro muito bem o que poderia ter deixado no escritório. Talvez uma caneca, um infusor, uma caixa de chá e um batom.

– Não. A senhora pode colocar no lixo ou doá-los... Não importa.

– Muito bem.

Ela diz algumas fórmulas de cortesia, agradecimentos por meus anos de colaboração, desejos de boa sorte no futuro, mas eu não ouço, estou observando as fitas no salso-chorão de Paul.

Eu queria me liberar antes de pegar a estrada no meio da semana seguinte. Deixar tudo em ordem antes de sair de casa por dois dias. Então liguei para Anne durante sua pausa para o almoço no dia seguinte.

– Amande, como você está?

– Bem. E você?

Ela tinha voltado da viagem escolar, estava organizando fotos no laptop, se familiarizando com a internet para tentar criar um belo álbum impresso.

– A que devo sua ligação? Quer falar com o Richard?

– Não.

Ela pareceu surpresa, mas as surpresas estavam apenas começando.

– Você poderia me dar o nome e o número de telefone do casal que está sublocando o apartamento?

– O apartamento?

Ela quis ter certeza, mas eu estava falando do *nosso* apartamento, o que tínhamos ocupado por alguns anos, Benjamin e eu, no subúrbio de Lyon.

– Sim, sim, claro.

Ela não perguntou nada, mas eu disse:

– Vou transferir o contrato de locação para eles, em definitivo.

Um silêncio se fez. Anne alimentava esperanças de que eu voltasse? Para perto deles? Para perto do cemitério? Nunca saberei, e talvez seja melhor assim.

– Posso enviar tudo por SMS? – ela perguntou, com uma voz ligeiramente trêmula.

– Claro. Quero entrar em contato com a agência logo, para avisar.

– Está bem.

Ela não disse mais nada, e eu também não. Eu mal podia esperar para desligar.

25

Acabo de arrumar a casa. Encho o pote de comida do gato cinza até a borda. Não pode lhe faltar nada durante a minha ausência.

– Estamos saindo por apenas dois dias – Julie me lembra.

Eu sei, mas faz muito tempo que não passo a noite em outro lugar que não minha casa. Estou um pouco nervosa. A organização pareceria quase impossível se eu não tivesse Julie para me sacudir gentilmente.

Vou sentir falta da casa. Eu sei que vou.

As venezianas rangem quando as fecho. Já sei que a porta da frente vai fazer o mesmo som daqui a pouco, quando for trancada, e que a fechadura vai me dar trabalho. Tudo é igual ao primeiro dia. Nada mudou. E há algo de reconfortante em saber que minha casa passou por este ano da mesma forma que passou o tempo antes de minha chegada, imperturbável e imutável.

– Tudo pronto? – pergunta Julie, se levantando de repente.

Ela está usando os primeiros brincos de nossa coleção "Estrelas de Neve". Feitos com as flores eternas de amelanqueiro, que parecem tão vivas como no dia em que desabrocharam. Julie fez questão de ser a primeira a usá-los.

Eu, por outro lado, enfeitei meus pulsos com as estrelas de Manon. Dois finos braceletes adornados com fio de juta. Tirei um vestido leve das caixas de verão. Um vestido branco.

– Bom, vamos? – impacienta-se Julie. – Se continuar assim, você vai preocupar o seu encontro...

Reviro os olhos e destranco as portas do carro.

– Pensei que se fosse ele, não contava...

– Eu disse isso?

Não tenho tempo de responder, pois assim que se senta no banco do passageiro, ela liga o rádio e, da estação um pouco antiga, surgiram as vozes de um grupo que eu conhecia bem, cantando uma música que eu tinha cantado algumas semanas atrás no jardim, pensando em Benjamin. Julie aumenta o volume e canta a plenos pulmões:

Only youuuuu can make this world seem right
Only youuuuu can make the darkness bright

O carro entra na pequena Estrada do Amanhã, se afasta da casa, ao som das vocalizações de Julie. No retrovisor, meu reflexo. Passei batom rosa nos lábios, coloquei um narciso nos cabelos. Começo a sorrir.

Essa noite, Julie e eu vamos sair. Essa noite, deixo minha velha casa com o coração leve, mais leve do que jamais esteve nos últimos tempos. Essa noite, eu disse algumas palavras para Benjamin, aos pés do pinheiro sagrado, enquanto Julie terminava de se arrumar. Palavras sussurradas rapidamente, para não deixar a emoção se intrometer e me fazer tremer. Palavras sobre um encontro perdido, um ano atrás.

Hoje é 21 de junho. Em algumas horas, entraremos em Lyon ao som de rojões e orquestras, Richard estará na porta da casa, em uma bela camisa de verão – aposto que a cinza-claro –, ele não ficará surpreso de me ver com Julie, pois foi avisado, mas ficará surpreso de me ver na MJC do 8º distrito, no estacionamento subterrâneo que Elia me autorizou a usar. Escondi o propósito do meu convite. Ele entenderá quando caminharmos juntos em direção à Maison de la Danse, onde Mika, Issam, Lola, Nathan, Iliès e os outros estarão de pé no palco, sérios e concentrados. Ouviremos a voz de Lola, mais suave que a de Dolores O'Riordan, meu coração apertará ao pensar que você deveria estar ali comigo, com a mão na minha, ao lado de Manon se agitando no carrinho. No entanto, faço uma promessa solene: não darei nenhuma atenção a meu coração dolorido. Tomarei a cerveja que Julie me oferecer, deixarei que ela me embriague suavemente, e depois farei Richard dançar na pista improvisada pelas pessoas a nosso redor. Dançaremos juntos com nossos pés desajeitados e nossos corações pesados, mas não estaremos totalmente tristes, Ben, porque não estaremos sozinhos. Estaremos juntos em nosso amor por você, um amor até morte, mas acima de tudo um amor cheio de vida, sempre novo, para honrar a luz que você deixou…

Agradecimentos

Agradeço a minha avó, minha querida vovozinha: seu jardim, seus vegetais, suas flores, suas agendas e seus calendários anotados. Você me inspirou o personagem de Lucie Hugues, Lucie em homenagem ao nome de sua mãe, minha bisavó. E não, isso não é uma coincidência…

A meus pais, que acreditam tão firmemente em mim. A minha mãe, entre as primeiras leitoras deste livro, comovida até as lágrimas pela história de Amande.

A minha família.

A meu gato, por seu apoio e calor durante as longas horas de escrita e revisão.

Por fim, a você. Você era uma pequena parte de Émile. Você é uma grande parte de Benjamin. Você estava comigo, naquela ponte, contemplando centenas de jangadas iluminadas sobre o rio Ping, na Tailândia, quando Amande, Lucie, Paul e a casa se impuseram a mim.

IMPRESSÃO:
PALLOTTI
GRÁFICA
Santa Maria - RS | Fone: (55) 3220.4500
www.graficapallotti.com.br